巨变

新时代报告文学丛书

国家书房

李朝全◎著

中国言实出版社

图书在版编目（CIP）数据

国家书房 / 李朝全著 . -- 北京：中国言实出版社，
2022.10

ISBN 978-7-5171-4313-0

Ⅰ . ①国… Ⅱ . ①李… Ⅲ . ①纪实文学－中国－当代
Ⅳ . ①I25

中国版本图书馆 CIP 数据核字（2022）第 171639 号

国家书房

责任编辑：代青霞
责任校对：张　丽

出版发行：中国言实出版社
　　　地　　址：北京市朝阳区北苑路180号加利大厦5号楼105室
　　　邮　　编：100101
　　　编辑部：北京市海淀区花园路6号院B座6层
　　　邮　　编：100088
　　　电　　话：010-64924853（总编室）　010-64924716（发行部）
　　　网　　址：www.zgyscbs.cn　电子邮箱：zgyscbs@263.net

经　　销：新华书店
印　　刷：北京中科印刷有限公司
版　　次：2023年1月第1版　2023年1月第1次印刷
规　　格：710毫米×1000毫米　1/16　17.25印张
字　　数：287千字

定　　价：68.00元
书　　号：ISBN 978-7-5171-4313-0

引　言
读书是国家大事

读书是一桩国家大事。

这话毫无夸大之意。我们只需看看党和国家领导人是如何重视和强调读书的，便可得出这样的结论。

2013 年 3 月 19 日，习近平总书记在接受媒体采访时表示："我爱好挺多，最大的爱好是读书。"早在 1969 年，还不到 16 岁的青年习近平在黄土高坡的延安梁家河大队开始知青生涯时，老乡们清楚地记得，他"带一箱子书下乡"，在煤油灯下看"砖头一样厚的书"，"有时吃饭也拿着书"。

2014 年 2 月，习近平总书记在索契接受俄罗斯电视台专访时坦言："读书已成为我的一种生活方式。"并列举出读书的三种好处："读书可以让人保持思想活力，让人得到智慧启发，让人滋养浩然之气。"10 月 15 日，在文艺工作座谈会上，习近平总书记娓娓而谈："我年轻时读了不少文学作品，涉猎了当时能找到的各种书籍，不仅其中许多精彩章节、隽永文字至今记忆犹新，而且从中悟出了不少生活真谛。文艺也是不同国家和民族相互了解和沟通的最好方式。去年 3 月，我访问俄罗斯，在同俄罗斯汉学家座谈时就说到，我读过很多俄罗斯作家的作品，如年轻时读了车尔尼雪夫斯基的《怎么办？》后，在我心中引起了很大的震动。今年 3 月访问法国期间，我谈了法国文艺对我的影响，因为我们党老一代领导人中很多到法国求过学，所以我年轻时对法国文艺抱有浓厚兴趣。在德国，我讲了自己读《浮士德》的故事。那时候，我在陕北农村插队，听说一个知青有《浮士德》这本书，就走了30里路去借这本书，后来他又走了30里路来取回这本书。我为什么要对外国人讲这些？就是因为文艺是世界语言，谈文艺，其实就是谈社会、谈人生，最容易相互理解、沟通心灵。"

2016年10月14日，《人民日报》发表了《习近平总书记的文学情缘》，比较全面地介绍了习近平总书记阅读过的大量的文学书籍。小时候，听母亲给他读书，讲岳飞精忠报国的故事，他就一直牢记在心，"精忠报国"成为他一生追求的目标。少年时代，他把当时能找到的文学经典都读了。他还想方设法阅读了许多外国文学经典。这些书让他受益匪浅，从根本上奠定了他个人的精神底色和人生观、世界观基础。

国务院总理李克强高度重视全民阅读活动。

2015年3月15日十二届全国人大三次会议闭幕后，李克强同志会见中外记者时说："我记得去年起草政府工作报告，在听取各方意见的时候，不仅是文化界、出版界的人士，而且经济界和企业家都向我提出要支持全民阅读活动，报告要加上'全民阅读'的字样。而且还有人担忧，说现在我们国家民众每年的阅读量还不到有些国家人均的十分之一。""这些建议让我深思，说明人们不仅在追求物质财富的增加，而且希望有更丰富的精神生活。""书籍和阅读可以说是人类文明传承的主要载体，就我个人的经历来说，用闲暇时间来阅读是一种享受，也是拥有财富，可以说终身受益。""我希望全民阅读能够形成一种氛围，无处不在。我们国家全民的阅读量能够逐年增加，这也是我们社会进步、文明程度提高的十分重要的标志。而且，把阅读作为一种生活方式，把它与工作方式相结合，不仅会增加发展的创新力量，而且会增强社会的道德力量。""这也就是为什么我两次愿意把'全民阅读'这几个字写入政府工作报告的原因，明年还会继续。"

党和国家领导人如此重视读书，重视全民阅读，为全国人民作出了很好的表率，也对全国人民提出了殷切的期望。然而，当前，我国全民阅读状况并不尽如人意。中国新闻出版研究院公布的"全国国民阅读调查报告"显示，2015年，我国成年国民人均纸质图书阅读量为4.58本，电子书为3.26本，即使将纸质书与电子书相加，国人一年的人均阅读量也不到8本。《2015

中国亲子阅读报告》称，2014 年中国儿童每年读书 20 本（不含教材和教辅），这一数字远高于成年人，但比欧美等国家小学生少一半。而在中国的广大农村，阅读人口和阅读普及率还要大打折扣。

在这种状况下，如何推广普及全民阅读，特别是如何为广大农村和农民提供丰富的图书等精神食粮，是一件摆在国家议程上的大事。

在安徽省定远县蒋集镇——一个相对贫困落后的乡镇，近十几年来，却依托农家书屋，蹚出了一条推广普及阅读、充分满足农民和农村师生读书需求、提高农村人口精神文化素质的成功道路。

目 录

第一章　最美的人间天堂

1

第五章　星星之火　燎原八皖

第六章　书香中国润百姓　国家工程谱新篇

如今覆盖全国所有行政村的 60 万个农家书屋，是党和政府为广大农村地区建设的一个个国家书房，已然成为 9 亿农民取之不竭的"知识银行"。

——题记

第一章
最美的人间天堂

农家书屋是党和国家实施的一项文化惠民工程，是在全国广大农村建立的专门满足农村人口阅读需求的公益性书屋。自 2007 年在全国推行以来，至 2015 年底，基本覆盖全国所有行政村。

　　国家建设农家书屋的初衷是为了解决广大农民群众买书难、借书难、看书难的问题，通过每个设在农民家门口、由农民自己管理的书屋，为农民提供实用的书报刊和电子音像视听产品。这种文化服务完全是公益性的。总体上看，农家书屋创建以来，较好地满足了农民群众的阅读视听需求，受到了农民群众的欢迎。但是，近年来，围绕着农家书屋也出现了不少不谐之音和质疑声音。有的地方将农家书屋变成过期书报刊的推销地，或借捐赠之名，将那些农民并不需要的书刊装备给农家书屋；有的农家书屋管理不善，建成后不能定期开放，读者门可罗雀；有的书屋成了摆设，缺乏吸引读者的有效手段和方法，农民基本不进书屋看书；有的书屋图书陈旧过时，书刊保管不善，丢失严重……农家书屋客观存在的各种问题，时常被媒体曝光。一时之间，农家书屋几乎沦为不受待见的"孩子"，姥姥不疼奶奶不爱，人人皆可指摘批评。

　　然而，2014—2016 年，当我一次次地走进安徽，走进安徽的"西伯利亚"——定远县，走进处于江淮分水岭上、土地贫瘠的定远县蒋集镇，却看到了一番动人的景象。在镇上，农家书屋办得越来越漂亮，越来越红火。书屋面积从 260 平方米扩大到了 600 平方米，藏书从最初的两三千册增加到了 5 万多册，改造成徽派建筑风格的书屋矗立在公路旁，优雅秀丽，别具特色，当地群众都以这座远近闻名的书屋为豪，骄傲地称它一定是"中国最美书屋"。每天放学时，在书屋门口，100 多名学生排着长队等待借阅图书，图书管理员忙得满头汗水。每逢农历二、四、六、九日镇上赶集的日子，阅览室里总是挤满了人。农民兄弟或翻阅实用的图书，或聚精会神地观看农业技术光碟，或上网浏览新闻、观赏电影……这里还设有专门的留守儿童之家和爱心角落，父母进城务工的孩子每人每周可以拨打 30 分钟的免费电话，向远方的父母倾诉思念之情，汇报学习情况。白墙上，贴满了孩子们写给在外奔波辛劳的父母的心里话，或表达对父母的牵挂，或记录自己点点滴滴的进步。蒋集农家书屋，早已不只是一个图书室或图书馆，它也是留守儿童之家，是农民学习知识和文化娱乐的乐园；它既是学校的第二课堂，也是农家致富的加油站。一座小小的书屋，聚集起了极大的人气，俨然成为蒋集镇乃至定远县一张远近闻名的文化名片，为安徽省乃至全国农家书屋的管理与运营闯出了一条成功之路，树起了一座丰碑。

偏远乡村的精神家园

2015年4月，春光明媚，芳草茵茵，鸟语婉转，书声琅琅。我坐在蒋集中学教师办公室，倾听那些稚嫩的声音——讲述自己的阅读体会。

当我看完《震撼中学生的101个人物》这本书中海伦·凯勒的故事后，我懂得了：每个人的一生都不是一帆风顺的；每个人脚下的道路都不是平坦的，但只要我们不放弃，有持之以恒的毅力，坚持下去，就一定会成功；不幸的命运有时会把一个人击倒，但不幸的命运对于那些敢于拼搏、持之以恒、不放弃的人来说，就是一块使自己走向成功之路的铺路石、一把打开成功之门的金钥匙。海伦·凯勒说过："只有相信自己，我们的人生才能放射出迷人的光彩。"

不经风雨，怎见彩虹？海伦·凯勒的种种精神品质，值得我们学习。如果不是海伦·凯勒身上的种种精神品质支撑着她，让她对生活充满了信心，对命运不屈抗争，她又怎么能写出那么多优秀的文学作品，让我们一饱眼福呢？

海伦·凯勒就是我们的榜样！

吴腾瑞，蒋集小学六年级男生，他腰板挺直地坐在我的对面，五官端正，留着学生的标准短发，声音洪亮，一板一眼，像背书一样讲述了读书心得。这是吴腾瑞写的一篇读后感。他从设在学校里的蒋集镇农家书屋借到了《震撼中学生的101个人物》这本书，读完后写下了这样的感受。这些从书里获取的感受或许会伴随和滋养这位充满自信的男孩一生。

腾瑞告诉我，他是西庄村的，父亲外出到江苏去打工，母亲在家种地，家里还有一个读九年级的姐姐。他会做家务，会炒菜。学校里建有书屋，西庄村也建起了农家书屋，有了这么多的便利，他一有空就会去书屋看书或借书。每天阅读不少于半小时，一学期下来能读完七八本书。像《鲁滨孙漂流记》、《钢铁是怎样炼成的》都是他从农家书屋借阅的。他也用零花钱买过高尔基的《童年》、《在人间》和《我的大学》。课外阅读是学校的统一要求，每堂语文课开始时，老师都要提问一名学生，让他用三分钟时间谈谈自己最近读一本书的感受。

成功路上什么最重要

蒋集中学 熊旋

《李白》是我读的一本名人传记。李白是唐代著名的大诗人，被后人誉为"诗仙"。李白的性格和他的诗一样既豪迈奔放，又洒脱飘逸。

李白的人生相当坎坷。他一心报效国家，却四处碰壁，但他并不气馁。后来是好朋友元丹丘在玉真公主面前提及，玉真公主又在皇帝面前推荐，又经贺知章提携，才有了为官报国的机会。

后来，李白因帮助李王而被太子抓入牢里。太子一心想要杀掉李白，宰相崔涣极力劝阻。功勋显赫的郭子仪早年曾得到李白的救助，此时也尽力为李白申冤，说愿意以自己天下兵马副元帅的官职为李白抵罪，李白这才保住性命，被判终生流放夜郎。这次，李白因朋友的帮助而免去一死。

在成功之路上什么最重要呢？

从李白的人生经历可以看出：第一是坚持不懈、勇往直前的精神。成功之路上有很多的"小山坡"，只有勇于探险、坚韧不拔的人才可以翻越崇山峻岭获得成功。第二是朋友。朋友的提携和鼓励可以在奋斗之路上给予你很大的支持，让你充满自信地走向成功，迎接成功。这便是成功的要略。

《小鹿斑比》是一部十分难得的经典杰作。

这是一只鹿的成长故事，以小鹿斑比的成长为线索，以极富人性化的故事和生动的语言讲述了动物们的相互扶持，讴歌爱与生命的和谐，展现了纯真童心。

在斑比的成长历程中，有一位非常重要的人物。他就是老鹿王，斑比的父亲。老鹿王给了斑比很多启迪，教了他很多道理，其中有一条最为重要：我们必须单独生活。如果我们想保全自己，想领悟生存的真谛，想获得智慧，我们就必须单独生活。

小鹿斑比的故事告诉我们，在成长之路上，自立和自信最重要。

自信是成功的基石。自信为我们搭起了一个人生的平台，使我们可以主动、积极地去应对生活中的各种困难并保持平衡的心态。人生须自立。自立贯穿成长的过程。在此过程中，我们不断完善自己，增强自尊，提高自信，学会理解和尊重他人，善于与他人沟通和交往，和谐相处；积极融入社会，关爱社会，奉献社会，成为一个对自己负责、对他人负责、对社会负责的自立自强的人。

熊旋，一个朴实的乡村女孩，穿着灰色圆领套头衫、牛仔裤、红色的运动鞋。梳着马尾辫，脸庞圆润，刘海遮住了前额，带着羞涩的微笑抬头看着我，用一口标准的普通话，娓娓讲述自己阅读借来的图书的感受。她说，自己还从蒋集农家书屋借阅了《居里夫人传》《童年》等书。

我问她："读书有什么好处？"

她不假思索地回答："读书可以明志，使人更有自信。有更多的知识，在人生之路上就可以有更多的借鉴。"

这是一个爱读书、会读书的孩子。生活对于她并不全是轻松和快乐。她家住蒋集镇蒋岗村，父母都在合肥打工，家里只有奶奶。她每天骑车20分钟才能到学校。回到家要做一小时作业，同时还要帮奶奶做各种家务和农活。但是，她那双明亮的双眼对未来充满了憧憬。那是图书和阅读为她打开的一个美丽新世界。

我问她："你长大了要干什么？"

她答道："我长大要当考古学家。因为我喜欢历史。我们还有许多古代的帝王墓都没发掘。"

呵呵！一位喜欢考古的女孩！这个回答大大出乎我的意料。

想当年，我本科读的就是考古专业，后又改行去念文学。而在定远蒋集镇这样一个偏远的地方，一个喜欢读书、对未来充满向往的女孩，竟然说她长大了要当考古学家！我想，这大概就是读书带给她的影响吧。诚如她自己所言：读书可以明志。这个有理想、有志向的小女孩瞬间令我惊讶不已。

像熊旋和吴腾瑞这样热衷阅读的学生在蒋集中学比比皆是。农家书屋就建在学校里，几乎每一个孩子都能在书屋里找到自己感兴趣的图书。加上老师和学校对于课外阅读的倡导与要求，在蒋集中学，自从 2005 年书屋落成以来，阅读始终蔚然成风。

齐建恩是当时六年级的男生，留着超短头发，言语不多，父母都是农民。六年级语文老师孙云霞告诉我，他是班级的"历史学小博士"，阅读了大量历史书籍，历史知识相当丰富。齐建恩说，他喜欢读《恐龙大战》《漫游世界》《军事家的秘密》，他还读完了《白话二十五史》。

金颖是当时八年级的女生，来自金巷村。她话语流利，侃侃而谈："人们常说，时间就是金钱。在生活重压下一些人只考虑金钱，但是米切尔在《毛毛》一书中告诉我们，时间就是生命，生命就在我们手中。因此我们不能浪费时间，要像珍惜生命一样珍惜时间，利用有限的生命、有限的时间去做有意义的事情。"

蒋兴远，当时 12 岁，在读六年级。这个属猴的孩子相当文静，酷爱读书。他已经读完了四卷本的《十万个为什么》，以及《小百科全书》《三十六计》《鲁滨孙漂流记》等书。他说："我印象最深的是《钢铁是怎样炼成的》这本书。保尔的人生感悟深深地触动了我。人最宝贵的是生命，而生命对于每个人都只有一次。我是多么幸运，生活在新社会，过着'衣来伸手饭来张口'的幸福日子。这本书教会我要勇敢地去面对生活。与保尔遇到的困难相比，我在生活中遇到的种种困难微不足道。人生不会一帆风顺，保尔的故事会一直鞭策着我，鼓励着我。"

杨欲是九年级女生，戴着眼镜。她告诉我，妈妈贫血，胃不好，每天种地很辛苦。她每天晚上回家，用两小时做完作业，11 点才能上床睡觉。早上五点半就得起床，给自己和弟弟炒饭吃。她从《感悟生活》一书中感悟到："生活之路总是坎坷的，但是无论困难再大，生活再难，也要站起来面对生活。"

孙云霞老师介绍说："因为有了农家书屋提供的极大便利，学校要求每位学生每天读书50分钟，每周写3—5篇日记，既可以记述平时发生的事情，创作文学作品，也可以写读书感受。孩子们的想象力非常丰富，作文都写得很棒。班级每周都要进行评奖，对写出好作文、好句子的同学给予鼓励，比如奖励一支笔、一个本子什么的。奖品不多，重在精神鼓励。老师还鼓励同学们上讲台演讲。王思婷第一次上讲台都紧张得哭了，第二次就很自然了。"

我说："我在校园的公告栏里看到贴着很多学生的优秀作文，还看到九年级学生的语文成绩表，几乎都在130分以上。你们学校语文水平普遍这么高，这让我很吃惊。这与学生们课外阅读多肯定有关系吧？"

"是。"孙老师回答，"学校倡导学生读短篇文章。采用了北大附小推荐阅读书目，多读那些有益于身心健康的书。现在书屋的书越来越多，周一到周五下午对全校师生开放。老师可以找到课外参考书，学生可以找到自己感兴趣的书，师生都蛮受益的。现在美中不足的，就是缺一个阅览室，希望将来能有一个专门的阅览室。"

"我看到蒋集书屋最近好像正在扩建装修，那师生们还能借阅图书吗？"我问她。

孙老师肯定地回答："从去年下半年开始，蒋集书屋开始暂时关门，进行改扩建。图书一直正常借阅，不受影响。学生们要看什么书，开出一个书单，交给老师统一去书屋借阅。而为了满足农民兄弟借阅需要，书屋管理老师采用'图书赶集'的方式，每逢赶集的日子，老师们就把农民可能需要的图书摆到街道上，像摆摊一样，农民可以随意翻找借阅图书。根据规划，新书屋将于（2015年）5月15日前后完工，6月至8月学校放暑假时进行重新布展。新学期一开学就可以重新开放了。"

孙老师戴着眼镜，长得瘦削而精干，说话干脆利落。她是淮南师范学院历史系毕业的，2006年来蒋集中学工作。

我由衷地对她说："你的这些学生都很好学，而且很懂事。特别是那个叫蒋兴远的小男孩，小小年纪就懂得珍惜幸福生活，真好！"

"那是我儿子！"

"啊！你儿子？！"我吃惊得张大了嘴。这时我感觉到，孙老师似乎有一点点羞涩，又有一丝丝自豪。

蒋集农家书屋自 2005 年建成后，受益最大的确实是蒋集中学的学生。

来自戴岗村的齐飞同学家里比较贫困，买书对于他来说，只能是奢望。《钢铁是怎样炼成的》是他从书屋借到的第一本书，他特别激动地说："早就想看这本书了。因为家里穷，买不起，现在好了，想看什么书就借什么书。"

蒋集中学是偏远的农村学校。2005—2010 年在校生都超过 1300 名。长期以来，学生没有课外读物。其原因，一是书对于这些乡村学子来说太贵了，买不起或者舍不得买；二是蒋集本地根本就没有书店，要买书就得去县城，来回一趟就是一百多千米。如今有了藏书数万册的书屋，不仅很好地满足了学生课外阅读的需要，也为教师查阅资料提供了极大的便利，教学能力得到显著提高。

像齐飞一样从书屋找到自己喜欢的书的学生数不胜数。学校绝大多数同学没有课外书，即便有，也只有两三本。

熊玉琴是一个爱读书的同学，她家里只有两三本课外书。

安徽人民广播电台的记者问她："喜欢在书屋读书吗？"

熊玉琴回答："喜欢。借过《课外美文》、《寓言》、《黄冈作文》。"

记者问："借书方便吗？"

熊玉琴回答："方便。有卡。卡给老师，号抄上，就能拿书走了。"

记者问："在这儿可以看的书多了很多吧？"

熊玉琴回答："是。看的书多了，一下子开阔了视野，写作文水平也提高了，可写的内容更丰富了。"

穷村走出了北大生

让蒋集人津津乐道的，是蒋集中学已有学生考取了北京大学。他就是北大 2012 级本科生薛飞。虽然他来自偏僻小镇蒋集镇，可谈起《纳兰词》、《三国志》和《农业百科全书》，他居然都曾涉猎，这让室友们很是惊奇。而这些图书都是当年他从蒋集作家书屋借阅的。

那时，只有六间房子的作家书屋建在蒋集中学一角，书屋里一多半是适合学生阅读的文学类读物和教辅图书。这座知识的港湾是薛飞中学时代最爱去的地方。徽式建筑的屋顶，北边有一个小池塘，周围满是竹子。屋内摆满书架，架子上摆满图书，门口那一排木凳，承载了读书人多少时光！"每周五是借书还书的日子，一下课，大家都会争分夺秒地跑到书屋，去借自己想要的书。"读书的岁月在薛飞脑海中一直记忆犹新。正是在那里，他爱上了阅读，爱上了知识，最终走进了北大。

薛飞家住蒋集镇秦集村薛大户东组，离镇上还有十多里的路程，走到最近的秦集村水泥道路也有三里路程。这是一个相当偏的村庄。

薛飞长得高高瘦瘦的，戴副近视眼镜。

薛飞家里并不宽裕，只有三间破旧的瓦房。房子里最引人注目的，是一面山墙上贴满了薛飞从小学到高中所获得的各种奖状，人称"奖状墙"。薛飞家里上有 90 多岁的爷爷、奶奶，下有一个也在读书的弟弟。每年，兄弟俩的学费就要花去一万多元。下有爷爷、奶奶看病吃药也要花钱。全家六口人只有 4 亩 8 分地。好在村里许多人都进城打工去了，父母帮别人代耕了 10

多亩田，每天都起早贪黑的，一年也能收下一万多斤水稻，吃饭不成问题，但要供两个孩子上学就有点吃力了。父母就再搞点副业，养几头猪和几十只鸡鸭，夏天下河捕鱼摸虾，冬天进城打点短工，就这样，总算能够马马虎虎地维持着。

上初中时，薛飞每天都要骑自行车赶十几里路去蒋集中学念书。要是遇到雨雪天，村里的泥土路不好骑车，父亲便帮着他将自行车扛到秦集村口的水泥路上。

在语文课上，老师提到了清朝著名词人纳兰容若，说他的词特别迷人。薛飞便起了阅读纳兰词的想法。正好作家书屋里就有一本安意如解读纳兰词的《当时只道是寻常》，薛飞便去借了来。那是他借的第一本书。

拿到《当时只道是寻常》，他便似懂非懂地读起来。

在这本书中，安意如对纳兰词有了十分详细的解析。慢慢地，薛飞对纳兰词便有了一些了解。那时他还不懂什么是好词，只是觉得纳兰容若的词很美，自己很喜欢吟诵。渐渐地，他养成了早晨背古诗词的习惯。

从那时起，薛飞坚持每天早晨读半小时诗词。像《采桑子》《蝶恋花》中的词，他都能倒背如流。

偶然地，他学会了将自己背诵的诗词运用到作文中去。有一回，他在一篇作文中引用了"唱罢秋坟愁未歇，春丛认取双栖蝶"来形容人们之间的感情，这篇作文受到老师的大加赞赏，还被当作范文在班级上朗读。

这，一下子激发了薛飞读古诗词的热情和动力。

后来，他的阅读兴趣不再止于诗词，像文言文的《三国志》也成了他的阅读对象。也许是因为阅读了大量的文言文著作，每次语文考试，他的文言文考题总能得高分。

学数学，老师说得多做习题。薛飞专程跑到定远县新华书店，想买一些数学习题书，但最终因为书太贵、家里太穷而打消了买书的念头。

后来，在作家书屋里，他竟然发现了一本《经典数学题集》，这让他喜出望外。在做练习的过程中，他的数学成绩得到了巩固和提高。

不光是数学，书屋丰富的地理、历史等方面的读物也极大地拓宽了他的视野，使他虽身处偏僻乡村，却照样可以在知识的海洋里遨游。

那时候，他的学习成绩很平常，并不拔尖。当他每周末从书屋借了《三国志》《经典数学题解》等图书带回家时，父亲薛自仁看到后，很不理解："学生不在课本上下功夫，你读这些书有什么用？"

薛飞恳切地回答："老爸，说不定这些书能帮我提高成绩呢！"

果不其然，到了期末考试，他的成绩一下子名列前茅。

不仅自己受益，薛飞家里的棉花种植也从书屋得到了帮助。

那一年，父亲种的棉花苗刚出土后不久，就出现"枯苗"现象，却苦于找不到原因。询问别人都说没遇到过，父亲束手无策。

薛飞看在眼里急在心里，突然想起在书屋里看到过一本叫《农业百科全书》的书，他连忙跑去找到这本书。经过认真"研读"，仔细比较，他终于找到了原因，帮助父亲及时调整了栽培方法。没想到还真管用了！

父亲感叹道："还是有知识好啊！"

从那以后，薛自仁也喜爱上了读书。在闲暇之余，他也经常到书屋去看书，既丰富了文化生活，也学到了许多知识，特别是在种植、养殖技术方面有了明显的提高。通过阅读《农业百科全书》，他学到了各种禽病禽害的防治技术，许多疑难问题得以解决，增加了收入，得到了实惠。2013 年，他还获得了定远县农委颁发的"信息农民"证书。

依靠顽强的毅力和刻苦的攻读，2012 年，薛飞以优异的成绩圆了北大梦，成为蒋集镇全镇人民的骄傲。

8 月下旬，送来北大录取通知书那几天，薛飞的家里比过年还要热闹。亲戚朋友纷纷上门祝贺，大放鞭炮。定远县教育局、蒋集镇政府和蒋集中学都送来了慰问金。北京大学资助了薛飞去北京的火车票，并发给了他奖学金。一时间，薛飞考取北大的消息在蒋集镇和定远县广为传颂，至今仍是当地人的一段佳话。

"若有天堂，那必是书屋的模样"

和薛飞一样，许多从蒋集中学走出来的学子，也都念念不忘这座书屋曾给予自己的滋养，至今回忆起来，仍倍觉温馨、亲切和感恩。

我与书屋的情怀

中央财经大学　谢亚男

离开故乡小镇在外求学已7年之久，每次乘客车回去必经我的母校，而母校里有我少年时期启蒙阅读的书屋。作为一个文科生，首都4年的大学生活，读书在很大程度上是我的某种精神寄托，车水马龙的繁华都市将大学生活变得更富有选择性，于我而言，闲暇时光里一本好书的陪伴所带来的喜悦和收获弥足珍贵。

既然说到读书便溯及习惯之养成。豆蔻年华尚未涉世的少年若能于彼时勤于读书，无论诗、史、文、经皆可对日后脾性、目光有极大影响。而7年前从母校初建的作家书屋里养成的读书习惯也一直随我至今。

小镇的家庭多数不算富裕，忙于生计的父母对子女教育并不重视。与大多数同龄孩子比较，我算比较幸运的，生于教师家庭，家有长兄爱好读书写字。自我记事以来，父母灯下读报，哥哥看书临帖便是家中常态，因此儿时我便不排斥静读。长至 10 来岁升入初中，恰逢金兴安先生为回报桑梓在母校建立作家书屋，我极其有幸在书屋奠基仪式上作为学生代表讲话，仪式上社会各界人士捐书献字。年少时并不理解书屋建设的种种困难，只高兴今后可以读更多的书。今日想来但觉光阴荏苒，近 10 年间，书屋送走一届又一届读书的孩子，而不变的是这些年金老先生对故乡少年殷切的希望，是坐落在母校一角的书屋"绿叶对根的缠绵情谊"。

记忆中，书屋建成之时藏书并不多，但对十几岁的孩子来说已是一笔莫大的财富。纯净无华的年纪读不懂美好的意象，读不懂诗人的情怀，却可以知道外面的世界纷繁多彩，明白未来不能停留在彼处。故乡潦倒的文化荒原迎来这些年第一个书屋的建成时，我极其有幸地成为荒漠清泉涤荡尽灵魂尘土的少年，得以触及文化的根骨和陪伴一生的梦想。于我而言，少年时代在书屋里读书的日子恰是一个普普通通的孩子抛却地域与出身的种种局限获得自我升华与积淀，相信未来是在遥远处绵绵不绝的精彩。

少年时从不懂得丑陋的背叛者如何救赎内心救赎爱，恰如我并不懂得《追风筝的人》，但是爱与欺骗、美与毁灭、不可避免的苦难与千千万万遍的追悔在我年少的记忆里留下的影子映照了我这些年对真情的理解，于是我真诚地对待自己，对待梦想，对待尘世间的陌生人。《堂吉诃德》中理想主义与彻头彻尾的英雄主义的失败同样在儿时教会我万人揶揄嘲弄的骑士精神和追求造就的一种人生，即便是在多年后沦为一种不愿开口的笑话，但谁又能狂言自己的人生不曾坚持过，不曾被周遭诋毁过呢？

朦朦胧胧的记忆被书屋悠悠古韵填满，未曾远游的孩子在书中慢慢知道远方有黄沙漫漫的大漠、一望无际的草原、小桥流水的江南，在少年时立下志向——往远方走，去看高山，去看河流，去看每一处未曾去过的地方。少年时光悄然走远，财大的岁月已将告别，梦想没有走远，未来我将在静谧安详的清华园里继续求学，等待春暖花开。

回首过去仍觉温暖，故我今我同为一人，年少的梦想还在，少年的情怀还在。至今仍记得曾在书屋里看到的一句话：美是邂逅所得，是亲近所得，在我烦乱时，照见我心。忽觉理解当年金兴安先生为何不顾艰难在故乡建起书屋，邂逅美是一种幸运，为少年创造邂逅美的机会是一种情怀。

若有天堂，那必是书屋的模样。何其有幸，我曾在故乡漫山遍野的春天里触摸过天堂……

（原文刊载于《滁州日报》2013 年 5 月 6 日第三版，有改动）

——这是从蒋集中学走出来的清华大学研究生谢亚男 2013 年在中央财经大学本科即将毕业时写下的一篇回忆文章。那句"若有天堂，那必是书屋的模样"，也正是她从借阅的一本书里读到的阿根廷著名作家博尔赫斯的一句名言化用的。

有如此感慨，必定对书屋有着非同寻常的感情。谢亚男所说的"书屋"，正是安徽出版集团退休编审、作家金兴安历经 12 年，倾尽稿费和大量心血，亲手打造的农家书屋。这座目前拥有 5 万册藏书的书屋，在发达地区也许根本不值一提，然而在定远蒋集这样一个农村小镇，能有如此一座书屋简直是如获至宝。况且这还是一座免费的图书馆，对于那里的农家子弟而言，这样一座图书的圣殿，实不啻为天堂。在蒋集中学读初中时，勤奋好学的谢亚男一直是时称"蒋集乡作家书屋"的"常客"。每天课余时间，她基本上都是在作家书屋度过的。在她的记忆中，书屋 2005 年建成，起初藏书并不多。但是那成千上万册图书对于一个十几岁的孩子而言，堪称是一座知识的宝库、智慧的海洋。当她遨游其中，这个未曾踏出家门的孩子从书里渐渐知道，远方有漫漫黄沙的大漠、一望无际的草原、小桥流水的江南……

谢亚男的父亲蒋华玉是一名即将退休的小学教师。他告诉我，他有两个孩子，亚男是老二，1992 年 9 月 5 日出生，2002 年上初中，初中读了 4 年。在金老师的鼓励下，初中时她就读了几百本书。2009 年，谢亚男以滁州市文科第二名的优异成绩考取中央财经大学。2013 年，她放弃保送本校研究生的机会，考取清华大学。现在，她在清华大学深圳研究院学习，经常赴东南亚进行国际交流。

那段满是书香的时光

安徽财经大学　刘泽华

一栋红瓦白墙的建筑静静伫立在蒋集中学的一角，一如既往地守候和哺育着莘莘学子。

我是蒋集中学2004届的一名学生，如今就读于安徽财经大学，每次放假回家总忍不住回到我初中的快乐大本营——作家书屋。

那时候，蒋集还是个乡，地处定远、肥东、长丰三县交界处，坐落在贫瘠的江淮分水岭，交通不便，经济十分落后，课外书对于我们这些乡村的孩子来说简直是奢侈品，要是有几本小人书连环画，更是被小伙伴们当作宝贝一样传看。我父亲从小就培养我的读书兴趣，即使家里并不富裕，他出差时也会给我带些故事书、科普书。老爸出差回家的日子就是我最开心的日子，也是我在小伙伴们面前露脸的日子。

可后来，这点书籍远远满足不了我了。我上了初中，渴望更多地了解外面的世界。那时候我们这里还没有互联网，我对电视也不感兴趣，每到逢集我就到处寻找旧书摊，翻看那些沾满尘土的杂志、书籍。就在这时候，作家书屋像一缕充满希望的阳光照进了我们的生活。

在这里，《大宇宙》让我了解到天外各种神奇天体的奥秘，惊奇不已！在这里，《自古英雄出少年》让我学习到"少年强，则中国强"；在这里，《米老鼠》又让我欢笑连连，开心不已；在这里，《少年儿童不知道的世界》则让我学到很多生活常识，其中不乏基本的理化知识，这也是我初中理化成绩名列前茅的小秘密。

一提到童年的欢乐时光，我连语气都轻松起来了。真正让我对这段时光念念不忘的原因有两个，确切地说，是一本书、一个人。

一本书，指的是《爱的教育》。当初在书屋拿到这本书时，我还觉得不好意思，因为"爱"对于我一个初中生来说是一个隐晦而又神秘的字。后来

19

发现，自己想多了，那时候的自己还是真可爱。我是一口气读完的，这本书用孩童的眼光来显示一个干净纯洁的情感世界，读来可以洗涤心灵，至今让我爱不释手。它的文学价值或许不是很高，却总能让我在那平凡而又细腻的文字中感受亲子之爱、友谊之爱、异国之情……每一篇文章都散发着最淳朴的爱的力量。一个四年级小学生在一个学年十个月中所记的日记，包含了同学之间的爱、姐弟之间的爱、子女与父母间的爱、师生之间的爱、对祖国的爱，使人读之，犹如在爱的怀抱中，温暖无比。它第一次让我认识到原来生活中有这么多美好的情感值得我们去珍惜。每一天，小到母亲的早餐、父亲的辛劳、朋友的相处、老师的教诲，大到国防的强大、国家的保障，无不在我们身边激励我们成长。主人公恩里科把自己的日记和父母共读，是孩子对父母的信任与热爱，渴盼父母对自己的教导，而这种亲子相处模式正是现在很多孩子与父母间最缺少的。或许自己的隐私很重要，但是交流的方式可以多种多样。最简单的东西最容易让人忽略。

《爱的教育》让我学会了如何正确地面对生活，从此我开始珍惜身边的点点滴滴，开始学会感恩。它在我少年向青年的过渡时期充当了人生观和价值观的导师，使我完成对爱的思考，感激并拥有这一博大深沉的力量。

作家书屋义务管理员蒋老师，既是我在学校的老师，又是我的表叔；既教我文化课程，也教我学习做事做人，是我的良师益友。

还记得有一回下雨天，又是书屋开门的日子，一群农村娃带着一脚泥水踏进了书屋。大家排队时，熙熙攘攘，我想插队来着，结果被蒋老师用眼神给督促回了原位。等到大家借完书陆续离开时，老师才放下登记簿，拿起扫帚和拖把一点点清扫着书屋的角角落落。我纳闷地问："老师啊，他们进来时你叫他们直接在外面把泥弄干净再进来不就行了？"蒋老师说："孩子想看书是好事。他们面皮薄，这次我要这么说了，难免有些孩子心里不舒服，觉得被另看了，下次就算来，也会留下不好的记忆。我希望他们在这里是无拘束的，是快乐的，不要有一点心理负担。"这段话至今想起来，仍觉得亲切、感人。

吃水不忘挖井人。作家书屋，是作家金兴安老先生为感恩乡亲创建的。作家书屋，为家乡的孩子们提供了知识的海洋，拓宽了孩子们的视野。作为受到书屋深深影响的我，愿书香，永远弥漫在这淳朴的乡野之中。

（原文刊载于《滁州日报》2013 年 5 月 6 日第三版，有改动）

这又是一位受到蒋集书屋恩泽的学子，那段无拘无束惬意愉快的读书生活影响了他的人生态度和道路选择。

黄金有价书无价。一本书，一屋书，改变了一大群孩子的命运。

"我似乎觉得整个世界都呈现在眼前"

后来考入山东大学热能与动力工程专业的薛洪涛，至今仍记得 2004 年那个艳阳高照的上午，他和同学们搬着小板凳，坐在蒋集中学教学楼前的小广场上，金兴安和学校老师们宣布作家书屋奠基的消息。

在那个没有网络的时代，能够看看课外书是多么快乐的事情。当小洪涛第一次走进作家书屋的时候，左看看，右看看，感觉很多书都很有意思，不知道该借什么书。最后，他随手拿了一本《幻方》。这本书让他看了足足一个月。他只能看懂一些基本的东西，像九宫格、分西瓜、换酒杯等，却不懂其中的原理。但是，这对于当时还是一名初中生的他来说，等于有了一次数学思维的洗礼——从固有的思维变成灵活的思维。这种灵活的思维一直影响着他，从高中到大学，从大学到未来。

洪涛家离学校较远，中午无法回家。夏天，中午非常炎热，吃过午饭同学们陆续回到了教室，有的睡觉，有的看书。那时候，洪涛读了很多文学书。

给他印象最深刻的是一本名叫《自鸣钟》的书。那是书屋创办者金兴安写的一本小说、散文集。洪涛读完《自鸣钟》后，感触很深。金兴安在文章里写到，自己小时候家里没有钱买闹钟，每天只能靠自家的公鸡打鸣作起床的闹钟。这有点类似"闻鸡起舞"的味道。洪涛想，金老师小时候的生活真是艰苦啊！不像我们现在，别说是一只闹钟了，各种高级电子产品都有了。相比金老师生活的那个年代，我们的物质条件已经好了很多，自己还有什么理由不好好学习呢?

从那时起,洪涛就开始发奋读书,终于考上了定远县最好的高中。

在县城高中,有许多在蒋集根本见不到的事物及诱惑。在这里,洪涛开始迷恋上网打游戏。以至于第一次高考,他落榜了。

暑假回到家里,洪涛都不敢看父亲,尽量避开他。

有一次,洪涛在翻照片时,突然,一张卡片掉了下来。

那是蒋集作家书屋的学生免费借阅卡。

这张借阅卡,勾起了洪涛对往昔的回忆。洪涛想起了自己读过的《自鸣钟》的故事,想起了金兴安当年创办书屋的一片良苦用心和对学生的殷切期望。他暗下决心:人家金老师少年时代那么艰苦还作出了成就,自己再也不能虚度年华了!一定要珍惜时间,珍惜青春!

在复读的那一年里,他时时这样提醒自己:珍惜时间,刻苦学习。

一年后,他考上了山东大学。

那年春节回家过年,路过母校蒋集中学的时候,当蒋集书屋那几间白墙红瓦的房子出现在眼前的时候,薛洪涛双眼湿润了。

那是曾经带给自己青春梦想与激励的地方,那是他扬帆远行出发的码头。今生今世,他都永远无法忘记它……

和薛洪涛一样,对那个作家书屋奠基仪式念念不忘的人当中,有一位如今正在华侨大学读书的女生黄程程。

2004 年 9 月 18 日,蒋集乡作家书屋奠基时,她被老师指定为小学生代表在仪式上发言。主席台上,一位老师一直用手帮娇小的她扶着话筒。那张照片后来被登在纪念作家书屋 5 周年的专刊《五年,我们一起走过》上。每当看到这张照片,黄程程都会禁不住感到自豪、感动和温暖。

她永远都记得那一天的场面,记得金兴安老师那祥和的面容。

那一天,来了很多领导和知名作家。当老师告诉黄程程,作家金兴安将自己辛辛苦苦挣得的稿费无私地捐出来为学生创办书屋时,黄程程对金老师的崇敬和钦佩之感油然而生。

那天回到家里,黄程程显得特别激动。她在心里暗暗地告诉自己,一定要考上这所中学!一定要走进作家书屋!

不久后,她果然如愿以偿。

第一次怀着好奇的心情走进书屋，黄程程一眼就看见了整整齐齐陈列在书架上的种种图书。当她翻开一本本书，当一页页、一行行的字映入眼帘时，她甚至觉得整个世界仿佛都呈现在了自己的眼前。她从小生长在信息、交通闭塞的乡村，对外面世界的了解微乎其微。透过书屋，外面的世界第一次如此透彻地、全面地震撼到了黄程程。

高尔基说："当书本给我讲到闻所未闻、见所未见的人物、感情、思想和态度时，似乎是每一本书都在我面前打开了一扇窗户，让我看到一个不可思议的新世界。"

而对于黄程程来说，作家书屋在为她打开一扇扇窗户的同时，也为她铺就了一层层阶梯，指引她向知识的天堂不断攀爬。

2007年底，当安徽省农家书屋工程给蒋集镇作家书屋授牌时，黄程程再次作为中学生代表，在仪式上发言。

读初中的那三年时光，她一直喜欢这里，喜欢沉浸在书屋的阳光里，沉浸在阅读为她带来的沉醉与惊喜中。在这里，她和同学们一道去追寻霍金、鲁迅、巴金、莎士比亚的足迹，聆听著名作家鲁彦周、季宇等人的讲座……他们忘不了作家金兴安那慈祥的目光。

她时常对黄保勤说：贫者因书而富，富者因书而贵。

2012年，黄程程考上了大学。每一次走进大学那座壮观的图书馆翻开每一本书时，她都会想起昔日坐在小镇上那间并不宽敞的书屋里静静看书的时光。它是阶梯，自己沿着它一直不停地攀登。等到经年之后，蓦然回首，它依旧矗立在那里，像一座精神的丰碑。

上大学后，黄程程依旧常去图书馆，也经常写文章，给报刊投稿。

她的母亲深有感触地说："吃水不忘挖井人。感谢金兴安老师对农家书屋的无私奉献，也感谢蒋集中学给了孩子们这样一片广阔的天空。我相信，在书屋的帮助下，我们这个地方会出现更多的大学生，会培养出更有出息的人才。"

无论多少年后，无论飘落到地球的哪一个角落，黄程程都觉得，自己和同学们，每当想起受益终身的作家书屋来，温暖和力量就会萦绕在心头。

曾任蒋集作家书屋八年义务管理员的原蒋集中学教师蒋华进告诉我："书屋创办以后，学生看书机会就多了。看课外书拓宽了他们的知识面。在学习方面，知识面拓宽了，学习兴趣也随之提高了许多。尤其表现在作文上，有点让我惊讶。我们看学生作文的时候觉得他们作文水平提高得真的很快，他们的眼界很广。"

作家书屋不仅是学生汲取海量知识的图书馆，也是供村民学习农业技术、休闲娱乐的移不走的文化站。

蒋集村村民杨先发就经常到作家书屋来。他喜欢看科技类图书。他家种田，有水稻，有杂粮，凡是有关科学种田的书他都爱看。

2008 年，时任蒋集镇镇长李文杰告诉记者，书屋建成以来，改变最多的是蒋集镇农民的精神生活。他说："书屋没办之前，我们镇近四万人，没一家像样的书店，更别说像样的娱乐设施了。农闲的时候，村民们经常打麻将、赌钱，因而治安纠纷时有发生。书屋开办以后，我们十天四个集，逢集向农民开放，免费给农民借阅图书，自己需要的书可带回去，下次赶集再还回来，以利于把知识运用于生产当中。农闲时候看书，一是增长知识，二是陶冶情操，三是减少了社会矛盾。像赌博、封建迷信等不良现象明显减少，村风文明有了很大改观。"

2011 年 1 月，金兴安被推选为"安徽省社会主义核心价值体系学与行"宣讲团成员。3 月 23 日，他在安徽省委小礼堂做了题为《感恩乡亲，创办第一个农家书屋》的报告。在报告中，他介绍了自己创办安徽省第一个农家书屋的缘起和经过；介绍了书屋建成后发挥的巨大的社会作用；尤其着重提到了那些为书屋建设和发展作出贡献的各级领导、亲友和社会组织。

金兴安说，安徽省新老领导都纷纷为书屋题字和捐书。

90 岁高龄的王光宇亲自下楼找出了一百多本书，让秘书转交给金兴安。更为感人的是侯永老人，刚从医院做完手术回到家，腰里还拖着条皮绳，吊着一只导尿的塑料袋，听金兴安要办作家书屋，请他题字，他二话不说，迈着蹒跚的脚步，吃力地拿起笔，写下了这样一幅字：

作家书屋丰富农村孩子的精神生活培育四有新人

金兴安站在一旁看得心里发热，泪盈眼眶。他暗暗下定决心：无论遇到多少困难，一定要把书屋办好！

　　到了 2011 年，蒋集中学考入示范高中的人数攀升到了 98 人，是 2005 年 21 人的 4.6 倍。蒋集农家书屋的社会放射作用进一步显现。

　　为了方便广大农民借阅，便于其记住自己的免费借阅书卡号码，金兴安想出了一个根据蒋集镇当地电话号码编码的方法。他特意以当地电话号码的前四位数"4575"作为固定的开头数字开始编号。这样，每个农民的借阅卡号往往就是他自家的电话号码或者其亲戚、邻居的电话号码，既有趣又好记。每逢农历每旬的二、四、七、九日赶集的日子，每个农民都可以直接到作家书屋阅读报刊，观看光盘，并且凭借这个免费借阅卡号直接借阅图书，甚是便利。

"老乡们粗糙的手翻阅书本时，那渴望知识的眼神深深打动我"

蒋集书屋于 2004 年动议，2005 年 10 月建成，开始时命名为"蒋集乡作家书屋"；2007 年在全国推进农家书屋建设过程中，被纳入安徽省首批农家书屋工程统一管理，因此堪称全国第一个专门面向农村和广大农民的农家书屋。

时任蒋集中学校长袁野说："凤阳的小岗村掀开了中国农村改革的第一页。蒋集书屋犹如小岗村。小岗村解决农民吃饱饭问题，蒋集书屋解决农民读书难、接受文化服务需求的问题。一个是物质的，一个是精神的。"

这是一位平易近人的校长，晒黑了的脸庞，眼镜后面的双眼炯炯有神，似乎能一眼看穿你；说话声音洪亮，底气十足，带着明显的安徽口音，2012 年底到蒋集中学任校长。他动情地说："书屋让孩子们有了汲取知识的原动力，这一切都要感谢金老的无私奉献，感谢他投入了大量心血。书屋每周开放三次，周边农户特别是养殖户遇到问题就来翻书，将图书无形的内容化为有形的力量，起到了帮助农民致富的作用。"

书屋建成 10 多年来，藏书丰富，学校师生借书很方便。袁校长介绍说："因为有了书屋，蒋集中学的教学质量迅速攀升，尤其是文科很强，语文老师的教学水平在全县都数得上；由于中考成绩好，因此吸引了附近几个乡镇的学子纷纷前来求学，高峰时蒋集中学有 1300 多名学生。考虑到蒋集地处定远县西南，属于边远地区，这样的辐射力和影响力是相当惊人的。"最近这几年，学生数量逐年下降。一个原因是学生逐步向城市集中；另一个原因是父母外出打工，把孩子带到了打工的地方，交给私立学校去教。"

"那么，咱们学校怎么关爱那些留守儿童呢？有辍学的孩子吗？"我提出了自己最关心的一个问题。

"现在农村因家贫辍学的孩子几乎没有了。"袁校长稍稍停顿了一下，接着说，"留守儿童占全校学生的十分之一。书屋为他们提供免费亲情电话，孩子每周都可以跟在外打工的父母通半个小时电话。留守儿童性格方面往往存在着逆反和随意的特点。学校针对留守儿童的实际，加强了管理，建立了班主任与孩子父母及时沟通的机制。对那些贫困学生，学校采取政策倾斜，安排100名学生在学校寄宿。平时，除开足全部文化课程外，我们还特别关注学生的心理健康，开设心理健康课，注意因材施教，积极培养孩子们的兴趣爱好。"

"蒋集书屋建在蒋集中学里，一直是由学校代为管理的。对于书屋下一步的充分利用，学校方面有什么样的计划和打算？"我问。

"我们学校会定期组织征文活动。一搞征文，孩子们自己就会往书屋跑，自己去找资料找书看。网上找不到的资料也都可以到书屋里找。书屋建在我们学校，由学校老师管理，我们要协助书屋管理员搞好管理。对开放时间要进行调整，逐步延长开放时间，真正起到对农民的精神引领作用。下一步还要进一步加强对书屋的管理，使书屋更实用、更简单好用。譬如可以建立电脑检索和书目数据库，以利于查找需要的各种图书和资料。"

从蒋集书屋受益的不仅有学生，还有众多渴望科技致富的农民。

2005年10月28日开馆那天，乡亲们成群结队来到作家书屋，他们用粗糙的双手捧起书本，眼神里流露出对知识的渴望，此情此景深深打动了金兴安。

金兴安出资兴建的农民阅览室里有两台电视机和两台电脑，农民可以在那里观看科技光盘或上网查阅相关资料。

金其如长着方形大脸，身材结实，戴副眼镜。同金兴安一样，他也是金巷村的孤儿，父亲1960年去世，母亲改嫁。生产队的人给他粮食吃，大家一起养活了他。那时，金兴安住在生产队烤烟用的烟炕上，经常到他家里来，金其如就给他搞点吃的。长大后，金其如去参了军，当了一名工兵。

转业回家后，金其如成了村里的养猪专业户。10 年前，因为养猪没有经验，母猪在产仔时总会有死胎，金其如百思不得其解。2005 年后，书屋办在了家门口，有事没事他总上书屋转悠，借几本书回家看看。其中有一本《现代养猪技术问答》，让他了解到母猪产前要限量喂养。他照此办理，从此母猪产仔再未发生过死胎现象。他还照着科学养猪书籍上教的，自己定制猪饲料的配方，实行定时、按需喂养，结果猪的长势良好，从十几头发展到了400 多头。他成了全乡闻名的养猪大户，10 年下来，挣了近百万元。2010年，中央电视台还专门报道了他养猪的事迹。

"这几年，大型养猪场越来越多，人家动辄饲养上万头猪，一头猪只要挣 100 元，总数就是一笔不小的数目。我们小养猪场干不过它们，挣钱越来越难。但是，我还要继续发展。怎么发展呢？我从报刊上看到，现在宠物市场前景广阔。下一步，我准备搞袖珍宠物狗和定远'丑八怪'的养殖。"

"什么是定远'丑八怪'？"我好奇地问。

"就是定远黑毛猪，定远土猪，因为长得丑，所以叫'丑八怪'。这种猪，瘦肉多，价格比普通猪要贵三分之一。"金其如回答。

他今年 62 岁，当了近 30 年的村支书，儿子现在也是村干部。按说他已到了含饴弄孙享清福的年纪，但他依旧雄心不减，心中早有了一幅未来发展的蓝图。

"蒋集书屋给我带来了财富，开阔了致富的思路。我还要好好再干它 10年！"他的话里充满了豪气。

如今，作家书屋早已成为蒋集人读书学习、了解信息的文化生活乐园。金其如还为此编了一段顺口溜：

> 书屋建在家门口，
> 一有空闲去遛遛。
> 读读书、看看报，
> 一分钱都不要。

如今已是当地农民致富带头人的熊传运种植着 300 多亩葡萄，2014 年进入丰产期的有 50 亩，每亩纯收入超过 1 万元。

"是金老师带我走上了致富路。"熊传运说。

熊传运是西庄村人，方形的脸膛黝黑发亮，留着寸头，目光坚毅，语气自信，显得气场十足。他告诉我，他高中毕业，2004 年自己投资 3 万元，在家挖塘养鱼，由于缺乏技术和经验，死鱼的现象经常发生。蒋集作家书屋开馆后，熊传运借来几本养鱼方面的书，如《养鱼技术 300 问》等，自学养鱼技术。一个星期后，多年来频繁死鱼的难题基本得到解决。

近年来，为了配合当地经济发展战略调整，熊传运从养鱼转向种植葡萄，并且成立了专门合作社。要请专家上门来指导很难，这下书屋可帮了熊传运的大忙，他有关葡萄种植的技术几乎都是从作家书屋学来的。

"2013 年起，镇上对产业发展进行结构调整，将葡萄种植业列为六大产业之一。我计划种植葡萄 400 亩，全村推广种植 600 亩。我们种的是有机葡萄，全部施农家肥，无公害。加之蒋集土质好，盛产期亩产 2000 多斤，一斤可以卖到 10 元钱，每亩净利润可达 1 万元。"

"种粮一亩一般能有多少收入？"我问。

"种粮一亩不到 1000 元的利润。我们种有机葡萄，要雇几十个人，一人一天 70 元，每亩投入 8000 元到 1 万元。今后主要是控制葡萄产量，提高质量。前不久，滁州市里给我们送来了几台电脑。下一步，我们计划搞联网销售，为葡萄打开广阔市场。"熊传运雄心勃勃地说。

现在，位于街道上的西庄村已改为社区，社区支部旁边也建起了西庄农家书屋。已是西庄社区支部书记的熊传运要求社区干部都要看书，每次下乡服务时都要有针对性地带书下去，帮助农民更好地发展。

"作家书屋让粮食增产又增收，带我走上了科技致富的道路。"蒋集镇西庄社区的熊爱民高兴地告诉我。以前种田靠天收，每亩小麦只能收七八百斤；作家书屋开馆后，熊爱民经常从书屋里借阅一些科学种田的书籍，按照书上的指导科学种田，现在小麦亩产量达到了 1200 斤。

书屋办起后，蒋集大变样

"以前不懂科学是瞎干，现在不懂科学就来找书看。"蒋集金巷村的金家恒深有感触地说。

金家恒1936年出生，是金兴安的同族长辈。这位78岁的老人戴着一顶有檐的瓜皮小帽，穿件藏蓝色中山装，脸上是太阳晒出的红润色，满口白牙，能说会道。他1958年入党，是一位有着57年党龄的老党员。他告诉我，过去自己不知道怎样选种施肥、除虫打药，是作家书屋里的农技书籍，让他懂得科学种田的道理，使他家种的稻子和麦子，年年都有好收成。他曾经当过村干部和蒋集高级社办公室主任，是看着孤儿金兴安长大的，也给过他很多关怀爱护。

金家恒说，自己最爱看大人物传记。他一五一十、如数家珍、如说快板一样地讲述起习近平总书记的生平：

"习近平1953年6月生，陕西富平人。15岁到延安当知青，后来担任梁家河大队党支部书记。严冬腊月，冰封雪冻的，他卷起裤腿，率先下河疏浚水渠……"

看得出来，这位不会上网的老党员对党的总书记的家世了如指掌，显然是读了很多书，看了很多报。

"以前想看书，买书买不起。现在可好了，书屋办在家门口，为我们提供了极大的便利。"他不无感慨地说。

金家恒帮我分析了一下镇上的现状和人口组成情况。他说，蒋集镇除去外出打工的两万人左右，留在村子里 70 岁以上老人有 5000 多，中年人有 5000 多。蒋集书屋的读者有上至 80 多岁的耄耋老人，也有下至六七岁的黄髫小儿。其中，老年人爱看历史、人物传记和健康养生书籍；青年人喜欢看厂矿生产和发家致富的书；学生需要课外书、文化书。书屋的建成对推动蒋集镇的发展作用很大。

他像念顺口溜一样滔滔道来：

"书屋办起后，蒋集真是大变样。一是道路修得好。原先泥土路，一到下雨天就泥泞不堪，现在镇政府修好了路，泥土路变成了水泥路，道路由窄变宽，又是双车道，方便了行车与走路。二是路灯亮得好。蒋集道路村村通，危桥也修好了，路灯村村亮，灯杆高又大，一到晚上就亮起，夜里走路看得清。三是环境卫生搞得好。垃圾桶遍布各村，保洁员天天打扫卫生，环境面貌焕然一新，人人看着心情好。四是科学种田搞得好。以前亩产三五百，如今亩产一千五，七八亩田能产万斤粮。五是流转土地农业搞得好，农民生活实现大翻身，以前住草房，如今住楼房。"

金家恒家早就在村里盖起了三层小洋楼。他 52 岁的儿子在合肥承包工程，也早在城里买了楼房。一家人的日子过得红红火火。

2014 年 11 月 7 日，我第一次来到蒋集镇。当走进简朴而略显寒碜的镇政府办公楼时，一种亲切的乡镇气息扑面而来。我们是专程来采访镇领导的。

在四楼会议室里，映入眼帘的是墙壁上的一些领导题词。其中，安徽省人大常委会原副主任郑锐先生的几幅题词最为显眼。已年逾九旬的郑老当年曾在定远、凤阳一带领导过游击战，打过鬼子，对这片革命老区怀有深厚而特别的感情。

郑老的题词有一幅写着：

　　读书创造人生，知识改变命运

这，大概是为蒋集书屋题写的，也是勉励镇领导的吧。

另一幅写着：

　　融入合肥经济圈，打造合肥后花园

　　定远水土保持良好，生态环境优美，被誉为合肥的"后花园"。这，大概是为蒋集鼓劲的，希望经济还比较落后的蒋集能够借助定远县融入合肥经济圈的大好时机，实现绿水青山式的跨越式发展。

　　时任镇长李文杰像个腼腆的小伙子，有时会不自觉地拿手去摸摸头发，或是把一只手放到后脑勺上。见到我这个作家似乎还有点紧张，喜欢笑，笑的时候便露出了一对雪白的门牙。

　　他到蒋集任职已经9个年头了。蒋集经济社会发展的一本账就装在他的脑子里，不用本子，他都能脱口道出：

　　"蒋集地处江淮（长江和淮河——笔者注）分水岭，处于定远和肥东、长丰三县交界地，靠近合肥，是一个典型的农业乡镇。现有人口3.1万人，土地6万亩，无资源优势。我是书屋建成后来蒋集的。金老退休了仍不忘家乡，为蒋集书屋付出了大量的心血。从建设到发挥作用，他时刻都关心着。金老从小就是个孤儿，是吃百家饭长大的。他自己发展好了，看到家乡农民想看书都看不到，就把自己的藏书都捐给家乡，盖起了书屋。

　　"一个地方的发展，文化很关键。一个地方没有文化做底子，发展不会长久。文化对发展的贡献是润物细无声的，是持续的，一时看不出来，多年后才看得出来。过去我们蒋集有'四多'：上访的多，喝酒打架的多，打牌赌钱的多，算命看风水的多。现在，前面的'四多'基本上没有了，我们又有了新'四多'：读书看报的多，发家致富的多，科学种田的多，考上大学的多。镇上平均每年考上全国重点大学的有十多人，还有考上清华和北大的，考上一般本科院校的孩子几乎家家都有。党委和政府一抓发展，二抓维稳。蒋集书屋在发展维稳中起到了很大作用。最近两年，蒋集在进行产业结构调整，抓'六个一'产业：一千亩葡萄基地，一千亩油桃基地，一千亩草莓基地，一千亩蔬菜基地，一千亩苗圃基地，一千万只林下鸡养殖基地。

　　"过去农民主要种植水稻和小麦，一年两季靠天收。'六个一'产业从无到有，我们还要靠文化，靠读书。蒋集书屋的建设得到了安徽出版集团的大力支持。这一次改扩建，需要100多万元，省委宣传部拨了50万元，县里资助一点，社会赞助一点，我们自筹一点，几个'一点'就干起来了！"

　　"蒋集镇财政收入如何？"我打断李镇长的话问。

　　"目前蒋集财政收入每年只有 100 多万元。我们压缩其他方面的开支，也要把书屋扩建好。现在扩建已有 50 多万元的投入。蒋集有三分之一的人外出打工、经营企业，单是在合肥就有 1 万多人在打工、经商、办厂。有发展好的，也可以给书屋赞助一点。"

　　"对于书屋扩建，镇上有什么安排？"

　　"为了扩大书屋，我们让原先位于书屋东面的蒋集村支部办公室挪了个地方，由镇上出资给他们重建了一个。把村支部的两层楼房进行重新装修，计划在书屋搞起电子阅览室，配套分步实施。安徽省正在全省推行乡镇文化试点，覆盖面更广。我们将来再弄个小剧场，让农村文化都进去，平时可以唱唱小倒戏（庐剧——编者注）什么的，老百姓晚上都可以来看。文化对我们的发展太重要了，这些年我们的体会特别深。书屋背靠学校，面向社会。老百姓吃好了喝好了，都来看书看戏，社会矛盾就少了。对于书屋，我们镇政府会持续地一届一届地干下去的。黄梅戏、大包干都是在我们安徽发源，农家书屋也是安徽首创。这是一块金字招牌，我们有信心把它擦得更亮。金老师建书屋回报家乡，我们要把书屋当作事业来干。现在蒋集镇下面已建起 10 个村级农家书屋。镇上的书屋藏书有 4 万多册，可每个村级书屋藏书只有 1000 多册。下一步，我们要让这些图书在乡镇内流通起来，实现共享。每个农家书屋都要配备专职的图书管理员，管理员要爱惜书、爱读书。我们要给他们开工资。"

　　时任蒋集镇党委宣传委员刘礼峰补充说："农家书屋的建设，提高了蒋集的美誉度和知名度，给蒋集百姓带来了实实在在的好处。很多企业知道蒋集有这样一家书屋，都愿意来投资。像上海的一位老板就在我们蒋集投资搞风景林苗木培植。过去，蒋集人打架闹事现象不断，现在通过读书，素质提高了，学技术发家致富，在家留守的妇女也纷纷来学本领。今后，我们要让图书走进农家、走进群众生活。书屋建好难，维护好、做得更好、发挥作用更难。为此，我们要做好两件事情：一是做好送书下乡；二是采购好农民真正需要的图书。"

　　时任文化站站长刘洪说："凤阳小岗村解决了农民温饱问题，蒋集书屋解决了农民读书难问题。农家书屋是'文化农村'的重要内容。图书是精神食粮，农民在书屋学科技，学法懂法，提高素质。蒋集中学考上省示范中学定远一中的学生数逐年上升。2007 年，蒋集书屋被列入安徽省农家书屋示范点。书屋在图书管理、分类编码方面都有专人负责，还安排专人给农民送书上门。农民可以像在饭馆点菜一样选择自己想看的图书；书屋没有的书也可以点，我们可以去采购。农家书屋还被列入我们干部年终考核的内容，在 100 分中占 5 分。蒋集书屋的选址背靠学校，安排专人管理。以往村级书屋管理员一年只有 200 元报酬，现在我们搞试点，每月工资提高到 400 元。村干部一个月工资才 1000 元。对于管理员，我们制定了《考核办法》，实行推荐、考核、竞聘上岗，对于每家书屋每年都要进行绩效考核。要推选那些热爱图书又有奉献精神的人来管理书屋。很多书屋的管理员都是由退休村干部或退休教师担任。对于书屋的管理，我们采取了一系列办法，比如要求书屋每周二、四下午和周六、日全天开放；管理员要'请进来、走出去'，请农民兄弟来书屋看书读报，主动送书上门，了解农民需求，扩大读者群，从而充分发挥书屋的作用。"

感恩是人的本分

　　安徽省人大常委会原副主任朱维芳是蒋集书屋的热情支持者。她与金兴安相识多年，最初读到他的作品，感觉很朴实。2004年金兴安开始在老家建书屋，拿出积蓄和藏书捐给老家，回报乡亲。朱维芳渐渐了解到金兴安的身世，知道他是个孤儿，采取建书屋的方式知恩图报，更是感觉他本质好、淳朴。

　　2015年4月24日下午，我坐在朱维芳的办公室，听她对我侃侃而谈：

　　"兴安以独特的方式回报家乡，与他的经历分不开。他的童年很不幸，他的成长得益于读书。小时候没人关心他冷暖，但他很刻苦，是苦难塑造了他，他把苦难作为财富。他知道农村很多青少年同他当年的处境相似，渴望读书，但没有条件读书。兴安知道给人什么。他从我做起再去影响认识的人，以小见大，很了不起。他很有远见，精神很伟大。做一件事，贵在坚持。兴安十一年如一日为书屋操劳，令人佩服。他是平凡的人做了一件不平凡的事。人难得一辈子做好事。兴安建书屋这件事的内涵和精神力量要放大，要把正能量辐射出去。

　　"去年《政府工作报告》开始倡导全民阅读。金兴安个人得益于知识，全民和百姓也应如此。俄罗斯、以色列、英国那些文明程度较高的国家都在倡导全民阅读。全民阅读带来文明素质的提高。文化改变人生。全民阅读不仅对于蒋集镇、定远县意义重大，放大到全国也是如此。不阅读，我们将远远落后于其他国家。知识能改变一个人乃至一个民族、一个国家的命运。李克强总理的老家在定远县九梓乡。在今年的两会记者招待会上，李克强总理说：他特别重视全民阅读，今年的《政府工作报告》把全民阅读写进去，明年还要写上去。"

朱维芳是上海知青，在上海生活了 18 年，然后来到安徽插队，安徽人民把她当作自己的女儿。后来她考上了大学，毕业后当过教师，一步步走上领导岗位，经历了风风雨雨。20 多年前，安徽人民推选她为省会城市的副市长。后来她又当上了省人大常委会副主任，从上海知青成长为一名副省级高级干部。她始终不忘安徽这个第二故乡对自己的培养，立志为安徽服务，为家乡争光。

在采访过程中，她一再谦虚地说，她要向金兴安学习。感恩是人的本分。金兴安建书屋，不是为当官，只是一种朴实的回报家乡的愿望，但是很伟大，蒋集乡亲发自内心地感激他。有一次，她看到金兴安弯着腰直不起身还在现场忙碌，朱维芳便亲手扶着他。

她给我们讲述了发生在自己身上的一个故事。

1971 年，定远县藕塘镇小潘村有一个聋哑人叫郑德聪，看上了来这里下乡的上海女知青沈锡美。同来的上海女知青有 5 个人，大家住在一起，每天轮流挑水。轮到瘦小的沈锡美挑水时，她总是特别吃力。郑德聪看到了，特别怜惜她，就每天半夜偷偷地替女知青们挑好水，放在宿舍门口。

有一次，沈锡美不小心掉进河里，河流湍急，闻讯赶来的人没有一个敢下河救她。郑德聪急中生智，骑在一头水牛背上扑腾到水里，将她捞上了水牛背。沈锡美被打动了，两人建立了感情。4 年后，两人举行了婚礼。

沈锡美的妈妈知道后，坚决不同意，便从上海赶来，苦口婆心地劝锡美回心转意。德聪一看就知道她妈妈要带她回上海，"扑通"一声栽倒在地上抽搐起来，手脚冰冷。锡美妈妈吓坏了，把一缕香烟丝放在他鼻子边上。他忍不住打了个喷嚏，苏醒过来。

锡美咬咬牙对母亲说："就算下地狱，我也认了！"

母亲无奈地叹口气，留下 200 元钱，痛心地回上海去了。

后来，两个人有了两个孩子，日子过得很艰难。锡美嗓子好，便到上海去，在街头上唱越剧，卖唱挣钱，攒下点钱就给丈夫寄回去。

有一次，已回到上海的一位一起插过队的知青在街上认出了锡美，便把她带回她父母家。她母亲看到锡美的生活如此窘迫，对爱情还那样执着，终于冰释前嫌，从此将锡美的大儿子接到上海抚养。

锡美又惦记着安徽家里。七八年间，她就在安徽和上海两地之间奔波。她做过清洁工、保姆、采购员。打工赚的每一元钱她都要攒下来，花到家里的生活上。30多年来，她没给自己添过一件新衣，而且几乎不吃一次早饭，为的是省下早饭那一两元钱。

当记者问她为什么这么多年和丈夫的感情仍如此坚贞，她说："德聪真的对我好，吃再多的苦我也不后悔。"

她很喜欢邓丽君演唱的《你在我心里》这首歌。平日里，每当四目相对，丈夫的眼睛总是脉脉地饱含深情。这么多年了，每当生活的苦难重压着她，或是心里感到寂寞、绝望时，她就用这首歌来安慰自己：

> 你在我心里，
> 我在你心里。
> 不止一点点，
> 也不止一滴滴。
> 你已看中我，
> 我也看中你。
> 常言说得好，
> 有缘在一起。
> 有一些儿喜，
> 有一些儿甜。
> 这默默的时刻里，
> 胜过了千言万语。

朱维芳是从报纸上读到沈锡美事迹的。同为上海来安徽插队的女知青，她也被锡美的遭遇及其对爱情坚贞不渝的态度深深打动，忍不住潸然泪下。

国庆节长假一结束，上班第一天，朱维芳就给滁州市领导打电话，问他们沈锡美的故事是否属实。

对方回答："完全属实。据了解，当年县里领导了解到沈锡美家里困难，还专门派人给她家建起了砖瓦房呢！"

朱维芳急切地说："真的吗？那我要去亲眼看看。"

第二天一早，朱维芳就推辞掉滁州市领导的陪同，只带了一个秘书和几个民营企业家，一起去藕塘镇看望沈锡美。

见到沈锡美第一眼，她非常吃惊。这哪是当年从上海来安徽插队时那水灵灵的时尚女孩？！面前这位老妇，一张饱经风霜的褐色脸庞，瘦削深陷的两颊，瘦弱的身躯外穿着一件宽大破旧的外套，双手干枯粗糙，伤痕累累，完全就是地道的老年农妇。

朱维芳动情了，紧紧地握着沈锡美的双手，眼泪都快流出来了。

走进沈锡美的家，屋子虽然简陋，但收拾得干干净净。屋里空荡荡的，几乎没有一件像样的家具，只有屋角放着一台别人送的电视机。

朱维芳问她："这么多年了，吃了这么多苦，你后不后悔？会不会感到有一些遗憾？"

沈锡美坚定地回答："不后悔，也不遗憾。德聪对我太好了。他除了听不见不会说话外，什么都好，真是个好男人！"

朱维芳又问她："那你们怎么交流呢？"

"就用眼神交流。"

多好的一名上海知青！多好的一个人啊！40年的岁月就这样将一个天真无邪的少女变成了一个历经沧桑的老妇，把一个时髦靓丽的上海姑娘变成一个脸色褐黄、憔悴不堪的老太婆！然而，她对爱情是如此忠贞不贰，如此执着坚定。这，不正是人世间最感天动地、最轰轰烈烈的爱情吗？！

朱维芳决定尽己所能帮助这个与自己经历相似却处境艰窘的女性。

她带衣服给沈锡美，又请企业家资助他们一家。

回到合肥，朱维芳给自己认识的一位上海的朋友写信，请他关照一下沈锡美一家人。

朋友收到来信，马上给朱维芳打电话了解情况。

朱维芳说："我带他们去见你吧！"

2005年5月，朱维芳带着沈锡美和郑德聪坐飞机去上海。那是锡美他们第一次坐飞机，兴奋极了！他们到上海所有的费用都是朱维芳个人掏腰包。

上海朋友见了沈锡美夫妇，对他们的遭遇和处境深表同情。

　　很快地，这位朋友便促成有关部门按照政策给予沈锡美一家各种帮助和扶持。锡美的两个儿子被安排在上海打工：一个进了理发店；一个进了饭店。有关部门还腾出两套廉租房给他们居住。沈锡美的户口迁入上海，政府给她解决低保，每月给予她生活补助。

　　朱维芳又给定远县委书记打电话，希望县里给予沈锡美一家特殊困难补助。县里后来了解到沈锡美家里的实际需要，为他们家买了一台手扶拖拉机。

　　从此，沈锡美一家人的命运彻底改变，两个孩子也先后在上海成家。

　　每逢过年，沈锡美都会给朱维芳打电话，告诉她自己的生活近况。她的话不多，日子还很艰辛，但是对于一个什么苦都吃过的女人来说，已经很满足了。

　　类似的好事朱维芳做过不止一回。

　　"我做什么都是应该的。我要把自己感受到的光和热传递下去。就像兴安一样，感恩社会，回报乡亲。"朱维芳在接受采访时坚定地说。

两任副总理的批示

2014年1月24日，时任中共中央政治局委员、国务院副总理刘延东同志在金兴安的一封来信上作出重要批示：

> 金兴安同志用自己的积蓄和藏书建设家乡农家书屋，丰富农民的精神文化生活，带动了乡风民风的改观，为新农村建设作出了积极贡献，这种精神值得赞扬。请新闻出版广电总局转达我对金兴安同志的问候。希望金兴安同志把感恩乡亲办书屋的路一直走下去，用知识和文化带领乡亲走向小康和富裕！
>
> 农家书屋是一项惠及广大农民的民生工程，要按照构建现代公共文化服务体系的要求，加强管理，有效使用，不断提升服务的标准化水平。要吸引更多社会热心人士参与农家书屋的建设和管理，激发农村文化的内在活力，使农家书屋在服务"三农"工作、推进新农村建设中发挥更大作用。

作为大国副总理，可谓日理万机，但是她能在安徽出版集团一位已退休的普通员工一封寻常的"人民来信"上作出如此翔实的批示，足见刘延东同志对金兴安为家乡无偿创办农家书屋这件事的高度肯定与赞赏。她赞扬的是金兴安的精神：用知识和文化带领乡亲奔向小康和富裕！

那么，这是怎样一种精神呢？

　　首先是感恩乡亲、回报家乡的美好愿景和行动。金兴安是定远县蒋集镇金巷村人，1950年出生，写过儿童文学和报告文学，加入了中国作家协会、中国报告文学学会和中国儿童文学研究会，退休前为安徽出版集团编审。1960年，兴安的父母双双去世，他是吃百家饭长大的，之后政府又救济他上了学。最终，他凭借顽强的意志通过自学走上了文学创作和记者编辑的道路。2004年7月，金兴安为报答乡恩、回馈社会，将自己多年的积蓄及藏书捐出来，在家乡蒋集镇创办了安徽省乃至全国第一家农家书屋——当时叫"蒋集乡作家书屋"。2005年10月，作家书屋竣工，免费向农民和教师、学生等开放。2007年，国家启动农家书屋工程后，安徽省新闻出版局将作家书屋列入安徽省农家书屋工程总体规划，按照农家书屋工程建设标准，配备出版物，实行规范化管理。

　　其次，金兴安的精神是一种坚忍不拔的顽强毅力、执着做好一件事情的坚定意志。书屋创建15年来，他为了书屋的发展，不计名利，四处奔波。在他的"娘家"安徽出版集团等新闻出版部门的大力支持和社会各界的热心帮助下，蒋集农家书屋的藏书量从最初的3000多册跃升至2017年底的6万多册，拥有600多平方米的藏书室和阅览室，大大超出国家规定的农家书屋建设规格及标准。书屋实现全天候向乡亲们和广大师生免费开放。在金兴安的精神感召下，蒋集中学教师蒋华进、胡宏萍等先后担任书屋义务管理员，尽心尽力，长期坚持无偿管理，周一到周五向学生和教师开放，农民在当地逢集时间（农历每旬二、四、七、九日）凭免费借阅卡登记借阅，每年借阅量达到一万多人次。

　　金兴安的精神还是一种脚踏实地，扎扎实实做好事、求实效的品质与追求。他虽然不能为家乡招商引资，但是他发现家乡人民需要文化，乡亲和学校师生渴望读书却苦于无书读，于是便毅然决然地作出捐书捐钱建书屋的决定。在书屋创建伊始，便确定了背靠学校、依托学校师生，面向社会、服务乡亲的原则；并且15年来乐此不疲，为此投入全部心血。书屋建设和管理在他的直接参与下，取得了显著的社会效果。书屋既丰富了当地农民的文化生活，又提高了乡亲们的文化素质，带动了乡风民风的改观。农民通过学习种植养殖技术，增加了收入，得到了实惠。中小学生通过读书增长了知识，开阔了眼界，越来越多的学生走出小镇，考上了清华、北大等一批高等学府。农家子弟从这里放飞梦想。

金兴安的感人事迹引起了社会的广泛关注和高度评价。人民日报、中央电视台、光明日报、文艺报等多家媒体多次给予报道。蒋集农家书屋获得了中央及省、市、县多种奖励和荣誉，被评选为安徽省农家书屋典范、全国示范农家书屋。金兴安本人 2006 年荣获国家新闻出版总署授予的"全国新闻出版行业服务社会主义新农村建设先进个人"和中央电视台 2010 年"身边感动人物"荣誉称号。

在刘延东同志的批示传达之后，原国家新闻出版广电总局迅速落实，转达了刘延东同志对金兴安的问候，并在 2014 年春节期间，安排中央电视台、人民日报、光明日报、中国新闻出版报，对金兴安事迹进行深入采访报道。

2 月 4 日大年初五，中央电视台记者放弃休假时间，来到偏远的蒋集镇农家书屋，采访了农民、学生、教师、乡村干部等读者代表，大家畅谈了读书心得和收获。2 月 6 日，在中央电视台《新闻直播间》专栏中播出了《安徽：金兴安和他的农家书屋》专题节目，在安徽和定远当地产生了很大影响。

2 月 10 日，时任安徽省委书记张宝顺作出批示："认真落实延东副总理重要批示，宣传金兴安同志事迹，加强对农家书屋的建设和支持。"时任安徽省省长王学军也作出批示。时任安徽省委常委、宣传部长曹征海要求安徽新闻出版广电局、文化厅和有关新闻单位，按照省委书记和省长要求，认真落实刘延东副总理的重要批示，分析研究农村公共文化服务新特点、新要求，结合中心村农民文化乐园建设和县图书馆总分馆制试点，进一步创新体制机制，完善农家书屋图书选择、采购、更新、流转、管理、运行等制度，切实把农家书屋办成民心工程；注意发挥蒋集镇农家书屋的典型示范作用，协助解决有关问题，做好金兴安事迹宣传工作。

春节期间，安徽省委宣传部和新闻出版广电局领导专程到金兴安家里看望。安徽日报、安徽广播电视台、《江淮》杂志、中安在线、新安晚报、市场星报以及滁州日报、滁州市电视台等纷纷聚焦金兴安创办的第一家农家书屋，进行集中采访。金兴安的事迹再次在电视里有影、广播里有声、报纸上有大幅文字和图片报道，在社会上引起热烈反响与共鸣。金兴安再一次成为安徽大地的新闻人物。

国家书房 | 第一章 最美的人间天堂

2月15日，2014年春节长假一结束，曹征海部长便率领省新闻出版广电局、省文化厅、安徽出版集团等有关单位主要领导，在滁州市、定远县领导的陪同下，专程到蒋集镇农家书屋考察调研。在调研中，曹部长高度评价了金兴安创办的书屋开全国先河，经过10年的坚守和发展，探索出"背靠学校、面向社会"的书屋模式。

4月24日，首届出版传媒集团信息工作会议在合肥召开。会议期间，来自全国的29家出版集团、4家发行集团向蒋集农家书屋捐赠图书，共计2133册。

7月10日，时任省新闻出版广电局局长郭永年等来到蒋集镇，举行"安徽省第一家农家书屋"授牌仪式。蒋集农家书屋创办时间最早，比国家全面推行农家书屋工程要早3年，是名副其实、当之无愧的安徽省乃至全国第一家农家书屋。郭永年高度肯定了蒋集农家书屋成立10年来取得的显著成效。截至2012年6月底，安徽全省共建成农家书屋18952个，提前3年实现行政村全覆盖的目标。他希望蒋集镇作为全省公共图书服务体系唯一的试点乡镇，积极探索和总结农家书屋管理、使用的新措施、新办法、新经验，努力把蒋集镇农家书屋打造成全省乃至全国一流的农家书屋，形成安徽文化品牌，让农家书屋传递正能量，在建设美好安徽美好乡村进程中发挥更大作用。

创建10年来，蒋集农家书屋给当地群众带来了巨大的社会影响和文化福祉，已成为蒋集镇和定远县一大文化品牌。但是，由于原书屋规模较小，空间有限，不能满足当地群众日益增长的读书、娱乐等文化消费需求，亟需扩建整修。2014年夏，在安徽省新闻出版广电局和定远县人民政府的大力支持下，蒋集镇决定对蒋集农家书屋进行翻新扩建。省里投入50万元，蒋集镇自筹50万元，将书屋建筑面积由260平方米扩建至600平方米，设立专门的电子阅览室、农民阅览室、学生阅览室、皖版图书室、名家名作展示室、书屋创建陈列馆等，健全和规范蒋集镇公共图书服务体系，打造全国一流农家书屋。

其实，早在2008年，时任中共中央政治局委员、国务院副总理回良玉同志就曾对金兴安兴办作家书屋（农家书屋）的嘉行作出重要批示，予以褒扬。

44

回良玉同志 1994 年至 1999 年在安徽省先后任省长和省委书记。那时，金兴安还在安徽新闻出版局、安徽新闻出版报等新闻单位工作，经常采访各方面领导，同回良玉同志也有过一些接触。

2002 年后，回良玉同志调到中央工作，仍旧关心着金兴安的文学创作和工作情况。

2005 年，蒋集乡作家书屋办起来后，取得了很好的社会效果。2008 年春节前，兴安致信回良玉同志，一为祝贺新春佳节，一为汇报自己近年来创办作家书屋的有关情况。

回良玉同志读到兴安的来信，在百忙中作出重要批示：

办好农家书屋意义重大。金兴安同志为农民群众办了一件好事和实事。

回良玉

三月十八日

国务院领导如此关心重视农家书屋，这在全国出版系统历史上还是第一次。4 月 8 日，设在原国家新闻出版总署的全国农家书屋工程办公室向全国各地新闻出版局签发了第 11 期《简报》——"回良玉副总理就金兴安创办作家书屋作出重要批示"。

4 月 9 日，安徽省委宣传部领导亲切接见金兴安，转达了回良玉同志对他创办书屋一事的充分肯定和亲切问候。兴安简要地向部领导汇报书屋情况。他说：书屋受到了地方政府和村民们广泛欢迎。免费开放 3 年来，已有 3 万多人次借阅各种图书和观看科技光盘，村民从养殖业、种植业图书及光盘中学到了科技知识，得到了实惠。蒋集乡中学教学质量和教学水平有了显著进步，2005 年、2006 年和 2007 年连续 3 年中考升学率节节攀升，已达到全县同类学校最好水平。2006 年，中国作家协会中华文学基金会在此建立"育才图书室"，捐赠图书 6000 余册和电脑等用品。书屋还被共青团安徽省委授予"民族精神代代传·省少先队教育基地"称号，被安徽省农家书屋工程领导小组授予"安徽省农家书屋示范书屋"。宣传部领导一边倾听一边频频点头，连连赞许道："办得好！办得好！你做了件了不起的事情。"

2015 年底，蒋集镇农家书屋扩建工程完成后，金兴安及时写信向回良玉同志作了汇报。

2016年元月，回良玉同志办公室专门复函，转告金兴安：回副总理看到农家书屋取得的新成就非常高兴，欣然应允为农家书屋题赠他新近出版的散文随笔集《七情集》一册，愿与乡亲们共同分享他对生活真谛的探索，对人文情理的哲思，以及对祖国大好河山的热爱赞美。在新年来临之际，转达了回副总理对金兴安和乡亲们的新年祝福以及对农家书屋的良好祝愿。

随信一起寄来的，还有一册《七情集》。在扉页上，回良玉亲笔题写了两行字：

> 德乃是为人处世之本，
> 情乃是安身立命之魂。

这，既是与读者共勉之语，亦可看作是写给金兴安互勉的话。

"中国好人"上榜

  2008 年 4 月起，由中央文明办主办、中国文明网承办的"我推荐我评议身边好人"活动，每个月评选和发布一期"中国好人榜"。截至 2015 年 9 月，共有 8317 人光荣上榜，超过 35 亿人次网民、观众参与推荐、评议、投票和现场交流互动。

  "中国好人榜"活动设助人为乐、见义勇为、诚实守信、敬业奉献、孝老爱亲 5 个类别，每类原则上选出 20 人，每期约 100 人入选。

  群众推荐的"身边好人"候选人须具备如下条件：

  1. 模范遵守公民道德规范，自觉践行社会主义核心价值体系。

  2. 在助人为乐、见义勇为、诚实守信、敬业奉献、孝老爱亲方面有突出表现，事迹真实感人，身边群众认可度高。

  3. 行为对促进社会公德、职业道德、家庭美德和个人品德建设，有榜样示范作用，具有可学性。

  "中国好人榜"的评选程序特别严格。对群众发现举荐的"身边好人"，经深入核实、层层把关和逐级上报，由各省（区、市）文明办按照"事迹感人、社会反响大、示范引领作用明显"的标准，每月筛选 15—30 人作为"中国好人榜"候选人，推荐到中国文明网集中展示，接受投票评议。先由各省（区、市）文明办组织具有代表性的评议小组讨论产生"中国好人榜"建议名单。最后由主办方综合事迹感人程度、社会反响及网上评议投票情况，对建议名单进行审核，从中确定约 100 人入选每期的"中国好人榜"。

2014年8月，安徽省文明办经过群众推荐、评议，推荐金兴安作为"中国好人榜"候选人，主要事迹是："十年坚守感恩家乡，捐建农家书屋免费为乡亲开放。"

关于金兴安的人物故事是这样介绍的：

为了感谢父老乡亲的养育之恩，2004年7月金兴安同志用自己多年积蓄和藏书在家乡创建了安徽省第一个农家书屋（作家书屋），免费开放。

金兴安，退休前系安徽出版集团编审、专家委员会副主任委员。在全国各地报刊上发表大量小说、散文、报告文学、儿童文学等不同体裁的文学作品。先后出版了《校园微型小说》《自鸣钟》《我曾飞过》《安徽大采风》《龙腾江淮》《火红的晚霞》《金兴安通讯100篇》《原上草——我与安徽日报30年》等18部作品约400万字。

2004年，金兴安同志为感恩乡亲，报恩社会，将自己多年的积蓄和藏书全部捐出来，在家乡定远县蒋集镇创办了安徽省乃至全国第一家农家书屋（作家书屋）。10年来，蒋集镇农家书屋累计有11万人次借阅。书屋既丰富了农民的文化生活，向农民普及农业技术知识和致富信息，又带动了当地乡风、民风的改观。蒋集中学几年来不断攀升的省示范高中升学率也是最有力的证明，2005年考入示范中学的人数仅21人，到2013年增长到98人，是8年前的4.6倍，总成绩已达到全县同类学校最好水平。几年来从蒋集中学走进清华大学、北京大学、中央财经大学、山东大学、华侨大学等一批名校的学子，在当地被传为佳话。

2010年6月18日，中共中央宣传部向人民日报、新华社等18家中央主流媒体及其所属新闻网站发出通知，要求各新闻媒体宣传作家书屋和金兴安同志的事迹；7月5日，中央电视台在晚上黄金时段播出专题《金编审和他的作家书屋》；随后，人民日报、新华社、中央人民广播电台、光明日报、经济日报、工人日报、农民日报、中国新闻出版报、文艺报、安徽日报、安徽电视台等20多家中央和安徽省主流媒体均不惜版面集中宣传报道，对金兴安创办的农家书屋给予高度评价。

2011年，金兴安同志被推选为"安徽省社会主义核心价值体系学与行"宣讲团成员。2013年，蒋集镇农家书屋荣获"安徽省百佳农家书屋"的荣誉称号。

2014 年 1 月 24 日，时任中共中央政治局委员、国务院副总理刘延东同志就金兴安创办的农家书屋作出重要批示，并给予充分肯定和高度评价。

目前，蒋集镇农家书屋占地 3 亩，呈四合院式，拥有 260 平方米的藏书馆和农民阅览室，馆内现存农业、教育、文学、历史、工具等各类图书 4 万多册，全天候向全乡干部、村民和中小学师生免费开放，受到乡亲们的普遍欢迎。乡亲们还编出了顺口溜："书屋办在家门口，一有空闲去遛遛，读读书、看看报，一分钱都不要。"

2014 年 9 月，金兴安与来自全国各地的其他 99 名好人一道，荣登该月的"中国好人榜"。至此，全国共有 7030 人荣登"中国好人榜"。

网友们纷纷留言，对中国好人纷纷给予高度评价，阐发好人存在的非凡价值：

中国好人，是中国的脊梁，是道德模范，是先进人物，是社会道德表率。

一个好人，他应该是最基层的楷模，他来自群众，服务于群众，而且是能够用自己的精神力量去感染别人。大力弘扬先进人物、先进事迹，以高尚的精神塑造人，这是时代的需要。

做好事不难，难的是坚持一直做好事。愿我们每一个人都保持着一份真情，去帮助比我们更需要帮助的人，让我们的爱心洒满这片神州大地。中国就是要把优良传统发扬光大，提高全民族的精神支柱，反对不良作风和习惯，以榜样的力量提高素质！

社会要进步，文明程度和道德水准必须跟上！在当下人们精神世界虚空的时候，我们需要精神的榜样。

好人，是时代的楷模，是我们的榜样！

这些来自网民的声音代表了全社会共同的心声，代表了人们呼唤好人、呼唤道德、推崇崇高、崇尚良知的美好愿望。像金兴安这样当选的"中国好人"都是一些平凡人，而凡人善举所汇聚的精神力量，却已成为我们这个时代的精神坐标。

2015 年初，2014 年度"心动安徽·最美人物"评选揭晓。这项评选活动是由中共安徽省委宣传部、省文明办、安徽日报报业集团、安徽广播电视台联合举办的。有数十万张选票为这些"最美人物"点赞，无数的人向他们致敬。

金兴安荣获"心动安徽·最美人物"助人为乐类提名奖。和其他获奖者一样，他原本是一个平平凡凡的人，行走在街头巷尾，只是路人甲。但是他和层出不穷的"最美人物"一样，以凡人善举的感人故事让 7000 万安徽人为之动容，并且证明了"人皆可为尧舜"。

第二章
读书改变命运

一个位处偏僻乡村的书屋，竟引起两任国务院副总理的关注和赞赏，受到成千上万农民兄弟和学校师生的普遍欢迎，赢得了巨大的社会声誉。这一切成就的取得，都与它的创建者金兴安分不开。

那么，金兴安，究竟是怎样一个人呢？他又有着怎样的人生经历？他为什么要十年如一日执着地做好蒋集书屋这一件事呢？

2014年底以来，我与金兴安进行了数十次的交谈，又采访了他身边许多亲友和同事，终于渐渐还原了这位"中国好人"的身世与经历。

十岁失双亲，国家抚养大

1950 年 10 月，金兴安出生于定远县蒋集镇金巷村。当时蒋集镇还叫高级社，金巷村还叫生产合作社。

定远县位于江淮分水岭的脊背上，属典型的丘陵地形。当地人说，雨水沿着分水岭两侧都流走了，定远蓄不住水，因此常年干旱，土地贫瘠，是历史上有名的"旱瘦荒"地区。但是，定远历史悠久，人文荟萃。秦汉时境内曾置阴陵、东城二县和曲阳侯国，南北朝梁武帝普通五年（公元 524 年），置定远县。千百年来，定远涌现出一批又一批叱咤风云的人物。如东吴名将鲁肃、南宋名相董槐、明朝抗倭英雄戚继光等。定远文墨一度曾誉满天下，素有"寿（县）字怀（远）画定（远）文章"之美誉。老一辈无产阶级革命家刘少奇、罗炳辉、张云逸、谭震林、徐海东等，都曾在这里战斗和生活过。蒋集东接定远，西邻长丰，南依合肥，北连定远吴圩镇。蒋集人津津乐道的除了蒋集书屋外，还有他们镇北面紧挨着李克强总理的家乡——原先的九梓乡，如今已并入吴圩镇。

在兴安出生和成长的那个年代，蒋集非常落后。如果说定远县是安徽省的"西伯利亚"，那么蒋集则是定远县的"大西北"。

根据金巷村老人和金兴安本人的回忆，兴安的父亲名叫金家德，1922年出生，在家里排行老四。他是一位老干部，1939 年前参加革命，1939 年加入地下党，在当地加入游击队，活动于附近的张桥、吴圩等地，打日本鬼子，破坏敌寇修的公路，反击敌寇的"大扫荡"。

那时，金家德和代玉良以朋友相处，住在金开义家里。夏天做点小生意，冬天白天睡觉，晚上就以打黄鼠狼为名，在周围秘密开会发动群众，开展地下活动，专门为当地的新四军做联络工作，有什么情况都及时向部队汇报。新中国成立后，金家德在群众大会上回顾当年从事地下党工作的情景，总结了五句话：河岸、塘边偷挖地洞住，等于是家；田埂当作板凳；墙角院落是会议室；秋天的红薯沟垄是睡觉的床，红薯藤盖在身上就是被子；夏天的高粱和玉米地就是藏身之所，也等于是家。

有一次，金家德和代玉良被人举报，说他俩是新四军的探子。两人被驻扎在谢家圩的伪军抓走。

两人被关了三天三夜。敌人用绳子套在金家德的大拇指上，把他吊起来拷打，追问他："新四军、共产党有多少人？都藏在哪里？"金家德脸都被打肿了，只有一个回答："我是老百姓，不知道新四军在哪里。"死也不承认自己是新四军的探子。

家德全家想方设法找人，又让家德的二哥金家俊去替换，终于把家德和代玉良"更保"释放回来。

回家后，乡亲们都来看望他们。大家看到家德的两个大拇指肿得像小馒头。

新中国成立后，金家德任蒋集高级社治安主任。他很会讲话，讲话很有鼓动性。

兴安至今仍能记得自己四岁时，蒋集高级社开大会，他坐在会场里听父亲讲话，看他大力挥动着手臂，声音洪亮地慷慨陈词："乡亲们，我们现在是社会主义了！我们就是国家的主人！我们要搞高级合作社，大家都要踊跃加入啊！"社员们都使劲地给他鼓掌。父亲还一把抱起他，把他抱到主席台上。所谓的主席台，其实就是几块放倒的门板。小兴安奶声奶气地说："社会主义好，共产党领导好。"

兴安的外祖父擅长书法和绘画。他是民间纸扎艺人，擅长用彩纸手工扎制房、车、动物等，作为丧葬用品。他用秸秆和细铁丝按缩小比例扎出瓦房、草房、生产工具及马、牛、羊、猪的形状，再用彩纸画图，糊在上面，每一件纸扎都活灵活现的。街坊邻居盖房都要请他去勘定大门的朝向，娶媳妇或是出殡办丧事，都要请他选吉日。因此，当地人都很敬重他。兴安小时候，经常随母亲去外公家玩。受外公影响，他从小就爱画画，而且还画得像模像样的。

母亲蒋学英是家里的独生女，外祖父视若掌上明珠。母亲从小就教兴安背《三字经》，给他讲做人的道理。

1957 年，小兴安开始上学，起初是在村办王庄初级小学上学。

王庄初小只设一至四年级，办的是混合班，一、二年级编为一个班，三、四年级编为一个班。老师在这个班讲完课再去另一个班讲。

父母对兴安要求很严格。白天兴安在黑板上做作业，家里没有书看。晚上，家里点上小煤油灯，父亲读过私塾，可以辅导他语文和算术。兴安学习好，很早便加入了少先队。

1958 年起，全国各地纷纷将高级社提升为"人民公社"。蒋集高级社也改组成了蒋集人民公社。蒋集也和全国各地一样，办起了大食堂。开始时，还能吃饱饭，渐渐地，就只能喝稀的了，根本填不饱肚子。

1960 年 4 月，春寒料峭，蒋集的大地尚未从严冬之中苏醒过来，兴安的父亲去世了。6 月，兴安的母亲也在睡梦中逝去。

父母双双去世后，开始时兴安和乡亲们还吃大食堂，没过多久，食堂停办了，兴安彻底没饭吃了。

他只能靠乡里乡亲接济着度日。今天，东邻大婶将小兴安接回去吃碗粥；明天，西边大叔接回家去吃口菜。乡亲们也都没多少吃的，但是，只要家里还有一口吃的，大家都会叫小兴安先吃上。

起初，小兴安还住在自己家里，但是家里的房子被雨浇倒了一半，一床烂被子只剩下一堆黑乎乎、硬邦邦的棉絮。好在天气开始热起来了，夜里随便躺在哪里都能将就睡一宿。

小兴安每天都是有一顿没一顿的，吃了上顿，不知道下顿在哪里。只要遇上哪家在吃饭，人家就会叫他进去吃一点。如果哪一家来了客人，磨了一点儿面，或是煮了个小鱼、炒了个鸡蛋什么的，也都要叫上小兴安一块儿吃。从那时起，他就落下了一个外号——"小遇吃"，就是遇上哪家在吃东西，就有他一口吃的。至今，金巷村上了岁数的老人都还记得金兴安的这个外号。

金巷大队多数人家姓金，大家都是本家，多少都沾亲带故的。看着兴安这孩子长得又瘦又小，村民们都很心疼，把他当作自家孩子一样看待。

兴安也很懂事，特别招人喜欢。尽管经常饿肚子，甚至饿得两眼冒金星，但他就喝口凉水挨着，忍着，从来不去偷别人的东西。即便是在地里看到成熟的菜瓜或是红薯、玉米什么的，他也从不去偷一个。

1961年上半年，安徽省民政厅出台了一份文件，要求各级行政单位设立专门机构，收养社会上的孤儿。

受益于这份文件，1961年上半年，蒋集公社的孤儿被集中收养，在公社吃食堂。兴安也被收养了，从此，吃饭问题算是解决了。上学的各种费用全免，这使得兴安能够继续自己的学业。

根据兴安小学同学熊成爱回忆：1960年下半年，金兴安和他同在熊岗小学（蒋集小学的前身）读书，两人分在一个班，先后读完了小学四、五、六年级。

熊成爱1945年出生，比兴安大5岁，因为年纪最大，所以被老师安排担任了班长。他的家就在学校边上，平时兴安也常去成爱的家里吃饭。

兴安从小就重情义，每次在公社食堂吃饭，他总要留下半个杂面馍馍或是一块锅巴，带给成爱吃。

"兴安照顾我，把省下来的半个馍都带给我吃。"成爱说。

其实，那个年代，吃顿馍对于兴安也是稀罕的美事，一个月也难得吃上两三回馍馍。公社食堂更多的时候都是玉米面窝窝或是菜糠饼子。

熊成爱有兄弟姐妹6个，家庭困难。他念小学时父亲原本是生产队长，有一次发工资不知怎么的少了6元钱，别人就赖到他头上，说钱是被他贪污的。于是，他被送去劳教。

父亲劳教的地方在定远县城，距离蒋集有100多里路。劳教队穆队长照顾他，让他看管菜地。父亲就在菜地的边边角角种点蔬菜或是粮食，每次小成爱来的时候，就让他带回家，接济家里。小成爱每次去劳教队都要走一天，到了县城再歇一天，然后带上父亲交给的蔬菜、粮食，慢慢地走回家。这些菜粮在三年困难时期帮了家里的大忙。

1961年，成爱的一个姐姐招工到合肥去当了工人。每天晚上九点以后，定远整个县城都停电了。在没有月亮的夜晚，到处都是黑漆漆的，只有西南方向的天空，映射出远处的灯火。那儿便是大城市合肥。小成爱和小兴安每晚都要眺望着西南方。那里是天堂，是他们向往的地方。两颗幼小的心灵在蠢蠢欲动：啥时能去合肥玩玩呢？

于是，在那一年放寒假时，成爱没有告诉母亲和家里的其他人，同兴安便私自"离家出走"，在连江车站扒上了一辆开往南方去的货车。

凭着感觉，两个小人儿居然来到了合肥，而且竟然还摸索着找到了成爱姐姐所在的工厂。

当姐姐看到瘦小的弟弟和兴安时，既惊奇，又无比怜惜。她一把抱起弟弟："你们怎么来了？怎么来的？！"

然后，便是热情的招待。姐姐恨不得把所有吃的都找出来款待这两个小家伙。她带着他们去食堂吃饭，让他们吃得饱饱的。两个人都住在姐姐宿舍。

过了几天神仙般自在的日子后，两个小孩返回了蒋集。姐姐又给他们带了不少吃的东西。

半个世纪过去了，兴安依旧记得这一切。那些温馨的、甜蜜的回忆历久而弥新。

他说："他姐姐对我们真好！我一直想着再去看望她。"

在艰难岁月，兴安和成爱结下了深厚的友谊。成爱说："金兴安从小字就写得好，书读得好。他是孤儿，如果有人欺负他，我就要保护他。"

住在公社吃食堂的一年多时间里，除了上学读书，兴安还兼着给公社领导当勤杂员，帮着往各个大队送信、送会议通知或文件什么的。因此，从那时起，他就对蒋集及周边的地理情况相当熟悉。

1961 年 7 月，根据中共中央和安徽省委有关规定，加强人民公社"三级所有、队为基础"的体制建设，彻底纠正"一平二调"错误，县、公社、大队逐级开会总结"共产风"造成的损失，宣布解散农村公共食堂，允许社员经营少量自留地和家庭副业。农村生产开始逐渐恢复。

这时，兴安已经读完小学六年级，考上了定远县海青中学（定远县第三中学的前身）。但是因为缺钱和粮食，没上几天就退学了。无家可归的他，整天赤着脚，衣衫褴褛，蓬头垢面，魂荡神游。

夏去秋来，小学又开始上课了。几间茅草屋顶的破败教室里传出了琅琅的读书声。无处可去的小兴安便伏在土墙外跟着朗读，用草棍在泥地上写写、画画。

有一次，定远县领导到蒋集公社召开现场汇报会。领导看到小学外面有个孩子在地上写写画画，便问校长，那个孩子为啥不去念书。

校长告诉县领导："这孩子叫金兴安，是个孤儿。他的父亲金家德是地方老革命，（19）60 年去世了。"

县领导闻听此言，"腾"地站了起来，一拍桌子："革命者后代沦为孤儿，我们政府应该抚养他！"

从此，小兴安的命运改变了。1963 年下半年，金兴安在定远县教育局的关照下，转到临近的吴圩初中，就读初一。

五十载师生情

1963年下半年，金兴安在定远县教育局的关照下，转到邻近的吴圩初中读初一。

金兴安在吴圩初中遇到的第一位班主任叫傅家成。他也是刚刚调来吴圩初中任教的老师。

傅老师1962年从合肥师范学院中文系毕业，分配到定远中学高中部。第二年，学校动员教师到基层任教，他便自告奋勇地来到吴圩教初中。

那是一个严冬的早晨，滴水成冰。傅老师去男生宿舍检查学生早操情况。别的同学都起床了，纷纷忙着刷牙、洗脸，整理被子。傅老师发现，宿舍土墙拐角的土炕上，还蜷缩着一个瘦小的身躯。

"嗨！同学！你怎么还在睡觉？为什么不起床上操？！"傅老师很不高兴。

听到老师的催促声，那个瘦小的身躯慌忙披衣下床。

一个正在刷牙的同学转过头，对傅老师说："老师，他叫金兴安。他的被子太小太旧，他一夜都没睡好。等我们起床后才给他加了一床被子，让他暖一暖，再睡一会儿。"

傅老师走到土炕前，这才注意到金兴安睡的被褥又脏又破。他用手摸了一下，破被褥硬邦邦的，被褥下只垫了一把稻草。尽管人才刚刚离开，却没有一丝暖意。他原本打算好好批评兴安一顿，却一下子语塞了。

上完早操，傅老师向别的同学打听金兴安家里的情况。

从此，在傅家成老师的《班主任工作记事本》里多了一行字：

金兴安，革命后代，孤儿。

星期天，傅老师特意到金巷村家访。他要亲自去金兴安住的地方看看。

到了金巷村路口，傅老师跟人打听金兴安的住处。乡亲们热情地围过来，对傅老师说："我们都照顾他。老师您真好，还来看他。"

傅老师随着乡亲们来到兴安住的生产队烟炕。屋子里什么都没有。

他的心里五味杂陈：这个小小的孩子，他的日子是怎么一天天过来的？

傅老师出身于肥东县一个地主家庭，因为成分高，曾常受人歧视。但是，即便是在"土改"时期，老师们对他也都一直很好。后来，他考上了蚌埠三中，又从蚌埠考上了合肥师院。他觉得，如今自己当了教师，也应该对金兴安这个孤儿好，何况他还是革命后代呢！

这时，发生了一件事，让傅老师更加坚定了自己的决心。

一天，他收到一张20元钱的汇款单，是定远县民政科寄来的，让他转交给金兴安同学。

他高兴地将兴安叫到自己的办公室，把汇款单递给他。

兴安接过汇款单一看，说："老师，这个钱我不能要。"说着，就把汇款单往傅老师的办公桌上一放，转身便走。

"嗨，你回来！这是县民政科寄给你的钱，为什么不能要？"傅老师在背后大声喊道。

"那不是我的钱，我不能要！"兴安回答，头也不回地走了。

傅老师感到莫名其妙。

这，究竟是怎么回事？县民政科为什么要给兴安寄钱呢？寄给他钱他又为什么不要呢？

要知道，20元在当时可是一大笔钱呢！傅老师大学毕业，一个月工资才42.5元呢！

他决定弄清楚事情的来龙去脉。于是，他拨通了县民政科的电话。

原来，在定远县领导的关照下，每到假期，小兴安就会到县民政科去寻求救助。民政科招待的地方是个土墙草房，只接待军烈属、退伍军人和孤儿。每次接待，都是吃食堂。金兴安清晰地记得，每顿饭食堂都会给两个大馍、一点豆芽菜、一个咸鸭蛋。一般就让住两三天，然后再给个二三元钱让自己坐车回去。招待宿舍的土墙上有很多老鼠洞，那一次，兴安在墙壁上的洞里掏啊掏，居然发现了 20 元钱！

金兴安当即将这 20 元钱交了公。民政科的同志认为这个孩子诚实可爱，生活又特别困难，加上这 20 元钱也找不到失主，就只好寄给他了。

听到这些，傅老师的眼眶湿润了，拿着电话听筒的手都颤抖起来。

这是多好的一个学生啊！他那么需要钱，却拾金不昧，哪怕是无主的财物！

一颗金子般纯真无邪的童心在傅老师的眼前闪亮。

这是一个有骨气的孩子，也是一个有出息的孩子，自己一定要尽力照顾他培养他！

这 20 元巨款兴安最终没有接受，仍旧让邮局退回给了县民政科。

从此，傅老师对兴安更加喜欢以至于偏爱。兴安缺学习用具了，傅老师就帮他买。兴安的饭菜票不够了，傅老师就支援他。他认为兴安品质好，因此特别看重他，生活上处处照顾着他。他还特别允许兴安住在他的宿舍。

兴安不仅喜欢画画，还爱好文学。他每次到傅老师的房间时，目光总是贪婪地盯着书架。

傅老师鼓励他："这些书，如果喜欢，你可以随便拿去看。"

有了老师的这句话，兴安读书的热情一下子便被激发出来。要知道，他从小到大，还没见过这么多的书，更没读过什么文学作品。

这些文学作品，为这个生活艰难的孤儿打开了一座美好的新世界。

或许是因为自己的苦难身世，金兴安对高尔基的作品《童年》《在人间》《我的大学》情有独钟，爱不释手。

一个星期天的晚上，傅老师和同学们都去看电影，兴安却不去，坚持要留在傅老师房间，边看门边看书。

那天夜里，由于放映机发生故障，师生们看完电影回学校时已是凌晨两点。傅老师踏进校门时，远远地就望见自己房间的灯仍旧亮着。他推门走进房间，正在读书的兴安竟然没有察觉。

他实在是太专心了！

傅老师心疼地责备他："你为什么还不休息呢？"

兴安笑了笑，指着打开的《在人间》，说："老师，您看，高尔基深夜还在一个圣像作坊里拼命干活哩！"

傅老师被他说得啼笑皆非。他知道，兴安干任何事情都有一股不可阻挡的倔强劲，劝也没用，只好说："好，好，你看书，我睡觉了！"

那天夜里，兴安一直读到东方发白天才休息。

可能是较多的课外阅读的缘故，兴安的作文一直很好，常常被傅老师当作范文在课上讲评。在学校举办的"歌颂焦裕禄"诗歌朗诵会上，同班同学董然中朗诵了金兴安创作的《焦裕禄之歌》，声情并茂，在全校引起轰动。由此，傅老师发现了兴安身上具备文学创作的天赋，感受到了他瘦小的躯体内蕴含着热爱生活的无限激情。

兴安擅长画画，读初一时，傅老师便安排他给班级出黑板报。

有的同学不满，对傅老师说："您为什么对金兴安那么好？"

傅老师正色地回答："他是个孤儿！你们回家了都有父母疼，而他却没有！他会写会画，可以把黑板报出得很好！"

事实证明，傅老师没有看错。兴安出的黑板报图文并茂，新颖别致，看到的人都说好。

放假时，金兴安没家可回，就留下来护校，或者上同学家里去住。只要傅老师留在学校，他就让兴安到自己的宿舍去。兴安总是取下书架上的书，如饥似渴地阅读。

傅老师特别喜爱文学，早在大学时期，就在报刊上发表过诗歌等作品。看到老师那些变成铅字的文学作品，金兴安非常羡慕和佩服。他暗下决心，要向傅老师学习，将来也要让自己的作品变成铅字。

后来，因为"文化大革命"，学校停课了。兴安算是初中毕业，离开了学校。由定远县委办公室推荐，金兴安进入定远县印刷厂当排版工人，月工资 19 元。

县印刷厂主要印刷《毛主席语录》和《人民日报》社论等，还有县里各单位和工厂的票据、领导讲话等各种文件。

那时，排版用的是铅字。金兴安干的活就是检字或排字。常用字一共有24盘，要求准确迅速地从铅字盘里找到需要的字模。字模的字都是反着刻的，需要熟练记忆和背诵。

兴安脑瓜很灵，24盘字模很快就都背得滚瓜烂熟，找字找得特别快，一小时能排1500字，达到了一个熟练排字工人的水平。遇到生僻字，就先把排版版面上那个字模倒过来，等整版都排完了，再回过头来找这个生僻字。如果字模盘里确定没有这个字，那么就要去找一块木头到刻字社现刻。

金兴安在县印刷厂的工作是临时的。这个时期，他的生活很没有规律，经常饥一顿饱一顿，因此身体的抵抗力很弱。

1968年冬天，全国掀起了知识青年到农村去、接受贫下中农再教育的热潮。1966—1968年毕业的初、高中学生（俗称"老三届"）一律下放到农村。

金兴安于是回到金巷村，住在生产队废弃多年的大猪圈里。这间猪圈泥土墙壁，稻草屋顶，四面透风，孤零零地矗立在田野上，离村庄还有一段路。到了冬天，屋内屋外一个温度。没有水吃，兴安便用雪地上的积雪化水吃，卫生上根本没法讲究。

有一天，他的肚子突然痛了起来，而且越来越厉害。屋外正下着鹅毛大雪，天寒地冻的，找谁求助呢？

兴安几乎是本能地想到了傅老师。

他捂着肚子，顶着漫天大雪，深一脚浅一脚跌跌撞撞地朝20多里外的吴圩初中走去。

等终于走到学校，艰难地敲开傅老师宿舍的门时，他便一头栽倒在了地上。

兴安满脸痛苦，身体扭曲，额头上都渗出了大滴的汗水。傅老师吓坏了，他二话不说，背起兴安就往区卫生院跑。

医生是一位刚从大学毕业的年轻人，他马上给兴安做了检查，初步诊断为"肠梗阻"，必须在24小时内做手术，否则可能导致肠穿孔，后果不堪设想！

"患者是个孤儿，既没有家，又没有父母，求医生救救他吧！"傅老师恳求道。

一听说患者是个孤儿，年轻医生的眼眶湿润了："傅老师，不是我不救。区医院没有手术条件，赶快送县医院抢救吧！"

天哪！吴圩距离定远县城有七十里路程，这时已是半夜三更，又下着大雪，怎么把兴安送去县医院呢？

望着生命垂危的兴安，傅老师犯了愁。

"得快点想办法，病人拖延不起啊！"医生一再催促。

怎么办？怎么办？！

看到兴安疼得脸色苍白，连话都说不出来，傅老师急得像热锅上的蚂蚁一样团团转。

"得找区领导！"他想。

傅老师硬着头皮，又急又怕，冒着风雪，一路小跑赶到了区公所。

区里的领导都住在这里。但此时夜已深，所有的灯光都已熄灭，领导也早都睡熟了。

傅老师顾不了太多，他擂响了区领导小组组长钱连山家的门。

"谁呀？"过了一会儿，屋里亮起了灯光。

"我呀！吴圩中学的傅老师。孤儿金兴安得了急病，得马上做手术。区卫生院做不了，必须马上送到县里！"

一听说群众有困难有急事，钱连山一骨碌爬起来，披件外衣，就开门走了出来。

"谁啊？谁得了急病？"

"就是那个孤儿金兴安，他是老革命的后代，您一定要救救他！"傅老师焦急万分地说。

"走！我们走！"钱连山二话不说，拉上傅老师就走。

到了卫生院，见到了金兴安，确实危急万分。

"马上送定远去！"钱连山当即拍板。

救人要紧！

钱连山决定，马上组织一个护送小组，连夜用平板车往县城送。

他和傅老师分头，从老百姓家借来了一辆平板车和一床棉被。

就这样，一个由六个人组成的护送队，拉着平板车，冒着严寒，拼命往县城赶。泥土路，没有路灯，地上的积雪已有一尺多厚，傅老师打着三眼灯在前面探路，两个区机关干部一个在前面扶着车把拉，一个在后面推。那位年轻医生则一手提着正在给兴安输液的吊水瓶，一手拎着一只热水瓶。两个年轻力壮的小伙子轮换着拉平板车……

一行人艰难地行进在大雪纷飞的深夜，车轮在雪地上碾出了两道深深的车辙。

傅老师高举着灯，忽左忽右地走在前面。厚厚的积雪让人每前进一步都很困难。

"哎哟！哎哟！"兴安痛苦的呻吟声，在漆黑的雪夜中，显得格外刺耳，傅老师的心紧紧地揪着。他替下拉车的小伙，奋力向前。

开始的十几里路都是土路，下过雪后变得特别泥泞湿滑，拉着板车特别吃力。傅老师埋头拉车，汗湿的内衣紧贴在身上，冰冷刺骨。他只要有一会儿没听到兴安的叫唤声，就忍不住不安地喊一声："兴安！"

兴安应了一声。他知道老师是放心不下他，怕他痛昏过去。他的心里不停地念叨着："恩师啊！不是父兄，却胜似父兄的恩师啊！"

这个冬夜是漫长而寒冷的，也是令金兴安终生难忘的。

后来，每当回忆起这个大雪纷飞的冬夜，金兴安都止不住热泪盈眶："我每次遭难时，总会碰到傅老师这样的好心人相助！"

天蒙蒙亮了，大雪仍旧纷纷扬扬地下着，护送队还在雪地里艰难跋涉着，傅老师回过头安慰着金兴安："再忍一忍，我们就要到县城了……"

然而，县医院也做不了这个手术，傅老师又赶紧送兴安去蚌埠医院。

蚌埠医院的医生给金兴安紧急实施手术，疏通了被各种粗粝难消化的食物堵塞的肠道。

术后的一个月里，傅老师一直陪侍在兴安身边，给他倒屎倒尿，擦身换衣，打水打饭，喂药喂饭，像亲人一样，无微不至地照料他。医生和同病房的病友都以为傅老师是金兴安的亲哥哥。

在照料兴安的间隙里，傅老师自己找到定远县民政科，告诉他们革命的后代、孤儿金兴安生病了，就住在蚌埠医院。

民政科的同志对金兴安这个孩子相当熟悉，一直都很关心。听说他生病了，便派人专门去医院看望，还给他送去了慰问金。

兴安术后又患上了肠粘连，需要再次手术，可蚌埠医院的医护人员这时要全部到农村去。定远县便派人又把兴安送到安徽省立医院。然而，省立医院的医护人员也都去了农村。定远县领导和驻军代表决定送兴安去上海的医院治疗。在全国一流的上海东方红医院（即瑞金医院），兴安得到了全面的治疗。住了半年多医院，他肠梗阻的毛病得到了根治，在以后的数十年里，从未复发过。

1971年春，兴安回到了阔别两年之久的故乡。

乡亲们围着兴安问长问短，拍打着他的肩膀，抚摸着他圆圆的脸蛋。这个说："兴安长胖了！"那个说："兴安变白了！"

面对着亲人一样的乡亲，兴安从心底里感到幸福。他的心灵深处发出了强烈的呼喊："党啊，我伟大的母亲！是您给了我第二次的生命，是您让我的生命得到了升华！"

傅老师一直坚定地认为，金兴安是个人才，天资聪明，品质又好，前程不可限量。

1972年春，定远县"五七大学"经安徽省和滁州地区两级政府批准，新设了师范班，学制两年，相当于中专。傅老师被调去任教。恰巧，蒋集公社也推荐兴安去"五七大学"师范班学习。这样一来，师生又团聚了。

从兴安的谈吐中，傅老师发觉他又读了不少的书，对文学作品都有了自己独特的见解。他感觉，兴安就像一棵苗壮成长的树苗，经历了这么些年的风风雨雨，正在逐渐成材。

师范班毕业后，兴安被分配到炉桥小学任教。以后又调到定远党校，从那里开始了自己的文学创作生涯，并因为写作而改变了自己的人生轨迹。但是50多年过去了，他一直同傅家成老师保持着亲如一家的关系。

每有新作发表，兴安都要拿去给傅老师看，请他批评指点。

读到那些长短不一但构思新颖、各有特点的文字，傅老师很吃惊。他感觉，兴安就像一颗文学新星，正在冉冉升起，早已青出于蓝而胜于蓝了……

80年代初，改革开放的浪潮席卷中国大地，各种人才匮乏，也备受重视和重用。兴安因为擅长写作，很快便被调到合肥的一家报社工作，当上了一名记者、编辑。而在这时，傅老师也调到了合肥二十四中任教。师生俩再次会合。因为同住一座城市，相互间来往得更多更勤了。

傅老师很得意，自己培养了兴安这样一个有作为的人才，在他成长的关键时期影响了他，帮助了他。

"培养一个人才不简单，"傅老师深有感触地对我说，"老师就是一道人梯，要扶着学生一个个地爬上去。"

从 1984 年至今，每年正月初一，兴安雷打不动都要带上妻子和两个孩子去给傅老师拜年。他每次去北京或去外地出差，总是惦记着给傅老师带点什么礼物，都要打电话问傅老师有没有需要买的东西。兴安从来都舍不得给自己买衣服，有一年却给傅老师买了件风衣。

2003 年，合肥电视台听说了他们感人至深的师生情谊，专门采访他们和许多知情的亲友，制作了一期专题《师生情》。

节目播出后，引起了强烈反响。兴安老家定远县蒋集镇和傅老师家乡肥东县大兴镇的领导和乡亲，以及合肥众多的市民、亲友都熟知了他们二人的师生佳话，都被他们深深地打动了。甚至连傅老师家的家谱上，也记录下了两人的故事。这对师生的美名到处传扬，成了各地中小学尊师重教和构建师生关系的生动教材，还有不少学校专门邀请他们去给师生们讲讲他们是如何保持长达数十年情谊的……

2004 年，金兴安准备创办书屋，金兴安的爱人王同芬坚决反对，两个人第一次红了脸，闹了矛盾。他们便去请傅老师"仲裁"。

傅老师也不赞成建书屋。

他对兴安说："你又不是领导，又不是企业家。你没有那么多钱。"

兴安给他看镇政府的信，说："地方政府很支持啊！"

"可是没有地呀！谁会给你地？"傅老师依旧不赞同。他觉得兴安要办的这件事不靠谱，笃定办不成。

但是，在兴安的一再坚持下，或许也是受到他执着精神的感染，傅老师还是答应跟他去蒋集乡看看现场。

一路上，兴安都在向傅老师介绍蒋集乡贫困落后、文化匮缺的状况，表达自己报恩桑梓的意愿与决心，并且给傅老师描绘了自己的"宏伟蓝图"和"伟大设想"，讲述书屋建成后将会发挥的显著作用。

到了蒋集，看到那一片荒芜的土地，兴安又跟傅老师描述自己的构想：书屋要建在一个相对独立的院子里，不仅要有专门收藏图书的屋子，还要有阅览室；书屋外面的院子小路要铺上鹅卵石，两旁种上花草树木，摆上石桌石凳，像座小花园一般，既可休闲，也可坐着看书；再配以书屋的红瓦白墙，徽式建筑，煞是好看……

看到兴安的劲头那么大，傅老师实在不忍心再给他泼冷水。

　　从蒋集回来后，傅老师对兴安的爱人说："小王呀，兴安这个人你还不知道？他要干这事，你不让他干能行吗？！"

　　"可是，他把我儿子结婚要用的钱都拿去建书屋了！"王同芬生气地说。

　　"你让他试试看，他碰了壁不就算了吗？！"傅老师安慰她。当时，傅老师心想，如果书屋办不成，兴安就会放弃的。

　　傅老师对我感叹道："后来，还真给他搞成了！"

　　傅老师说："有人说我，你工资那么高，有啥贡献？我说，兴安就是我最大的贡献。纪念师生交往40年时，我写了一篇文章《师生情》，获了合肥市教育局的奖，奖了我一床被子。郑锐题词：'风雨四十年，师生情谊深。'"

　　停顿了一下，他继续对我说："兴安品行好，我从那20元钱就看出来了。他是个好人，他夫人对我也好。现在，我培养学生的目的达到了，也很高兴子孙们都有出息。我已经得过两次脑梗了，我有一个愿望，那就是死后回老家去，但儿子不愿意。兴安了解我，到时让他来做主吧！"

自学能成才

1966 年 5 月 7 日，毛泽东发出"五七指示"，指出：人民解放军应该是一个大学校。这个大学校，要学政治，学军事，学文化，又能从事农副业生产，又能办一些中小工厂，生产自己需要的若干产品和与国家等价交换的产品。工人、农民、学生也要这样做。

按照"五七指示"，我国基层农村陆续开办了许多"五七大学"，这是一个学农、学军、学工综合统一的全能式学校。学农，在这里可以学到土壤改良、科学配种、牧畜选良等；学军，可以学习射击；学工，可以学车床、机械维修、驾驶技术等。也可以学文艺，学文学、绘画和戏曲、音乐等。

1970 年，定远县正式兴办"五七大学"，校址设在石塘湖。从这一年的 10 月起，各级学校都废除了升学考试制度，全部实行推荐入学。

因为金兴安是革命后代，根正苗红，又是个孤儿，在定远县印刷厂工作表现特别优秀，在很短的时间里便能熟练掌握排字技术，而且又能写会画，深受领导和师傅的赞赏。1972 年，定远县分配给蒋集公社两个推荐上"五七大学"的名额，金兴安便被推荐去学习。

兴安的学校学制两年，相当于读了中专，1973 年毕业。当时全国的大学都在学习辽宁省朝阳农学院的"教育革命"经验，实行"社来社去"，即从公社选拔推荐来读大学，毕业后还回公社去工作。老百姓说：这样的大学生回得来，养得起，用得上。因此，兴安毕业后就到定远县炉桥镇炉桥小学，当了一名教师，在教学之余，还要参加劳动。

炉桥小学条件特别简陋，孩子们要自带课桌板凳，老师就站在泥地上讲课。那时，学生们大多无心读书，常常旷课缺席。但是，哪怕只有一个学生来上课，兴安也会认真地讲课。

他手里拿着一根粉笔，站在黑板前，教孩子们算术，加减乘除四则运算；又教他们语文，学写字，念唐诗。他还教孩子们英文，在黑板上写下"stone 石头""window 窗户"……一个词一个词地教他们。

孩子们贪玩，金兴安便一个一个地找学生谈心。他给孩子们讲生活的道理，告诉他们：读书学习是基础，不读书不学习就掌握不到本领，就无法成为一个有用之才。他鼓励孩子们养成学习的习惯，将来才能更好地报答国家，报答父母。

他对这些未谙世事的小孩反复讲：我敢肯定大学招生考试早晚是要恢复的。如果你们现在不好好读书，将来就一定会后悔的。

他对学生特别好，像父母一样，经常给孩子们做面吃。

那时，小学教师都是自己做饭，金兴安就把自己烧饭的炉子和炉上的铝锅画了下来，画得栩栩如生，并题了一句诗："废炉烧新饭，苦在乐里面。"学生们看着画上的炉子和锅，看着金老师一副认真的样子，都哈哈大笑起来。大家都觉得金老师太有才华了，上课也越来越认真了。

学生们对金老师有感情，真心崇拜他。他们认为金老师是为他们好，因此愿意听他的教导。在他孜孜不倦的教诲下，许多学生养成了独立学习的习惯。

没过多久，国家恢复了高考。金兴安的许多学生都考上了中学、大学，后来成了教授、工程师，真正变成了国家的有用之才。

在炉桥，兴安的生活过得很艰难。但这一点儿也不会削弱他的劳动热情。除了教书外，他还充分利用自己的绘画本领，为定远县的许多单位写标语、画宣传画。

早在上初中时，金兴安的画和美术字就有板有眼，受到群众的喜爱。那时候，他除了上学，也要参加生产队的劳动，但分的口粮一直都不够吃。后来，人们发现他画画不错，便常有人请他去给自家老人画像，在灶上、家具上画各种图案。他也以此补贴生计。

20 世纪 70 年代初，县文化馆抓农民创作，兴安又被请到县文化馆去画宣传画。

当时，定远县出了个"农业学大寨"的典型——严桥公社红岗大队。这是当年安徽省树的"学大寨"三个典型之一。1972年12月，安徽省委提出"学大寨、赶郭庄、追红岗"的口号，大力推广定远县红岗学大寨经验。1973年夏天，在定远县已小有名气的"书画家"金兴安被抽调去红岗大队，给农民劳动模范画幻灯片。那时，他还在"五七大学"学习。

因为整天同劳动能手和模范生活在一起，接触多了，兴安便逐渐了解到他们的先进思想和在劳动中的优异表现。他开始不满足于画画，而是试着用笔来描写这些劳模的事迹，记录红岗大队日新月异的变化。他写了一组新闻报道，既有对事件的生动描述，也有对人物的直接采写。他还自编自创了一些诗歌，如描写红岗架起的高压线："根根银线通北京，热源来自共产党。"再如，写红岗人月夜送肥："谁说山洼路不好？步步沿着大寨道。"……

他把这些尚嫌稚嫩的作品寄给了县里的广播站。没承想，这些文字竟陆续播出了。

这，给金兴安带来了命运的一次转机。

县委和宣传部领导很快便注意到了金兴安，注意到他的新闻报道和通讯都在着力反映定远农村热火朝天的社会主义建设，塑造劳模和先进人物，弘扬勤劳奋斗和勇做国家主人的精神。领导感觉这是一个可以信赖的好青年。通过深入了解金兴安的出身、家庭状况和受教育情况，县里认为，这是一个应该好好培养使用的人才。于是，1976年秋，就在兴安去八一初中任教半年之后，他被调进定远党校，做图书资料管理等工作。

党校有个小小的图书资料室，除理论著作外，还有一些文学名著，都是兴安从未读过的。这是他有生以来第一次接触到如此多的文学作品。

这个小小的图书室对于兴安而言，犹如一座天堂。

因自幼生长在偏僻农村，兴安小时候想要找本小人书都找不到，更别说找本外国小说了。当年在吴圩读初中，在傅老师宿舍书架上发现高尔基的小说，简直是欣喜若狂。而现如今，这个图书室里竟拥有中外许多作家的作品，简直就是一座书山了！兴安激动而兴奋的心情难以言表。

如果说，傅老师的藏书如同一股清泉滋养了兴安；那么，党校图书室则是一个知识的海洋，让兴安第一次感受到了在书和文化的大海里畅游的巨大喜悦。

没想到，文学作品竟有如此魅力，几乎消磨了金兴安全部的业余时间。

随着"拨乱反正"的推进和深入，国家出版部门重版了一大批文学名著。这对于金兴安来说简直是哥伦布发现了新大陆。他每月从微薄的工资中挤出一半的钱来买书。两三年时间，他的小屋内就堆起了鲁迅、巴金、茅盾、曹禺、丁玲、巴尔扎克、托尔斯泰、梅里美、雨果、莫泊桑、高尔基等一大批中外名家的著作。他一本接一本，如饥似渴地阅读着。

在读书过程中，兴安摸索总结出了"五式规则"读书法：计划式、自罚式、技巧式、联想式和笔记式。他总是认真制订读书计划，每天读多少书，每月读多少书。如果没有完成，就进行自我惩罚，加倍阅读。而在读书时，他讲究技巧，有的书需要细读、慢读、思考着读，有的书则可以一目十行浏览阅读。读一本书时可以联想回忆自己读过的书，比较其相似和相异处，权衡其高下、优劣，对所读的书给出自己的评价。同时，对那些优秀的图书、优美的词句等，他都随手做笔记，一为及时地抄录下来，二为帮助自己记忆背诵，将它们转化为自己脑子里的知识内容。

当兴安小有名气之后，安徽人民广播电台曾专门邀请他去做现场访谈，谈谈他依靠读书自学成才的体会。《安徽日报》还发表了他的读书体会文章，这篇文章还获了奖。

说来奇怪，书越读越多，兴安反而觉得自己的知识越来越不够用。这反过来又强迫他更加努力地阅读，阅读时遇上经典和新奇的内容，他就抄写在自制的本子上。

一个五彩斑斓的文学世界在兴安的面前徐徐打开。从这里，他看到了一个不同于画画、由文字构筑起来的瑰丽的艺术空间。这也激发了他潜藏于内心深处的文学梦，那是由傅老师启发和培育的一个梦想——让自己的文字变成铅字，让千千万万的人读到自己的作品！

相濡以沫的爱人

在炉桥小学教书时，金兴安为人正派，工作努力，深受同事和学生好评。那时，他已 20 多岁，到了谈婚论嫁的年龄。

1975 年，经人介绍，炉桥街道上的女孩王同芬结识了金兴安。

相处几个月之后，同芬和兴安结婚了。

结婚前，学校给了兴安一间宿舍，作为他临时的家。虽说是家，可那个屋子真可谓是家徒四壁、空无一物：用洗菜盆当锅做饭，两个碗都豁了口，仅有的一双筷子还一长一短；用三块砖支块木板当床，床上只有一个枕头、一条破旧的被子，棉絮当中还有一个很大的洞，枕头里装的是一件旧棉袄。

新婚之夜，这间宿舍成了他们的婚房，可他们连盖的被子都没有。二人便从八一旅社租了一床被子，一天 2 角钱，一共租了两天，花了 4 角钱。把两张课桌拼在一起做了婚床。

开始时，他们做饭都是烧草。婚后半个月，同芬在铁路上工作的哥哥跑遍了蚌埠、长丰和合肥，给他们买回了一只煤球炉。同芬的姑姑从贵州回来，给他们做了一只箱子；姐姐帮助他们买了牙刷、牙膏、毛巾等日常用品。

虽然家里穷，但是兴安两口子对老家来的乡亲总是热情招待。未出嫁时，同芬看到自己的父亲经常给在农村的亲人送荞麦面、玉米等粗粮，她的堂哥也经常来她家拿粮食回乡下吃。结婚后，农村亲人进城（炉桥是定远最大的乡镇，相当于副县城）来看病，兴安总要给他们粮票，招待他们吃喝。因此，他们家的粮食总是不够吃。每个月到了最后三天，家里就断炊了。同芬对兴安说："到我妈家去吃饭吧！"

兴安回答："我连老婆都养活不了，哪还好意思去你妈家？"他坚决不肯去。

婚后三天，调令下来了。兴安被调到离家更远的定远县八一初级中学教书，每天早出晚归。

没过半年，兴安又被抽调到定远县委党校当辅导员。原先他每月工资29.5元，到党校后涨到了34元。

婚后半年，王同芬到镇办的窑厂当了业务员。刚开始的半年，窑厂不给工资，半年后每月给18元。

家里生活很艰难，同芬的父亲经常给同芬家捎来粮食和蔬菜，接济他们。就连买一棵大白菜都要分给他们一半，一斤豆芽菜也要抓一把送给他们。

随着儿女的接连出生，家务事越来越繁重。那时候，金兴安离家远，很难回家。孩子出生后，主要靠同芬和她母亲带。好在从1978年起，安徽农村开始大范围推行家庭联产承包责任制，农业生产有了大的飞跃，人们基本上都能吃饱饭了。1979年，同芬转到人民旅社当了合同工，每月工资34元，比原先强多了。

1977年兴安调走后，学校原来给的那间房就不让他们住了。同芬在街上租了一个牛棚式土坯房，三四平方米，只有老虎灶大小，里面刚刚能放下一张床、一只煤球炉。1979年，人民旅社帮她家租了一处房子。有三间低矮的小草房，泥土地面，一下雨屋里就漏水。但是，比起原先住的宽敞多了。

兴安调到定远党校后，他和同芬便分居两地了。直到1980年春，在定远县领导的关照下，同芬被调到定远的山货供销社商店工作，一家人才再次团聚。然而，1982年，兴安又被借调到合肥安徽文化报社工作，一家人再次分居两地。那种感觉就像兴安是一只领头雁一直在前面飞，同芬则带着两个嗷嗷待哺的小娃娃一直在后面追。真真就是一个当代的牛郎织女，只不过故事里追赶爱人的牛郎变成了女子王同芬。

直到1985年，同芬被调到合肥粮食局，到粮油食品厂当了一名营业员为止，一家人才彻底解决了两地分居问题。

说起调到粮食局的经过，同芬说，这一切还要归功于兴安这个人好。人好，这一辈子走到哪里都会有好运。

有一回，兴安去送报纸。那是一个大雪天，道路很滑。走到长江饭店前面时，兴安看到有一个又高又瘦的小伙子骑车摔倒了，趴在地上起不来。别人都视若无睹地走过去了，兴安却赶紧跑上去，拉起了小伙子。

"大哥，谢谢你！"小伙子吃力地站起来。看起来，他至少有一米八高。

"不用客气！"兴安一边搀扶着他，一边回答。

"我姓康，是省委组织部的。大哥，你在哪里工作？"小伙子问。

"我叫金兴安，在报社工作。"兴安如实回答。

通过交谈，兴安得知小康平时也喜欢看书，还写点散文什么的。

从那以后，他俩便交上了朋友。

有一天，小康去兴安的宿舍拜访他。

看到兴安空荡荡的宿舍，又是孤单单一个人，小康直截了当地问他："你的家属呢？"

兴安有点羞愧地回答："家属想调到合肥但调不过来，还都在定远老家呢！现在在供销社当合同工。"

"哦，是这样啊，还两地分居呢！"小康同情地叹了口气。停顿了一下，仿佛在思考什么，他接着说："我们组织部只管调动干部。你爱人是合同工，属于工人。对了，我有一个同学在合肥粮食局，我帮你去找她问问。"

"那就太感谢您了！"兴安一激动，竟不禁脱口而出称比他还小的康秋来为"您"了。

"大哥，你还跟我客气什么呀！"小康回答。

小康说到做到。

不久后，王同芬便带着儿女调来了合肥。

她说："小康真是一个好人！他一口水没喝，一口饭没吃，就帮我调到合肥工作，解决了两地分居问题。"

1992 年 7 月，粮食市场全面放开，合肥的粮食部门不景气，职工面临失业风险。这时，一位朋友出面帮忙，将王同芬调到了合肥卷烟厂。

自从调到合肥卷烟厂工作后，王同芬从未跟兴安要过一分钱，她也不清楚他每月工资多少、奖金多少。现在，兴安已退休了，同芬依旧不知他每月的退休金有多少，她从不打听，也不跟他要钱。

同芬在烟厂一直工作到 2003 年 50 岁退休。退休后，合肥社保局每月发的养老金有 1700 元，单位还补助 1800 元。

"钱够用就照（安徽方言，意思是'行，可以'）。"她爽朗地说。

从 80 年代到 90 年代初，金兴安一家一直租房住。在那些年里，他们先后搬过 14 次家，住过 15 处房子。直到 1990 年，兴安调到安徽少年儿童出版社，他们才有了属于自己的第一套房子。2000 年，他们换了一处房又住了 10 年，2010 年时换到了安徽出版集团对面书香苑小区现在的住处。同芬一路追随着自己的爱人，东奔西走，过着清苦但不乏欢乐的日子，始终无怨无悔、平平和和。生活改变了，不变的是两人相濡以沫的爱情和亲情。

原来自己写的是儿童文学

兴安喜欢画画，但是画画需要各种颜料，颜料需要花钱买。然而，他没有钱，没有绘画的条件。而写小说、写故事，则不需要花什么钱，有支笔、有张纸就行了！

创作的欲望强烈地撞击着兴安的心头，童年记忆和现实生活的碰撞，不断点燃他心中文学创作的火花。他真的动笔写了起来。

他渴望着像傅老师那样，让自己的作品变成铅字。

谁知写文章并不是想象的那么回事。从 1976 年起，几年间，他给全国各地报刊投稿，收到的只有一封又一封的退稿信，一共有 200 多封。

每次将稿件投进邮筒，兴安便满怀期待地等候回音。每次邮递员送信来，他的心总是扑扑直跳，如同怀春少女，如同初次面对考官的小学生。

然而，每次都是编辑部的铅印退稿信，而且内容都是相似的："版面有限""原稿退回""不予刊登"。

开始时，党校的同事们都好奇地凑上来看他的信。每次看到上面只有相似的一句话时，大家都笑了。

兴安没有气馁，他坚持不懈地向外投稿。他坚信，早晚有一天，会有编辑看中他的稿件。

然而，依旧是退稿，依旧是铅印的回信。收到的退稿信多了，兴安已经不太介意。但是，同事们却感到好笑，认为他不自量力，癞蛤蟆想吃天鹅肉，一个图书资料员也梦想当作家。于是，各种冷嘲热讽接踵而至。

有的说："小金投稿，版面有限。"

有的笑话他："小金投稿，完璧归赵。"

面对着他人的嘲讽，金兴安一度陷入了痛苦与彷徨中。

要不要坚持写作？要不要继续投稿？这条文学的路能不能走通？他的心里纠结得很，渺茫得很。

就在这时，他在资料室里无意间翻到了茅盾先生为高尔基逝世10周年所写的一篇祭文。

读了这篇文章，他才晓得高尔基的童年生活竟如此艰难。他8岁失去父母，到处流浪，白天在轮船上打工收盘子，受尽老板的凌辱，晚上则在轮船里读书自学，又屡次患病，而他的大部分作品就是在这样困苦的环境中写出来的。高尔基刻苦自学并与生活抗争的精神深深地打动了兴安，不仅激起了他高昂的创作热情，而且给了他战胜困难的勇气与信心。

"走自己的路，让别人去说吧！"

这是高尔基的人生座右铭。金兴安请书法家把这句名言写成条幅，挂在自己的书桌前。

面对别人的冷嘲热讽，他这样鼓励和慰藉自己："他版面有限，我智力无穷；他完璧归赵，我留作资料。"

凭借惊人的坚韧毅力，他继续跋涉在荆棘密布的创作小路上。

那时候，社会上存在着一些带有市侩作风的人，见到上级就点头哈腰，拿烟沏茶；见到下级则趾高气扬、哼哈作态。这种庸俗的作风本不该传染给天真无邪的孩子们，但是有些家长却在家里有意无意地向孩子灌输这样的观念。金兴安觉得，这种作风应该批判，他打算就此写一篇文章。

经过几天的酝酿构思，他写出了自己的又一篇作品《爸爸，我错在哪里？》。这篇文章写的是，一个6岁孩子的父亲给他灌输说，客人来了就要给他拿烟倒茶。可当一个工人上门来，孩子也给他拿烟倒茶时，结果却挨了父亲一顿批评。孩子最后发出疑问：爸爸，我究竟错在哪儿？这样一篇情节简单的作品，却生动地刻画出了社会上某些人对领导阿谀奉承、对老百姓冷眼相对的丑陋嘴脸，批判了功利主义思想。

当时，他也不知道自己写的这篇文章是什么类型的作品。后来，有人告诉他，他写的是儿童文学。

兴安觉得自己的这篇作品虽然写的是孩子，但对孩子和家长都有教育意义。于是，他便把这篇小故事投给了上海的《少年报》编辑部。

《少年报》创刊于 1967 年，后来改名《少年日报》。那时，《少年报》办有一个"小百花"副刊，专门刊发描写和反映少年儿童生活的童话、小说、散文、诗歌等各种体裁的文学稿件。字数一般在 2000 字以内。

兴安的作品投出后，果然一发命中。1979 年，《爸爸，我错在哪里？》被《少年报》发表。

收到用少年报社信封寄来的信，看到自己的名字和写的文字第一次变成铅字，并且受到了"小百花"副刊责任编辑黄修纪的高度赞赏，金兴安内心的激动和惊喜之情无以言表。

他觉得，这是他人生的一个盛大节日。从此，他的命运就要被改写了！

他对读书和创作更加起劲了。

学习使人进步，读书使人明智。在定远党校，通过大量的阅读，兴安的性格也起了明显变化。他变得更加宁静和理智，更加乐于思考。他最初的文学创作素材大多来源于不幸的童年。

他经常坐在家乡不知名的小溪旁，看那溪流在灾荒之年干涸，溪里的小鱼儿几乎死光。然而，一场春雨过后，岸边又是鲜花绿草，烂漫依旧，水里重新翻腾起鱼儿嬉戏的水花。活着是美好的，生命拥有无限的可能。金兴安一边感受着故乡土地的抚慰，一边思考着、想象着文学的意象和情思。那些痛苦与快乐，那些欢笑与眼泪都一起涌上心头。他觉得有无尽的话语要倾吐，有无尽的感情要倾诉，胸中波涛起伏。于是，在每一个夜晚，在工作之余的每一个假日，他都摊开稿纸，开始新的构思和创作。

从那以后，他的作品一篇接一篇地见报。

1976 年冬天，在定远县城一场大雪之后的深夜，他写下了"'a、o、e'小传"系列小说。兴安通过讲述一个孩子上了三年学却什么也没学到，只认识拼音字母"a、o、e"，反映了"文革"对少年儿童的影响。这篇作品后来经过多次修改发表了。2014 年，兴安出版的儿童文学集《播种希望》又将《"a、o、e"小传》收入其中。

1981 年，兴安根据有的伤残儿童没有放弃学习、不自暴自弃的事迹，创作了儿童小说《在少儿专柜前》，塑造了一个伤残青年"有志姐"自学成才的典型。这篇作品发表在《安徽日报》上。

1983年，兴安在《江淮文学》上发表了儿童小说《明明接姥姥》，以一个儿童的眼光描写了农村实行家庭联产承包责任制后发生巨大变化的故事。小说发表后引起了一定的轰动。

兴安总是从自己和身边人的生活经历中发掘素材，提取出对人有教益、有启迪的思想内涵，因此他的作品很受编辑的欢迎和赞赏。

兴安没有上过大学，他的文学教育主要来自傅家成老师和自学。他在创作过程中也渐渐悟出一个道理：要在文学上有所建树，必须加倍用心学习，向书本学习，向前辈作家学习。悲惨的童年，使得他没有机会接受系统的教育，现在要想在创作上有点出息，只有依靠自己勤学苦练。

那时，他月工资只有100元左右。他把一半的工资都拿来买书、订报。为了买到姚雪垠长篇小说新作《李自成》第二卷，他连夜在新华书店门口排队，终于买到了这部自己心仪的小说。由于工资大都花到买书和外出自费采访上了，加上那些年家庭负担又重，因此他每天的伙食几乎都是咸菜萝卜就米饭。但是，他仍旧热情地邀请文友们到自己家里来畅谈交流，而且每次都要借钱买酒买肉，热情款待。

通过勤奋攻读及与文友们交流，金兴安的创作视野不断拓宽，心胸更加开阔，写作水平也有了显著提高。在短短几年时间里，他接连写下了数十篇儿童小说、散文、戏剧等作品，发表在全国各地的报刊上。他的作品往往比较短小，贴近儿童生活，接近儿童语言风格，反映儿童心灵和情感，寓庄于谐，寓教于乐，因此特别适合儿童的阅读口味，很受小读者们的欢迎。

党的十一届三中全会以后，特别是1980年后，我国迎来了科学的春天，也迎来了知识分子的春天。全社会越来越重视文化、重视人才，对人才有极大的渴求，但优秀人才、学有专长的人才极度匮乏。

金兴安因为在省内外报刊上不断发表作品而受到了人们的关注。1982年7月3日，安徽省委宣传部在合肥召开首届安徽省少年儿童文艺作品创作会议，兴安作为儿童文学青年作家代表应邀出席。是年，安徽省农委在筹办《富民报》时，就把他挖到了报社来。能够为省里的单位输送人才，这在当时，对于定远县党校来说，是一件很光荣的事情。何况，这也是"党和人民事业的需要"。

那时，妻子和儿女都还在定远，兴安一个人住在合肥。报社人手少，他年轻力壮，经常都是一个人干几个人的活，除了采访、编辑、排版、校对外，还要负责给邮局、机关单位送报纸。兴安生性本分，厚道质朴，交给他的任务绝不推诿，总是保质保量地完成。

他经常一出去采访就是几十天不回家，足迹踏遍了大江南北。凭借着一个新闻记者的职业敏感，凭借着一个受惠于改革开放的孤儿对国家和人民深厚的感情，兴安努力从多角度、多视角、多侧面采写和反映改革开放大潮。在采访中，他特别注意寻找发家致富的典型，深入了解其成功的秘诀，了解安徽各地富于蓬勃朝气的乡镇企业以及锐意改革的企业家，揭开安徽农村改革取得成功的内在原因。

由于他腿勤、嘴勤、笔勤，因此全报社发稿最多的人就是他：新闻报道、人物特写、文艺通讯、报告文学、随笔散文……各种体裁的文字陆续见诸报端。

20世纪80年代，金兴安先后在《安徽文化报》《富民报》《安徽画报》任记者、编辑。他的工作不断变换，环境也在转换，但他从未停止过采访和写作。

在《安徽画报》工作期间，他采访了安徽省一批文化名人，包括陈登科、鲁彦周、公刘等，写出了一篇篇情真意切的采访记。对于这些名人，兴安向来非常景仰。

1984年，兴安被批准加入安徽省作家协会，成为一名他梦寐以求的、名副其实的作家。

1984年7月，安徽少年儿童出版社成立。黄国玉副总编辑慕名向金兴安约稿。

1985年11月10日，安徽少儿社在合肥稻香楼召开安徽少儿读物出版座谈会，任溶溶、洪汛涛、叶永烈等一批全国著名的儿童文学作家应邀参加了会议。出版社还特地邀请金兴安以新闻记者和重点少儿作者的双重身份出席了会议。其间，兴安受到多位前辈作家的肯定和勉励。从此，兴安的儿童文学创作一发不可收。他接连创作发表了多篇作品，受到了小读者的普遍欢迎。尤其是他的《爸爸，我错在哪里？》收入儿童小说集《奇怪的密码》，

1980 年由安徽人民出版社出版,在金兴安的家乡引起了巨大轰动。蒋集公社和金巷大队的乡亲们都在口口相传着家乡出了个大作家,就是原先的那个小孤儿"小遇吃"金兴安,语气里满是自豪和快慰。

从写作中不断尝到甜头的兴安,深入基层采访的时间更多了,写出来和发表的作品也越来越多。他是从饥饿线上挣扎过来的人,深知贫穷日子的滋味,深知改革开放所带来的划时代变化。在改革开放之前,他经常是饥一顿饱一顿,吃了这一顿不知下一顿在哪里,从来没有真正吃过饱饭。而从 1978 年 12 月 18 日党的十一届三中全会召开以来,生活一天比一天好起来。不仅兴安能吃饱饭,全国老百姓都能吃饱饭。

他说:"真是怪了!天还是那个天,地还是那个地,人也还是那个人,但是现在都有饭吃了!"

归结起来,兴安认为,这一切都得感谢改革开放。因为对改革开放怀有深厚的感激之情,所以在他的笔下,他丝毫不吝啬对改革开放的赞美和对新生活的讴歌。

改革大潮激荡着江淮大地,担任新闻记者使金兴安更有条件广泛接触社会、了解社会各个层面的人和事。在农村采访中,他耳闻目睹了家庭联产承包责任制给这块古老贫穷的大地带来的勃勃生机,广大农民终于有饭吃、有衣穿、有房住。对于这一点,像他这样从三年困难时期熬过来的人感受最真切、最强烈,也最有发言权。

怀着感恩之心,他奔波于大江南北、淮河两岸,大书特书改革开放后的新农村、新变化、新人物。饱蘸着自己的激情、热情与感恩,他从安徽的改革开放和现代化建设实践中采写了一篇又一篇新颖鲜活的报告文学。

七八年间,他先后有 200 多篇报道和报告文学在全国多家报刊上发表。由于他描写的是发生在八皖大地波澜壮阔的改革大潮,是安徽人民日新月异、翻天覆地的现实生活,因此引起了省委领导和广大读者的强烈共鸣与好评。

1988 年,他的这些带着新鲜生活气息的文艺特写、通讯和报告文学被结集出版。这是他正式出版的第一部报告文学集《龙腾江淮》。这是国家抚养大的孤儿金兴安献给改革开放 10 周年的一份厚礼。著名书法家、安徽省政协原主席张恺帆为该书题词:"献给党的十一届三中全会召开十周年。"

在大量撰写通讯特写和报告文学的同时，金兴安没有放松儿童文学创作。他把笔触伸向了此前不被人们看重的校园生活领域，揭开了在校读书的孩子们天真烂漫而又美好的心灵世界。

在他的笔下，一个个孩子个性迥异却都眼睛明亮、天真活泼、心地善良，犹如一个个天使般向读者迎面走来，让人似乎可以触摸到他们金子一般的童心和爱心。兴安用自己的笔，写下了对时代和生活的无限热爱，写出了对孩子们真诚的爱。这，也是他感恩政府、感恩社会的一种方式。这个 10 岁就成为孤儿的孩子，用这样的方式来回报人民的养育之恩。

由于在儿童文学创作方面成绩突出，1988 年春天，金兴安被调入安徽少儿出版社工作。

这个春天对于金兴安来说，的确是一个春光明媚的季节，因为进少儿出版社工作也是他一直以来的心愿。现在，他终于如愿以偿。

从此，兴安开始整天与书打交道。这对于一个从小就渴望读书、热爱读书的人来说，就像老鼠掉进了米缸里，如鱼得水。

那时，出版社规模小、底子薄，只有二十来名员工，编辑人员少，书稿多，基本上一个人要当作几个人使。社长吕思贤、总编辑陈永镇、副总编辑黄国玉等人人都要兼任编辑，办公桌上都堆满了书稿。在这个集体中，大家都很敬业，也很友善，相处得就像一个大家庭。

兴安在这里工作了三年，学到了很多做人的道理和出版常识，让他至今回想起来依旧内心倍感温暖。

当时，"自办发行"还是个新词，出版社没有一名专职的发行人员。除了做好组稿和编辑工作外，每个星期天（那时尚未实行双休日制度，每周只有星期天休息——笔者注），社领导都要带领兴安这些编辑赶到租来的民房书库将书打包、发货。

出版社的办公条件十分简陋，夏天没有空调，冬天没有暖气。办公室里，桌子挨着桌子，有的办公室连小窗户都没有。然而，条件的艰苦对于兴安而言都是微不足道的。这个从小什么苦都吃过、什么罪都受过的年轻人，一心扑在编书、出书上，忙得不亦乐乎。是啊，书是人们的精神食粮，尤其是为少儿编书、出书，这是一项多么崇高的事业啊！正如吕思贤社长所言："孩子是祖国的花朵、民族的未来，一切为了孩子……社会效益和经济效益都好的书要多出；社会效益好、经济效益差的书，赔钱也要出；社会效益不好、利润高的书，挣钱再多也不能出。"兴安理解，这就是安徽少儿社的"家风"，是出版社的风骨和灵魂：心存孩子，以社会效益作为图书出版的最高准则。在自己的编辑生涯中，兴安更是始终自觉践行这样的"家风"。

1991 年初，金兴安恋恋不舍地告别了少儿出版社。按照出版系统内部调配的安排，他被调到《安徽画报》当记者编辑。

1993 年，安徽教育出版社出版了金兴安的儿童文学作品集《校园微型小说》。陈登科为该书作序，称："正因为兴安对党和人民有着如此深厚的感情，所以能生动反映出儿童的欢乐与向往。正因为兴安观察生活细致入微，每一篇文字都给孩子留下了深深的回味，使孩子们从中悟出一条条道理，以解决生活中、学习中遇到的难题。文章短小精悍，通俗易懂，是孩子们的课外辅助读物，也是教师们教育孩子的好助手。"

1994 年，安徽文艺出版社出版了金兴安的散文小说集《自鸣钟》，由赵朴初先生题写书名。

1997 年，金兴安被批准加入中国作家协会。那时，中国作协会员只有3000 多人，安徽全省只有 100 名左右。加入中国作协，对于兴安而言，既是一种对自己创作的肯定，也是对他作家身份的一种确认，更是一种无上荣誉。他非常珍惜"作家"的头衔，希望能在创作上有更大的进步和提升。

也是在这一年，金兴安被破格晋升为副编审。

采访三个月写的书稿丢了

安徽是中国改革开放的发源地之一。在改革开放 10 周年时，金兴安出版了报告文学集《龙腾江淮》。斗转星移，时间很快就到了 1998 年，又将迎来改革开放 20 周年。

没有改革开放就没有"小遇吃"孤儿金兴安的今天。兴安心里一直在琢磨着，自己应该为迎接改革开放 20 周年做点什么，自己能做点什么呢。

经过深思熟虑，他想到了继续运用自己越来越娴熟的报告文学这种体裁，写一本反映安徽 20 年改革开放全貌的大书。为此，他打算奔赴安徽所有的县市，进行一次大采风，深入生活，调查采访安徽各地近 20 年来的巨变，表现安徽行进在改革开放大道上的风采。

当出版社将金兴安计划创作这样一部书的选题策划报告送至安徽省委宣传部领导的办公桌上时，领导被感动了，同时也有些担心。感动的是，该书选题好，恰逢其时；担心的是，采写这样一部书工作量太大，时间太紧，一个人很难胜任。但是兴安已下定决心，无论多难也要把书写出来。最终，他说服那位领导打消了担忧的念头。

在家里的墙壁上，兴安贴了一幅安徽省地图。他把全家人叫到这幅地图前，郑重其事地对他们说："我计划用一年的时间自费跑完全省，写一部歌颂安徽农村改革的书，向党的十一届三中全会召开 20 周年献礼。我希望全家人都来支持我，帮助我完成这个心愿。"

从此，一家人生活更加节俭。餐桌上，只有几碟咸菜。女儿没买一件新衣，儿子没买一双新鞋，妻子更是把每一块钱都仔细计划着花。省下来的钱全部交给兴安作采访费、差旅费。

兴安出发了，只身踏上采访的漫漫征程。

在报社当新闻记者的工作给兴安的采访提供了有价值的线索。

他背着行装，一个地区接一个地区，一个县接一个县地跑。没有节假日，没有白天黑夜，风雨兼程，跋山涉水，抢时间，争速度。过年时，别人都在家团聚，他却独自奔走在农村采访。每采访完一个地方，他回家的第一件事就是在那张安徽地图上用红笔画一个三角形。

正好，1998年兴安供职的《安徽新闻出版报》休刊一年。利用这一年时间，他要跑遍安徽，写遍安徽。其间可谓备尝艰辛、吃尽苦头。

到安庆赵朴初的家乡采访移民村时，遇上修大桥，过不了河，兴安脱了鞋子，蹚水过去。三月的河水，冰冷刺骨，河里的石子把他的脚都扎破了，鲜血直流，疼痛难忍。移民们见到这位赤脚记者，感动得直竖大拇指。

在大别山腹地，连日暴雨，山洪暴发，兴安搭乘的小货车颠簸了5个多小时才走了30千米山路，半夜一点多才抵达目的地。接待他的朋友不无害怕和担忧地说："还真有像您这样玩命的人！"

在半年多的时间里，兴安自费跑遍了全省17个地市66个县，采访了100多位典型人物，拍摄了许多照片，采集的资料装满了100多个大纸袋。家里的桌上、椅子上、床上、地板上，全都铺满了资料。

兴安关起门来，端坐在小桌前，夜以继日、废寝忘食地书写着。写不顺利时就抽支烟，写不理想就撕掉重来。屋子里弥漫着烟雾，满地都是纸屑。

为了不干扰父亲写作，儿子住在单位不回家；女儿回家来总是不敢大声说话；妻子则谢绝了一切亲友的来访，在一旁为丈夫端茶端饭。

正是暑热难当的盛夏，兴安突然接到安徽省作协的电话安排他暑假去北戴河创作之家疗养十天。

这是天大的好事，自己还从未去过北戴河，正好可以借休假之机，认真修改书稿！

那时，从合肥到北戴河没有直达车，需从天津转车。兴安当天上午才从黄山回到合肥，晚上便坐上了去天津的火车。他把几个月来辛辛苦苦采访得来的资料和写成的初稿，连同照相机等还有家里的几千元积蓄都装进一只灰色人造革手提包。这只手提包已伴随他多年，每次出差或是开会，他都要拎着它。包里装的可是他最珍贵的东西，平日里，他都不让爱人和孩子去碰它。带现金是为了休假一结束可以马上继续奔赴安徽各地进行补充采访。

为了省钱，兴安只买了张硬座。他安慰自己："你看人家，抱着孩子，都能坐硬座，我为什么不能呢？"

火车上五元钱一份的盒饭、三元一份的面条他也舍不得买，吃的都是从家里带的白面馍馍，就一杯开水而已。

火车到达济南，兴安兴奋地想着："要留心看看，很快就要过黄河了。古人说，圣人出，黄河清。黄河几千年几万年都是黄的。现在，黄河下游的河床都已高出两岸，被人们称作了'悬河'。"他的这些知识都是从书本上看到的。

火车在济南站停的时间很长。

好容易等到火车再次启动，没过 10 分钟，果然看到了浑黄的黄河，列车哐当哐当发出了比先前更大的响声。跨越黄河的钢筋铁桥像个巨人一样，举起强有力的臂膀，托举着火车驰过。

兴安非常兴奋。这是黄河下游，那一年夏天雨水充足，黄河河面特别宽阔，更显出一派苍茫来，颇能带给人震撼的感觉。

硬座车厢里挤满了乘客。夜里，他靠在硬座椅背上，不停地打着瞌睡。

凌晨两点四十分，他从瞌睡中突然醒来，下意识地看了一眼行李架。

奇怪，自己的大包好像瘪下去了一块！

当他打开大包，立即惊叫起来："包！我的包！"

装在大包里的手提包不见了！

再仔细找找。

没有！笃定没有！

这就是说：自己的手提包已不翼而飞！

可是，包里装着好几千元钱呢！还有自己为了采访方便，花了一万多元买的一部大哥大手机！还有相机、闪光灯，那可全是自己吃饭的家伙啊！自己当记者根本离不开相机。更严重的是，这相机和闪光灯还是报社的呢！

啊！不！包里还有自己的证件！还有——10 万字的采访稿、书稿！！

"我的妈呀！"

兴安在心里惨叫了一声。

——那可是他足足几个月的劳动成果啊！是自己跑遍安徽数十个县市逐一采访得来的素材和撰写的手稿啊！那是自己倾注了多少心血之作啊！

对，赶紧找乘务员！

一定是有人偷了自己的包，小偷兴许还没下车！兴安的心里存着一线希望。

乘务员就在车厢两头。

兴安焦急万分地告诉乘务员自己的遭遇。

"啊！"乘务员非常吃惊，"赶紧报告列车长！"

列车长听说金兴安丢失的包里装有那么多贵重东西，一个劲地埋怨他自己不小心。他马上找来乘警，让他们逐个车厢去询问，探听有没有人看见一只灰色手提包。

兴安百般无奈，回到了自己的座位上。他觉得，列车长的安排已是最好的了。

"干坐着等也不是办法，我自己也去找找看！"兴安突然醒悟了过来。

于是，他从自己所在车厢问起，一直问到隔壁两三个车厢的乘客。

所有人都说，没有看到他的包。

丢了！确定是被偷了！

偷包的人肯定已经下车逃走了！

列车长抱歉地告诉兴安乘警调查的结果。

其实，这个结果早在他的预料之中，只是他的心里，原先多多少少还存着一丝侥幸。如今，这唯一一丝希望也像那脆弱的风筝线一般，断了，希望就像风筝一样，随风飘逝！

兴安垂头丧气，如丧考妣。

出了这么大的事，得赶紧告诉家里的人啊！兴安心里想。

到了下一个车站，趁着火车停车的空隙，他借用车站电话机给妻子打电话。

"出事了……"兴安说。

从睡梦中被吵醒的妻子吓出了一身冷汗，急忙问："出什么事了？"

"手提包在火车上被偷走了！"兴安懊恼地回答。

听着丈夫万分沮丧的语气，王同芬既心疼又生气。

她问："包丢了？"

"是。"兴安怯怯地回答。

"人没事吧？"同芬提高了声音。

"人没事。"兴安嗫嗫嚅嚅地回答。

"包丢了，人没事就好！"同芬斩钉截铁地大声说，"回来！你给我回家来吧！"

兴安羞愧万分。他赔着小心，小声地说："我们的钱都在包里，现在连回去的火车票都买不起了。"

"你找列车长想办法！"同芬一副没有商量的口气。

妻子很生气，后果很严重！

兴安意识到，自己和妻子结婚20多年来，她还从未如此生过气。

这也难怪，全家几乎所有的积蓄都在包里呢！还搭上了公家的相机和闪光灯，不知得赔多少钱呢！那台相机据说得一万多块钱，贵得很呢！

本来，兴安计划得好好的，在北戴河把书稿改出个大致模样，然后再立即返回安徽各地进行一些补充采访，年底前就能出书！

如今，这些美丽的愿望都化作了泡影。

可恶的窃贼啊！你怎能这么歹毒，把我最珍贵的一切都给偷走了！特别是那部花费了好几个月心血的稿子，你说你个小偷你偷那东西干啥呀？！

兴安脑袋嗡嗡作响，一直呆坐着，两眼发直。

列车长怕他出事，找了一位见证人——一个从安徽舒城县出来打工的青年农民，一道陪他回家。

那位素不相识的农民工对兴安说："老乡，一看您就是个好人，我陪您回去。"

"是，是，是，大兄弟，你说得对着呢！"

那位农民工原本是要到天津去的。他和列车长、列车员一同陪着兴安下了火车，又乘上了回合肥的火车。

兴安他们回到了合肥。同芬买酒买肉招待了那位农民工和列车长、列车员，安排他的住宿，还替他买了回程的车票，然后千恩万谢地送他登上了火车。

金兴安至今都在懊悔，当时怎么就忘了问那位农民工的姓名。

想想人家一个打工的，挣点钱比自己还不容易，萍水相逢素不相识，都快走到目的地了又转回来，专程陪着自己回合肥，这是多好的一个人啊！

人间自有真情在，天下还是好人多。人间最宝贵的就是这份真情，就是人与人之间的这份善意与相互帮扶！

送走了客人，同芬回到家里，看见丈夫痴痴地站在那幅画满了红三角的地图前发愣。

见到妻子回来，兴安放声大哭。

男儿有泪不轻弹，只是未到伤心时。这位遭遇了一次人生重创的作家和他目不识丁的妻子抱头痛哭。

随后好几天，兴安每天都愣愣地站在那幅地图前，精神几近崩溃。

同芬找亲戚和同事借，又凑了一万多元，帮兴安赔上了单位的相机和闪光灯。

但是，最要命的是兴安的手稿和采访资料啊！

对于兴安来说，丢了几万元固然心疼，然而更令他心痛和难受的是丢了那些手稿和资料！

再从头回去——采访，人家一定会说自己是个骗子，要不就是一个精神病——几个月前不才刚刚来采访过吗？怎么就又来了呢？了解他为人的人会同情他，不了解的人跟他怎么也说不明白。

没办法，只有从头再来！

老领导、老朋友、同事、邻居听闻了兴安的不幸遭遇，都来看望他，安慰他，鼓励他，并且向他伸出了援手。

好不容易，兴安又筹措了两三千元。

他又一次踏上了采访之路。

改革开放 20 周年可是国家的一件大事啊！作为深受改革开放恩惠的孤儿，自己理应为此做点什么。而采写安徽改革大风采的报告文学，就是自己感恩社会、回报家乡最好的一份厚礼。

打定了主意，兴安硬着头皮，又逐一去敲开那些进去过的门，继续面对那些采访过的人。

人们听说了他的遭遇，都很同情他，同时也被他为采写安徽改革开放风采的坚定毅力和意志深深地打动。

在各地受访者的大力支持下，两个月后，金兴安重新完成了采访任务。

这一年，他的女儿金泉中专毕业后正在实习，单位还没落实下来。同芬着急了，对兴安说："你写大采风，我支持你。可是你不能不管孩子工作的事……"

兴安一下子就火了，跟妻子直瞪眼。

金泉在一边劝解："妈，我爸写大采风，够苦的了，别再烦他了！我还年轻，工作以后再解决也不迟。"

兴安凝望着自己的女儿：啥时候金泉变得这么懂事了？

他感到既欣慰又心酸，但他顾不上那么多了，他必须争分夺秒抢时间在年底前出版这本书！

他埋头坐在书桌前，一笔一画地书写着这部名为《安徽大采风》的长篇报告文学。

夏天，酷热难当，他便光着膀子写，两条腿都被蚊子咬烂了。

在创作过程中，兴安脑海里常常浮现出这些年他去农村采访、路过老家时的情景。昔日，他寄居的大猪圈已被改成了村小学，远远地就能听到琅琅的读书声。教师是他童年时的小伙伴金其高。其高硬拉着他回家去做客，杀鸡宰鹅，炒花生，打老酒，盛情款待。到了哪家，都是如此。到了夜晚，家家点亮灯火，看电视，听广播，其乐融融。乡亲们拉着他的手问："兴安，你是个大记者，你说农村政策会变吗？"兴安肯定地回答："不会变，绝对不会变！"乡亲们乐了，脸上绽开了花朵。这些笑容一直定格在兴安的记忆里。

一定要用自己的笔，将乡亲们由衷的笑容和自己深切的感受都写出来，贯注到书中每一篇文字里，写出安徽大地20年来的巨变，这是自己义不容辞的责任！

当全书脱稿之后，平日里不声不响的女儿金泉和儿子金桥，居然给新闻媒体写了一封举荐信："我们向你们提供一条宣传改革开放20年的新闻线索。我们把我们身边一位最熟悉、最敬爱的人推荐给你们。他就是我们的父亲。"

12月，全景式反映安徽省20年改革风云的纪实文学《安徽大采风》由安徽教育出版社出版。时任中央政治局委员、国务院副总理、全国人大常委会副委员长田纪云为该书题写了书名。

该书出版后，在社会各界引起热烈反响。

1998 年 12 月 29 日，这是一个令金兴安铭记终生的日子。

这一天，在时任中国作协副主席、中国文联副主席张锲的支持下，中国作家协会、中国报告文学学会在北京召开"首都文学界《安徽大采风》座谈会"。中国作协领导张锲、高洪波以及著名作家、评论家周明、鲁光、袁厚春、杨匡满、傅溪鹏、何西来、缪俊杰等 40 余人参加了座谈会。专家们对这本书给予了高度评价。首都多家媒体以《一个自学成才者的足迹》等为题，详细报道了这次座谈会。

就在这一年 6 月，金兴安被全国总工会、教育部、科学技术部、人事部、劳动和社会保障部五部委授予了"全国职工自学成才者"称号。

6 月 12 日，"全国职工读书自学活动表彰大会暨全国职工读书自学活动开展 15 周年纪念会"在北京举行。获奖的百名自学成才者原先的文化程度都在高中、中专以下，近一半人仅有初中、小学文化。他们经过长期刻苦自学、勤奋钻研和实践，或完成技术攻关、技术改造及科研项目，撰写学术论文及科研报告，或出版专著译著，荣获国家级、省部级成果奖，或取得了高、中级技术职称。时任全国政协副主席朱光亚和中央、国家机关负责人接见了获奖代表并同他们合影留念。

金兴安虽没有上过高中，更没有上过大学，但是他通过读书自学，改变了自己的命运，用文化知识创造了自己的人生。

2004 年 6 月，《金兴安通讯 100 篇》出版。

上海《文汇报》副总编、作家史中兴读了该书后，动情地写道："多年没回故乡，《金兴安通讯 100 篇》满足了我的思念之情，它领着我回来了。几千里行程，从淮北到江南……安徽这片土地在改革开放 20 多年间所发生的巨大变化，经作者充满激情的点染传递，一一闪现在读者面前。它使我惊叹：故乡变样了。"

是啊！故乡变样了，兴安觉得自己也变样了，通过读书自学，从一个无家可归的孤儿变成了作家。过去，他一无所有，住在生产队的大猪圈和烟炕，过着流浪颠沛的生活。现在，他的住房宽敞明亮，做饭用天然气，冬天有暖气，儿子、女儿都参加了工作，老伴退休在家，一家三代同堂，其乐融融。平时，他总是把自己的成长史讲给子孙们听，让他们了解并永远记住：没有改革开放，就没有我们的今天！读书改变命运，知识创造人生，只有勤奋读书，才能成为一个对社会有用之才。

2006年，金兴安被破格晋升编审，成了安徽省大概是唯一一位没有文凭的正高职称专业人员。

第三章

书屋报乡亲　农民笑开颜

妻子对金兴安有一个基本评价："他这人呀，穷一生，苦一生，忙一生，累一生，省一生，抠一生。"

　　但是，金兴安的"省"和"抠"，都是针对自己，对他人却慷慨大方，毫不吝啬。

有钱买米，万事不愁

看到丈夫衣服破旧，同芬让他买新衣服，兴安舍不得。

一双皮鞋早都穿烂了，让他换，他说："还能穿。"

2000 年后，兴安调到安徽省教材中心。有 7 年多时间，兴安都在往农村跑，原先咬咬牙重新买的一只人造革手提包，早已磨得破烂不堪。他自己舍不得换新的，是同事徐天婕买了一只新包送给他。同芬的钱都花在家庭日常开支和两个孩子身上。兴安自己呢，从不发愁。他说："只要有钱买米，有米下锅就行。"

他是从饥馑年代挨过来的幸存者，对于饥饿和穷困有着最痛切的体会，因此对于生活的需求极其简单，几乎只需维持在温饱水平——有饭吃有衣穿就行。

这，就是金兴安，一个吃百家饭、穿百家衣长大的孤儿。

兴安的女儿金泉，留着一头短发，中分头，整齐的刘海，脸上常常挂着微笑，一说话就带着笑意。她穿着一件黑白相间的豹纹圆领套头毛衣，黑色棉布裙子，说起话来不紧不慢，很有耐心。看得出来，这个年轻人性情温和，心地善良。

她告诉我，以前家里总是很穷，经常是租房住。在炉桥的时候，几乎都是妈妈一个人带她和哥哥金桥。妈妈每天还要上班，一个人带不过来，只好把她和金桥锁在家里。兄妹俩就在屋子里玩石子，玩沙子，玩板凳。有一回，下大雨，发大水，租住的低矮的茅草房都被水淹了，他们就自己用盆往外舀水，等妈妈回家。

1985 年随父母到了合肥后，兄妹俩开始上小学。兴安一心扑在工作上，家里又是妈妈一个人带孩子。

那时，外地孩子来合肥上学，要给学校交赞助费，夫妻俩便到处找人帮忙。

兴安常看大夫，与大夫相熟。有一回，大夫看到兴安领着孩子来看病，便问他为何不让孩子上学。兴安讲，在合肥上学要有户口，孩子户口还没能迁来合肥，不符合条件。那位热心的大夫说，孩子上学要紧，可不能耽误了！他帮兴安找到了附近一所小学的校长，说情让俩孩子入了学。

"爸爸为人好，对人大方，因此处出了好多朋友，朋友也都对他好。"金泉说。

金泉依然记得，那时租人家的房子住，妈妈在院子里晒被子，催促兄妹俩写作业的情景。妈妈总是喊："再不写作业，太阳该落山了！"

孩子天性贪玩，等到太阳落山，只好在房间里开上电灯写作业。房东看见了，嫌他们家点的灯太亮太耗电，不让开那么亮的灯，一定要换一盏小灯。

还有一件特别令金泉记忆深刻的高兴事是：1988 年六一儿童节，安徽少儿出版社邀请他们学过的课文《神笔马良》的作者洪汛涛爷爷来合肥搞签名售书活动。爸爸带着她和哥哥去见他。洪爷爷不仅同他俩合影，还送给他俩每人一本笔记本，让他们写日记，告诉他们写日记对人的一生都有意义。

金泉兄妹俩小学毕业时，赶上取消小升初考试，实行划片就近入学。他俩又双双进入了合肥一中，一个分在初一1班，一个在2班。毕业后，金桥考上了安徽司法学校，金泉则上了安徽大学附属中学幼师班。

金桥毕业后分配去了长丰县公安局，后来转到合肥公安局的一个郊区派出所当民警。金泉应聘到安徽少儿出版社，当了一名普通财务人员。

在金泉的记忆里，爸爸经常对他们说："人家给一点点东西，你要回报给人家更多东西。人给一个苹果，你要给人两个苹果。"

兄妹俩上学时，每逢家里有客人来，爸妈总是好饭好菜招待，而平时他们却很少买好菜，像螃蟹这样的高档菜只有家里来了客人才能吃上。爸妈待人热情，而对自己却特别省。

爸爸常常回忆起童年时自己没饭吃的情景，给孩子们讲自己小时候的故事，总是教育他们："一粒米度三关，绝对不能浪费。"

受父母影响，金泉和金桥也特别节俭朴素。小时候，爸爸出差回来，将飞机上提供的航班食品带回家，兄妹俩吃着小面包，认为那是天底下稀罕的美食。

长大后，金泉也不讲究修饰打扮，衣着简洁大方；从来不用面膜，化妆品也都不全；用的手机很"落伍"，只能打电话和发短信，没有拍照和上网功能，自然也没有微信。

"手机就是打电话、发短信用的。电脑可以上网，用手机太浪费。照相机可以拍照，就不要用手机。"金泉这样对我说。

爸爸常说："要钱干什么？有买米的钱就可以了。"

这是爸爸的口头禅。金泉很认同爸爸的观点，在她看来，金钱不可以作为幸福的标准，只要高兴、快乐，就是幸福。因此，她同爸爸一样，对钱物看得很淡。

金钱不是万能的，但是没有钱有时也是万万不能的。1997年，金兴安评上了副编审，单位给他分配了一套福利房。为了买房，兴安两口子花光了好不容易积攒起来的8万元。

买完房，屋子里总得买台电视机吧。于是，两口子兴冲冲地拎着家里搜罗出来的一大袋子零钱去百货大楼，告诉售货员要买一台电视机。

那些钱都是一些几元几角的毛票，还有从孩子的储钱罐里倒出来的5分钱、2分钱、1分钱硬币。

售货员一看这两口子提来这么一大袋子零钱，一下子就火了："我们这儿不是卖菜的，拿个硬币就要来买电视，亏你们想得出来！哪有你们这样的？赶紧去银行换成整钱再来！"

兴安两口子尴尬地对视一眼，老老实实地拎着钱袋子去了银行。

在金泉眼里，爸爸很有生活情趣，也很懂生活。他爱画画，喜欢养花养草，也非常有激情有情怀。十五月圆之夜，常要赏月抒怀，像陶渊明一样，对生活充满了热爱和向往，在豪放背后有着细腻情感和同情心、感恩心。

爸爸时常教育他们：学习可以不好，但为人处世绝不能失败；有饭吃，就要帮助比我们困难的人；要对得起良心，能做多大事，就做多大事；人家给我一，我要还人二；很多事情不要别人来讲，自己要主动想到；不能有困难就退缩，要想方设法自己解决困难；做事要有计划，每天都要做记录……

金泉认为，正是因为他的这种人格魅力，才有那么多人帮他。

在她看来，好人一生平安，父母最大的成功是做人，总是心甘情愿地奉献和付出。爸爸说，做人不能让人说。

兴安夫妻俩对待邻居特别友善，也都乐于助人。邻居是上班族，上班走了，就把家里的钥匙丢给"王大姐"，同芬就帮他们把洗的衣服、被子晾晒。邻居家少蒜、少油、少作料，也都来"王大姐"家拿。

以前，兴安一家经常搬家。每回搬家，邻居们总是向同芬打听："王大姐，你们搬到哪里？"邻居就跟着也去那里买房，追着搬到那里去。

现在住在他们楼上十六楼的陈阿姨就是这样的好邻居。她爱人在食堂工作，经常送给金泉他们家大馍，每回都是把装着大馍的塑料袋直接挂在她家门把手上。金泉妈妈也总是回赠人家礼物。人家不让回礼，说："我送你们的都是不值钱的东西。"但是，同芬一定要回赠人家点什么，她才心安。

受父母言传身教的影响，金泉也特别重视与同事间的礼尚往来。每次出差，她都要给同事带礼物。在单位，工作上做到任劳任怨，同事关系融洽。她经常自觉加班，有时忙到凌晨才回家休息。

爸爸爱打抱不平，爱"管闲事"。社会上不对的事别人不讲，他讲。看到不公平的事情，他总是要呐喊。他真正是一个大写的人。

爸爸常讲，林则徐有一则家训："子孙若如我，留钱做什么？贤而多财，则损其志；子孙不如我，留钱做什么？愚而多财，益增其过。"意思是：子孙要是贤德而聪慧，把钱留给他，反而损害其斗志；子孙要是愚蠢而懒惰，留的钱越多，越是麻烦过错。爸爸把这话也当作了自己的家训，拿来教诲儿女。

受他的影响，金桥如今也是一个到处受人欢迎和点赞的人。金泉说，哥哥单位里的民警们都爱同哥哥交往。他像爸爸教的那样，对人大方，处处为别人着想，宁愿自己吃亏。小时候，他买了小贴画送给同学。现在，派出所发个脸盆、毛巾什么的，他都要送给那些协警。在长丰当民警时，他常常替办证的农民工垫钱。有时候，外出给农民办证，收到了100元、50元的假币，他就自己承担损失，拿回家去找妈妈换真币。

　　金泉对自己的现状很知足，也很满意。儿子已经两岁，家庭吃穿不愁，幸福美满。在她看来，自己能有今天的一切，都是爸妈给的。爸爸真的非常伟大。她为自己拥有这样一个爸爸而感到自豪。

"怎么回报你，我的父老乡亲？"

在饥荒年代，乡亲们没有抛弃金兴安，而是从自己忍饥挨饿、肚子都填不饱的牙缝中挤出一碗汤粥、一口饭菜，来抚养这个可怜的孤儿。他们宁愿自己都没得吃，自己的孩子都吃不饱，也要救济给小兴安吃的，也要先给他吃的。

从 1960 年兴安父母双亡直到 1972 年被推荐上"五七大学"，在十几年的时间里，都是地方政府和父老乡亲养育着他。这份恩情重如山，深似海。打那时起，感恩的种子就在小兴安的心底里埋下了。他从小就立下誓言：长大后一定要报答这些不是父母却胜似父母的父老乡亲！

蒋集乡和金巷村地处定远大西南的边界，又属江淮分水岭的脊背地段，偏僻、贫瘠，常年缺水，交通不畅，信息闭塞，老百姓生活始终只能维持温饱，发家致富根本都谈不上。怎么报答乡亲，怎么为家乡做点实事，一直萦绕在金兴安的心头，时刻也不能忘怀。随着岁月的流逝、年龄的增长，这种报恩的念头越来越强烈，越来越迫切。

屈指算来，从 1972 年离开蒋集上"五七大学"，到 21 世纪初，兴安在外漂泊、奔波已经 30 个春秋。然而，家乡却还是旧容颜，还是那样破旧落后。

尽管如此，每次兴安经过蒋集，父老乡亲总是热情款待他。乡亲们看着这个"小遇吃"一步步地成长，成为省城著名的记者、作家、编辑，都由衷地替他高兴，并以他为荣。乡亲们待他实在是太好了！

这份感情，这份恩遇，让人怎能承受？每当这个时候，兴安就在心里想：我应该为他们做点什么？

我能为他们做点什么呢？兴安苦苦思索着。

他只是一介书生，手里除了一支笔，啥也没有，既无权批给乡亲们什么，也无钱支援他们什么。

伟大的时代给了金兴安自学成才的机会，使他从一个孤儿成长为一名有影响力的记者、作家和编辑，搬到了省会城市，有了一份令人羡慕的工作，住上了100多平方米的大房子，还有了亲密的爱人和两个有出息的儿女。虽然没有担任一官半职，但是对于事业和生活，他非常满足。他衷心感激这个伟大的时代，感谢改革开放。他全身心地投入新闻出版工作中去，写好新闻报道、通讯报告，出好书，为人们提供健康有益的精神食粮。这些，都是他对时代的回报。

而家乡，无时无刻不在兴安的心头。他生于兹，长于兹，心心念念皆在于兹。当记者时，他格外关注定远，关注蒋集。一旦家乡有事或是有需要，他总是自觉地出现在现场，报道家乡涌现的新人新事，宣传家乡点点滴滴的进步和变化，反映家乡人民遇到的现实困难。

1994年，定远县遭遇百年罕见的大旱灾，地里的庄稼都快干枯死了，人畜饮水都出现困难。定远县委县政府积极发动群众，开展抗灾自救活动。金兴安第一时间赶到定远，采访了大量的干部群众，撰写了《背水一战——定远县蒋集乡抗旱救灾纪实》，及时报道了家乡的旱情和救灾情况，被多家报刊转载，并被广播电台转播，引起安徽省上上下下的高度关注。就连远在北京的时任全国人大常委会委员长、曾在安徽担任过省委书记的万里，也注意到了定远的旱灾，专门从北京派了几支专业打井队前去打井，帮助当地抗旱。

1997年，刚刚加入中国作协的金兴安收到了湖南省文联主席谭谈措辞恳切的作家爱心书屋图书捐赠征集信。他认为，作家爱心书屋是作家回报人民、奉献爱心的大好事，应该由作家朋友们来共襄盛举，这是一件功德无量的大好事，当即将自己已出版的各种著作一一签名，寄赠给了作家爱心书屋。这件事情为金兴安后来筹建蒋集书屋埋下了伏笔。

谭谈是湖南省新时期崛起的著名作家，早在20世纪80年代便以中篇小说《山道弯弯》荣获全国优秀中篇小说奖。1995年，他在担任湖南文联主席后，于1996年至1999年又在湖南娄底挂职担任地委副书记。1997年，他深人家乡湖南涟源县等 100 个山区特困村进行调研。涟源位于湖南省中部，属于娄底市管辖，因处在涟水之源而得名。

在一个农民家里，谭谈看到一本杂志几乎都被翻烂了，但那家的人还在看。就在那一刻，他深感山区青少年文化生活的匮乏，意识到农村不仅急需经济扶贫，也急需文化和精神扶贫。但是，自己又能做些什么呢？

谭谈觉得自己人脉资源优势比较强，可以发动一些朋友为他们献爱心，给他们送精神食粮。他是一个写书的人，自然而然就想到了给乡亲们送书。送书就需要一处放书的地方，于是，谭谈萌生了为家乡创办一座作家爱心书屋的想法，他想让农民兄弟都能有书读。

谭谈办书屋的办法是"三借"：借势、借名、借钱。借势，是借国家提倡全民读书的形势；借名，是借作家的名声，其实也是借书；借钱，是取得财政支持。

谭谈在全国广大作家中有较高的知名度。他向全国众多知名作家发出亲笔信，呼吁大家共同来为即将在涟源县白马镇田心坪村创建的作家爱心书屋捐赠书画等，供广大农村学子和农民们阅读，接受文学和文化的熏陶。

很快地，冰心、巴金、臧克家等文学大家都纷纷寄来了签名或盖章的赠书。巴金和臧克家还为作家爱心书屋题写了名字。

一年后，作家爱心书屋正式建成。一处设在田心坪村，是一个独立的院落，主要是藏书，共有约 1 万册图书，巴金先生为书屋题名。另一处设在涟源县城里，主要收藏全国 4000 多位作家的签名图书和书法、绘画等作品。全国各地作家，凡是给作家爱心书屋赠过书的，都设有一个专柜，专柜门上刻有作家的名字，还有作家的头像。

在随后的十几年里，谭谈为作家书屋的建设投入了巨大的心血和精力，几乎完全牺牲掉了个人的文学创作。

作家爱心书屋办起来后，不仅在当地发挥了很好的作用，还在全国范围内起到了积极的辐射和示范效应。

临潭位于甘肃省南部，1994 年被列为全国重点贫困县。1998 年起，国务院扶贫办确定，由中国作协对口支援临潭。中国作协一方面积极筹措资金，从经济上扶持临潭；另一方面充分发挥掌握着全国优秀作家资源和作品资源的优势，注重文化扶贫，扶精神，扶智力，扶文化，促进临潭经济社会的全面发展。为了帮助临潭人民特别是青少年提高文化素质，满足其精神文化需求，帮助其树立"知识改变命运、自强开创未来"的理念，受谭谈创办作家爱心书屋的启发，2004 年，中国作协决定，在临潭建立一座作家书屋，并在全县所辖 1 个镇 19 个乡建立读书站。图书主要通过向中国作协全体会员征集和由中国作协所属作家出版社、《人民文学》杂志等报刊社捐赠来募集。

为此，5 月 25 日，中国作协向全国 7000 名会员发出捐赠图书的倡议，邀请会员参与作家书屋创建活动，将自己创作或收藏的、适合青少年阅读的图书捐赠出来，号召大家用真情和关爱帮助临潭百姓实现多读书、读好书的愿望；并对大家的义举表示高度的肯定，认为"将成为中国作家文化扶贫的佳话，载入甘南地区发展的史册"。

中国作协的倡议信发出后，不到 2 个月时间，全国即有 500 多名作家捐赠了个人签名著作和其他各种图书上万册。人民日报、新华社、经济日报、人民文学等多家媒体及文艺期刊也捐赠了大量图书。

就在临潭作家书屋积极筹划的同时，时任中华文学基金会常务副会长张锲也在筹划"育才图书室"工程。

当年，谭谈向全国作家呼吁献爱心捐图书时，刚刚当选中国作协副主席、中国文联副主席并兼任中华文学基金会总干事的张锲热情支持，很快寄去自己的著作与一批藏书，并挥笔题词："有书小富贵，无我大文章。"不久后，他又让中华文学基金会汇去一万元钱，支持作家爱心书屋建设。

同样是受到谭谈创建作家爱心书屋的启发，有感于我国贫困地区的孩子对图书和求知的渴望，2004 年 5 月 28 日，张锲征得季羡林、王蒙、铁凝等 54 位著名作家的同意，联名发起倡议，在全国老少边穷地区和革命老区创建"育才图书室"。温家宝、李长春、刘云山、刘延东、马凯等分别发来贺信、贺词，或作出批示，对"育才图书室"工程给予充分肯定，并希望该工程越办越好，为培育祖国下一代作出新的更大的贡献。

截至 2015 年，中华文学基金会联合有关国企，已为老少边穷地区及革命老区的 2000 余所中小学校和福利院捐建了"育才图书室"，捐赠图书 500 余万册，产生了巨大的社会影响。

灵光一闪，点子有了

有的人天天想着索取，想着占有，因此而患得患失，活得很不开心、很不舒坦。有的人，则天天想着给予，想着帮助他人，因此活得坦坦荡荡、开开心心。

金兴安就是这样一个整天为别人着想的人。

年过五旬，人称知天命。2000年后，金兴安就满50岁了。他一直在思忖着如何报答家乡、感恩乡亲。

环顾自己简洁朴素的住房，除了桌椅板凳、床铺书桌以及必要的家用电器外，还有多年来一点一点积攒下来的图书，整整齐齐地排列在书架上。

这些藏书是兴安心目中的至爱珍宝，几乎每一本都有来历，都凝聚着他的汗水和心血，每一本他也都读过。有的是他从20世纪70年代末到定远党校工作以来，从微薄的工资里挤出一半的钱，从书店买来的中外文学名著和社会热点图书；有的是出版社和作者赠送给他的书，包括安徽省内外作家的签名书；还有的是他自己写的书。这些藏书总共约有3000册，大多属于文学艺术类，特别适合中小学生课外阅读。

兴安知道，老家蒋集乡上有一所初级中学和一所小学，在校学生有1800多人，而学校的课外读物却几近于无。他想到了自己小时候，多么渴望读书，但想要找本书却是多么遥不可及。哪个同学如果有一本小人书，一定是大家都抢着看，破得不能再破了，还依旧在传阅。而当年在定远党校，那间小小的图书室，又曾带给自己多少美丽的梦想和愉快的记忆，并且启发自己一步步地走上了文学创作道路！

除了书，自己真的是一无所有。这些藏书，留在家里，只是摆设，而倘若将它们捐赠给家乡，让 1800 多个孩子去读去看，那将会发挥多大的作用啊！

思忖再三，兴安拿定了主意：将自己 30 年来积累的藏书全部捐赠给家乡，以回报地方政府和父老乡亲的养育之恩。

正当他跟蒋集方面联系准备送书时，他收到了中国作协呼吁作家为甘肃临潭捐赠图书的倡议信。他又回想起 1998 年时曾收到过谭谈为作家爱心书屋呼吁捐书的信。他的脑子里灵光一闪，豁然开朗。这两封信给了他一个启示：外省能办的事，安徽省也可以办；外省作家通过其作家朋友创建作家书屋，自己也能办到。

于是，一个更为周密而宏大的计划在兴安的胸中逐步清晰了起来：不仅要把这 3000 册书送给家乡，他还要帮助在家乡创建一个作家书屋；不仅他自己捐书，还要呼吁更多的人和出版单位为作家书屋捐书！

这个想法让他激动不已。

离开家乡 30 多年了，终于找到一个可以有效地回报家乡的方式，一种可以很好地表达自己感恩心情的载体！

随后，他将这一想法向省里老领导以及出版界、文艺界的朋友们做了汇报和交流，不仅得到了大家的充分肯定，而且还得到了大家的热心支持。这些领导和朋友纷纷表示，愿意为蒋集乡作家书屋捐赠自己的作品及藏书。

当然，大家同时也替他发愁，担心他办不成。

安徽省文学院院长徐子芳对他说："据我所知，到目前为止全国在农村建的作家书屋只有两家。一个是 20 世纪 90 年代中期由著名作家、湖南文联主席谭谈倡导和主持建立的湖南白马镇田心坪村作家爱心书屋；另一个是 2004 年中国作协在甘肃临潭建立的作家书屋。这两处作家书屋均在全国引起较大社会反响。现在，如果蒋集乡作家书屋建立起来，在全国是第三家，而在我省却是首创，其意义和影响可想而知。但是，要建一处作家书屋，涉及征地、规划、建筑、管理等方方面面，无钱寸步难行。你金兴安比不得谭谈，更比不得中国作协，你有的只是手中的一支笔。所以，我担心这只是你的一个良好愿望而已。"

傅家成老师起初也坚决反对，认为他没钱没权，注定搞不成。

兴安跟妻子"吹风"："有一回我回蒋集老家，看到孩子们玩耍，打闹，顽皮得很。要是能给他们书看，或许会变得更文明，更有文化教养。咱们家里这一间房，四面墙壁全是书，堆得满满的，但是俩孩子又不看，放在家里浪费了！我想把书都送给家乡的孩子们去看。"

同芬很通情达理，回答："你把书送掉，我没有意见。"

"但是书弄回去，放那里，没有一个固定的房子收藏，你拿一本我借一本，很快就会被搞完了。"

兴安停顿了一下，似乎还在犹豫，然后接着说："我想给蒋集盖个房子。"

听说还要花钱盖房子，这下同芬强烈反对："盖房我不同意！家里的钱都搞完了，孩子大了要成家、要花钱！"

"我再想想办法吧。"兴安说。

他想到了几十年来自己一点一点积攒下来的稿费和奖金。那些稿费都是他辛辛苦苦爬格子赚来的。而那些奖金，则是他因为工作成绩优秀单位给予的奖励，还有全国总工会对"全国自学成才者"的奖励。这些"私房钱"拢共也就几万元。

要不，就拿这些钱做个启动资金，先把房子建起来再说。不够的钱再想办法去向亲友和社会上筹措吧。

主意打定，兴安提笔给蒋集乡领导写了一封信。

关于提议在蒋集乡创建作家书屋的一封信

尊敬的蒋集乡领导：

蒋集乡是我的故乡，是我的出生地。1960 年，我不幸沦为孤儿，是地方政府和故乡的父老乡亲把我抚育成人。1972 年我"背井离乡"求学，尔后工作，至今在外已有 30 多个春秋了。如今思念故乡的情感，随着岁月的流逝和年龄的增长愈加迫切和浓烈。在过去的 30 多年里，特别是改革开放20 多年以来，故乡人民的生活有很大的变化和提高。但由于蒋集乡地处定远大西南的边界，又属江淮分水岭的脊背地段，常年缺水，加之信息闭塞、交通不畅，全乡人民的生活水平仍维持在温饱线上。尽管如此，每每清明节回乡扫墓或顺路经过蒋集乡时都受到父老乡亲的热情款待。每当这个时候，我心里就萌发出一个念头，应该为他们做点什么。"我能为他们做点什么呢？"这个问题一直在我脑海里苦苦思索。显然，我一介书生，既无权批给他们什么，也无钱支援他们什么。这时，我想到了我的藏书。我的藏书大致分三个部分：一部分是我从20世纪70年代末至今自己从书店购买的中外文学名著和社会热点书；再一部分是出版社和著作者赠送给我的书（其中包括我省作家和外省作家的签名书）；还有一部分是我自己写的书，约计3000册。这些藏书大致属于文学艺术类，很适合中小学生们课外阅读。我知道蒋集乡所在地就有一所中学、一所小学，在校学生达1800人，而学校的课外读物又寥寥无几。我想，把这些藏书赠送给家乡的学校，以回报地方政府和父老乡亲的养育之恩。正当我打电话给家乡联系准备送书的当儿，我收到了中国作家协会的信函，要求全国作协会员向甘肃临潭县捐赠图书，以便在临潭县乡镇创建作家书屋。（我在1998年就收到湖南省文联主席谭谈的信，要求捐书，以支持他在湖南省白马镇田心坪村创建爱心书屋。）中国作协这封信给了我一个启示，即外省能办的事，我省也能办。外省作家通过他的作家朋友创建作家书屋，我们没有理由办不到。因此，我提议在故乡蒋集乡创建作家书屋。随后，我把这个想法向有关领导、同仁和朋友们作了汇报和交流，不仅得到他们的充分肯定和热心支持，同时他们还表态将为蒋集乡作家书屋捐赠自己的作品和藏书。由此我联想到在安徽和全国我有一大批作家、艺术家师长和朋友，其中不少是我十分敬重的文坛大家，如果能借助他们崇高的社会名望，借助他们作品的影响力，我想肯定能为蒋集乡老百姓办一点实事的。

为了使作家书屋顺利运作，早日诞生，我的初步设想是：首先在乡政府所在地中小学附近新建6间房为作家书屋（3间藏书、3间办公和接待，围成独立院落，建房资金由我负责筹措），将我的3000册藏书作为第一批捐物。同时尽快向全省乃至全国作家发出倡议，请他们签名捐书。随之通过我省新闻媒体向社会广泛宣传。为此，建议成立蒋集乡作家书屋领导小组，指派专人负责日常工作，并邀请省、市、县有关领导和著名作家当顾问，争取得到各级领导的支持和帮助。

　　尊敬的乡领导，我认为在蒋集乡创建"作家书屋"，投资甚少，一举多得。一是地理位置特别，蒋集乡与肥东、长丰县交界，有"鸡鸣听三县"一说。"作家书屋"将影响四邻，大大提高蒋集乡的文化品位和整体素质。二是众多作家给蒋集乡人民尤其是中小学生送去精神食粮，这是一般图书无法替代的，其意义深远。随着"作家书屋"的建成和完善，蒋集乡也将成为作家艺术家了解农村深入生活的一个基地（可进行采访、调研、讲学等活动）。三是蒋集乡"作家书屋"是安徽省第一家，它必将以其鲜明的特色和魅力成为蒋集乡以至定远大西南一道亮丽的文化风景线。

　　盼望"作家书屋"早日落成！

创建蒋集乡作家书屋倡议者金兴安

中国作家协会会员

2004 年 7 月 28 日于合肥

　　金兴安的信写得情真意切。看得出来，他的计划是实实在在、扎扎实实的。他说出来的话是一定会兑现的。

　　蒋集乡领导很快便收到了这封信。乡党委和政府领导非常重视，8 月 10 日立即召开党委会，进行专题研究。因为涉及图书和文化教育，所以蒋集中学和蒋集中心小学的校长也列席会议。

　　大家一致认为，兴安先生回乡创办作家书屋是一项善举和民心工程，是功在当代、利在千秋的事业，是蒋集乡精神文明建设的一件大事，也是当前蒋集乡加强和改进未成年人思想道德建设的一项重大举措。因此，大家都举双手赞成，愿意鼎力相助。

　　在讨论中，大家提出，建作家书屋，将来入藏的图书也有了，启动资金和建设费用金兴安答应由其筹措。当然，这样一项大善举也不能单靠这位乡贤一个人去干，乡里财政再困难，也要挤出一部分来支持。同时，要发动乡直属机关干部，大家都来筹措一点。

　　书有了，钱有了，现在的关键是，找一块地盖书屋。

　　找什么样的地点呢？如何去征地呢？与会者纷纷各抒己见。

　　渐渐地，大家达成了共识：书屋一定要建在交通便捷的地方，以方便村民和学校师生借阅。而文学文化类书籍，对于在校师生来说恐怕是最有用处的。因此，如果这个作家书屋能建在学校附近或者就在学校内，那么近水楼台先得月，师生们将会受益匪浅。

于是，乡党委和政府征求中学和小学校长的意见。

那时，蒋集中学大约有1300名学生，小学则有500名学生。两个学校相距不远。小学里空地多一些，按说建在那里更合适，但是大家考虑到中学对图书的需求可能更大，如果建在中学，委托其管理和将来师生借阅图书，都将更为方便。

会议逐一分析了金兴安来信中的建议，为了使作家书屋建设顺利进行，乡党委和政府当场研究，形成四条决议：

1. 成立作家书屋筹建工作领导小组并下设办公室。由乡党委书记、乡长担任领导小组正、副组长，指派专人负责。

2. 积极协助金兴安先生筹措建房资金，尽管乡财经很困难，也要挖潜力，以最大力量给予支持，要做到专款专用。

3. 选好址。要把作家书屋建在街市口交通好、人气旺的地方（在征求蒋集中学领导意见后，决定建在该校园内一块空地上），这样有利于学生借阅，也有利于今后管理。

4. 召开乡直机关负责人专题工作会议，号召乡直机关广大干部职工积极支持和参与作家书屋的建设，有钱出钱，有力出力，遇到困难和问题要做到统一协调，及时解决，以确保作家书屋按照预期完成。

万事最难在开头

蒋集乡政府办公室在会后第一时间将这份决议记录寄给了金兴安。

得知家乡态度积极，兴安的心里有了底。第二天，他便挤上从合肥去蒋集的长途班车。

乡领导热情地握着兴安的手，对他报效桑梓的举动大加赞赏，招呼他到乡党委会议室座谈。

兴安却迫不及待："我们先去看看地点，作家书屋建在什么地方好呢？"

乡长回答："我们的初步想法是建在蒋集中学里面。这也要听听金老师您的意见。"

"好！建在中学里好！我一直都有一个顾虑，这么多书放到哪里去好呢？"停顿了一下，兴安接着说，"这些书里有很多都是全国著名作家的签名书，还有许多是世界名著，非常珍贵，一定要保管好。要不，时间长了就会毁坏掉了。"

"好！我们这就去看看地方。"

一行人簇拥着金兴安，来到乡政府马路对面的蒋集中学。

校长和副校长早已迎候在校门口。

大家缓步走进校园，一种静谧的气氛迎面扑来。

这是九月初的时节，刚开学不久的学生们都在教室里认真上课。

中学东面是学校大门，紧挨着从蒋集通往吴圩镇的蒋吴公路。西面是宽阔的操场。北面建有两栋四层白色教学楼。南面是一些红砖砌墙的平房，这是教师和部分寄宿学生的宿舍。

校园内空地不少。在操场西南角，是一片草地，西北角也有大片空地。东面紧挨着马路的是一大片绿油油的菜地，种着碧绿的菠菜、萝卜、大蒜、蚕豆等，有的正开着黄艳艳的花，一派生机勃勃的景象。

"这是谁的地呀？"金兴安一眼就望见了那片长势正旺的菜地。这个地方紧挨着学校大门，又紧临大马路。

"这是我们学校的空地，老师们在这里种了些蔬菜，平常自己吃。"校长回答。

"这倒是一块好地方！如果把作家书屋建在这里，又临街又亮敞。"兴安像是自言自语，又像是在对校长和乡领导说话。他在心里筹划着，如果在这块地上盖房子，大门可以同中学的大门一样朝东开，大门上还可以请名家题写书屋名。这样，人们路过时，看到蒋集中学就会看到蒋集乡作家书屋，书屋与学校比肩而立，相得益彰。

"是啊，"校长应和道，"只是，如果选这块地建书屋，老师们就没有菜地了。"

"这块地位置好啊！还是选这里建好。"兴安坚持道。

"那就请学校做做老师们的工作，就选这块地吧！"乡长说道。

兴安参加了学校的动员会。校长动员老师们把蔬菜全铲了，马上就要动工兴建作家书屋了。

老师当中，既有兴安的小学和中学同学，也有他在金巷村的邻居或远房亲戚。大家听说要把菜地占了建书屋，尽管很心疼，但听兴安讲述了报答乡亲的愿望，再想一想书屋建成后将给师生带来的巨大好处，有的老师开始松口了。

"兴安，您都舍得捐钱、捐书来为家乡盖书屋，我们就是少吃一点菜，或者一年多花个几十元钱买菜，那又算得了什么？又有什么舍不得的呢？"兴安的一位同学说。

但是，也有一些老师戏谑地说："金老师，您不是在省教材中心吗？您建书屋，是不是想借这个书屋做平台，给我们学生推销教材教辅呢？"

在场的人都把目光投向了兴安。

"那哪能呢！"兴安坚定地回答，"我这次是要把自己收藏的两三千本书全部无偿捐赠出来，建作家书屋。将来书屋建成后，也是完全免费向全体师生和乡亲们开放，免费借阅和使用。这跟我的工作没有关系，更不会借这个书屋来推销书！"

兴安没想到，自己完完全全的一片善心和好意也会引来各种猜疑。有人说："金兴安快退休了，他盖房是要回到家乡自己住。"有人说："天下哪有这样的傻子，光贴钱、贴时间，做好事，却不为自己谋一分钱的利益？"还有的人说："金兴安是做做样子，搞不到一年半载他就会跑掉的。"

面对种种的议论，兴安心里虽有些不快，但是脸上依旧笑容满面。

"既然老师们没有人反对，那么会议结束后就请各位清理自家的菜地。把种的菜都拔了！"校长最后发话。

说干就干，雷厉风行。

当场，乡长、校长和金兴安便商定，在 9 月 18 日这一天举行作家书屋奠基仪式。在这之前，学校方面负责将菜地拾掇干净，平整出空地来。

在菜地边上，还有几座坟堆。兴安打听清楚了坟墓主人的亲属，又一一到人家里去动员，劝说他们把坟墓迁往别处。

费尽了口舌，终于说服他们迁墓。为此，他给了每户人家几百元迁墓费用。

8 月 18 日，蒋集乡召开书屋工程建设正式启动会议。金兴安和定远县副县长、县教育局局长等应邀到会。县教育局局长表示，将给予资金支持。

8 月 24 日，兴安前往县城，邀请时任定远县建筑规划设计院院长方世根为作家书屋做建筑设计。

筹钱，设计图纸，打报告，用地审批，建设立项，招标请建筑施工队……

有了金兴安捐赠的几万元作为启动资金，一切都在有条不紊地进行着。县教育局又拨付了 3 万元，乡政府拨付了 2 万元。兴安又到处找企业和朋友争取资金支持。

9 月 18 日，蒋集乡作家书屋奠基仪式如期举行。金兴安为作家书屋挖下了第一锹，也把自己对家乡炽热的爱播撒在了这片希望的热土上。

蒋集中学和小学的师生代表分别发言，对作家书屋的建设表示由衷欢迎，充满了热切的期待。金兴安回报家乡的梦想近在眼前，即将成真。

按照规划设计，作家书屋将建成徽派建筑形式，初步计划盖三间房子，主要用以藏书。根据资金情况，书屋两侧考虑建阅览室和文化长廊、小亭榭等点缀，供读者休闲阅览。房子均为白墙红瓦，墙壁建成典型的马头墙形制。大门建成简易的带小棚顶的牌坊式。书屋靠近马路的一面砌一堵白壁砖墙，与学校围墙相连。在东南角开一小门，直通校园。四周砌墙，形成一个相对独立的院落。院内铺以鹅卵石小径，植以多种花草树木。

在金兴安的心目中，建成后的作家书屋应该像座静谧美丽的小花园，特别适合读书思考。

师生们瞩目着这片热闹的工地，憧憬着不久的将来就可以拥有一座近在身边的免费图书馆。

在书屋建设过程中，蒋集乡干部全身心投入。为了保证工程质量，他们不分昼夜地坚守在工地上，脸晒黑了，人累瘦了，但没有一个人有怨言。

最令人感动的是蒋集中学的孩子们。每天下课或是放学，他们总是叽叽喳喳地围在作家书屋工地旁边，用一种充满渴望的、惊奇的目光凝视着施工中的工地。

那段时间里，最让孩子们高兴的事便是能亲自动手帮作家书屋干点活。

有一次，作家书屋院内有几堆柴草急需移走。当时正值秋种大忙季节，附近的农户们抽不出空来。学校老师和学生听说了，一个个都来了。他们或用肩扛，或用手抓，或用怀抱，一把把地将柴草搬走。一只只稚嫩的小手被柴草剌出了一道道伤痕，却没有一个孩子喊痛叫苦。他们全都兴高采烈地干活。

2004年下半年，金兴安在体检时发现自己患有高血压及腰椎间盘突出。医生要求他马上卧床静养。

然而，书屋正在如火如荼地建设中，他又哪里躺得住呢？

他一趟又一趟地往蒋集跑。他必须亲临工地，亲眼看着书屋一点一点地建起来。

他让医生开了点止痛膏和止疼药，往腰上敷一敷药膏。实在痛得厉害了，就吃一片止疼药。

那时，从合肥去定远、滁州和蚌埠的路都不好走，尤其是去定远县城和蒋集乡的路，更是坎坷曲折。有的路段虽是柏油路或水泥路，却狭窄难行；有的路段则连柏油路都没有，干脆就是泥土路或石子路，坐在车上颠簸得厉害。

往返蒋集、定远和合肥的班车，每天都挤满了农民和外出打工的人。有的带着鸡、鸭、鹅进城去，有的买了化肥、农具或日用品等回乡里。车子总要等到塞得满满的，几乎是人挤人了，司机才发车。在秋冬寒凉季节还好，赶上春夏气温上升，汽车里又闷又热，鸡鸭鹅的腥臊臭味和人身上的汗臭味等多种气味混杂在一起，很容易让人恶心呕吐。然而，金兴安却泰然自若。能找到座位坐下，固然好；没有座位，站上两三个小时，一路上摇摇晃晃的，他也能坚持下来。

最痛苦的是腰椎病发作的时候。这是一种顽疾，而且人一累病就犯，一犯就是十几天。但作家书屋的工程不能停，兴安就在腰间围好钢板带，吃上两粒止疼片，咬牙坚持着。夏天戴着钢板带，挤在超载的长途班车里，人挨着人，连放脚的地方都找不到，汗水顺着他的前胸后背直往下淌。加上满车的腥臭气味，熏得人都快窒息了。然而，为了自己报恩乡亲的梦想，兴安仍旧硬挺着。等到一路颠簸着回到合肥的家时，他早已精疲力竭，连上床的力气都没了。

在汽车上，遇到的几乎都是蒋集的乡亲，兴安经常主动同他们搭话。聊聊地里的农活，聊聊家里小孩的教育，聊聊外出打工的感受。那些外出打工回乡的乡亲告诉他，因为没有文化，没读过什么书，他们在城市里生活备受歧视。城里人瞧不起他们，讥笑他们是乡下人、泥腿子。而且因为没读多少书，他们在城里也找不到像样的工作，往往只能到建筑工地去打零工或是干个搬运、保安、保洁什么的，挣不到多少钱。而那些孩子还留在乡下家里的农民则告诉他，别说村子里，就是整个蒋集乡也找不到一家书店，找不到一间图书室，更别说图书馆了。3万多人口的蒋集乡，连一项文化娱乐设施都没有。乡上学校里的1800多名学生，除了基本的教科书之外，什么课外书都没有。谁家孩子要是有一本连环画，一定会被孩子们抢着看，直到翻得稀烂了，大家还在看呢。村民们平时根本谈不上什么文化娱乐，空闲时都是忙着打麻将、喝酒。

兴安很有人缘，在班车上他和很多乡亲相识、相熟，处成了朋友。听着老乡们的讲述和介绍，他很有感触。乡亲们实在太需要文化服务、智力扶持了！乡亲们太需要读书，需要找书读找书看！

他感觉自己做了一个明智的决定，把家里孩子们不读的书都捐给家乡，让乡亲们去读，让孩子们有更多的书读！他越来越迫切地感到，要尽快将作家书屋建起来。这不仅是自己出自感恩之心的一个愿景，更是自己的一份社会责任。

一个月里，金兴安要往蒋集工地跑两三趟。从写信给蒋集乡领导到次年10月书屋建成的15个月里，他在合肥与蒋集之间往返跑了38趟。每次都是一大早乘公交到长途汽车站去坐班车。去蒋集的班车一天只有两三班，错过了最早的班车，下午就赶不上回合肥的车了。

如果因为工地上的事情处理不完，兴安当天晚上就只好住在蒋集。乡上没有宾馆，连家招待所都没有，他就随便住在乡政府办公室的沙发上，跟值班室人员借条被子什么的猫一夜。吃饭就随便在哪位同学或老乡家里吃一顿。他是吃过大苦、受过大难的人，对于吃住丝毫不讲究，吃什么都觉得好吃、都吃得香，睡在哪里都睡得好、睡得踏实。

在班车上，兴安有时也会遇到金巷村的乡亲。这些从小给过他吃喝、给过他温暖和帮助的乡亲，时时都印刻在他的脑海里。即便是在数十人的班车上，他也能很容易地认出他们来。无论是东邻家的金叔叔，还是西邻家的张嫂子，不管是认识的还是不认识的老人，他都要抢着帮他们买汽车票。那时去蒋集的班车一张票10元钱，每次去蒋集，兴安都要掏钱替一些老乡买票。一般都要买个三五张，最多的一次，他一共替老乡买了8张票。

每一回跑蒋集，回到合肥家里，妻子同他打招呼他都没力气回答，倒头就躺到了床上。常常是连饭都懒得吃，脸都不洗。

真是：外出千好百好，不如待在家里好；千般万般舒服，不如躺着舒服。天底下最舒服、最快意的事就是躺在自家的床上！特别是对兴安这样一位腰椎不好的人来说，要是天天都能这样舒服地躺着，那简直就是神仙般的生活！

看到丈夫累成这样，同芬又心疼，又生气："你这样不要命，何苦呢？！"

她心疼的是：兴安这样一个年过半百的人，为了给家乡建个书屋，竟忙成这样、累成这样。生气的是：他自己事无巨细啥都管，这是何苦来着呢？

"老金，你又图个啥呀？"

兴安却不怒也不恼，总是乐呵呵地回答："一想到就要实现报答乡亲的夙愿，我的心里就感到特别幸福和满足。"

同芬生气归生气，人毕竟还是自己的人，哪能不心疼呢？老金做的又不是坏事，他乐意去做，乐意去报答家乡，这也没错呀！这个心地善良的女人，打心底里还是完全理解兴安的所作所为。因此，每次看到他累成这样，总是主动给他打水洗脸、洗脚，给他做好了绵软可口的饭菜，端到床前，催促他吃了饭再睡。

兴安一躺下，往往一睡就是一整天。有一回，足足睡了三天，脚都没下地，好不容易才缓过劲来。

县委书记现场办公

当时，定远县委书记叫贾朝峰。这是一位身材魁梧、声音洪亮的安徽汉子，对文化情有独钟。

2004 年 9 月作家书屋奠基后，贾朝峰获悉这一消息，非常关注，认为这是定远县社会文化生活中的一件大事。

10 月 14 日，贾朝峰率县人大、县政协领导一行到蒋集书屋工地考察。

在施工现场，他对金兴安回乡创办作家书屋的善举给予了高度评价，代表县委、县政府表示热烈欢迎和由衷感谢。他在讲话中提到，兴安所在的工作单位安徽省新闻出版局就是定远县站岗乡的对口帮扶单位，多年来省出版局不断地支援资金，帮助打井、挖塘、修路，帮助群众脱贫致富奔小康。如今，金兴安不仅捐书，而且为作家书屋多方奔走，筹措资金。他的诚信和深情、决心和毅力、奉献精神都非常了不起，令人敬佩，也令人感动。他相信作家书屋将给蒋集乡和周边乡村农民兄弟带来福音，为他们送来科普知识、文化知识和精神食粮。他希望作家书屋建成后要服务好、管理好，把它办成青少年健康成长的知识宝库、农民兄弟的学习场所、农村精神文明的窗口和定远农村的文化风景线。他当场指示蒋集乡党委和政府，要切实承担起管理责任，指派专人负责，制定一套借阅图书的管理制度，让作家图书真正发挥影响和作用。

身在现场的金兴安深受鼓舞。他感觉县委书记是在进行一次扎扎实实的现场办公，高瞻远瞩地提出并解决了将来书屋建成后的管理问题。

定远县是一个人口上百万的县。作为一个县的一把手，每天公务缠身，但是贾朝峰始终热切地关注着蒋集乡作家书屋。他已经预见到了它将会成为蒋集乡乃至定远县的一张重要的文化名片及品牌。

2015年3月初，书屋建设遇到了困难。一是按照规划设计，书屋建设资金缺口较大；二是书屋上方有蒋集乡的高压电线通过，需要对高压线进行迁移。这就牵涉到县供电局等部门，不是蒋集乡能够解决的问题。书屋建设不得不暂停了下来。

一听说施工停了，金兴安着急了。他马上起草了一份书面材料，提出自己对书屋下一步工程建设的建议：分三步走，先将书屋主体工程建起来，包括门窗安装；再建辅助工程；最后进行绿化及道路建设。他将这份书面材料分别送给了蒋集乡政府和贾朝峰书记，希望贾书记能够直接过问一下此事。

贾书记接到兴安的书面材料后，马上同他联系，约定时间，亲临现场办公。

3月24日一早，贾朝峰如约来到蒋集书屋工地，并要求县供电局负责人也到现场去。

在工地上，贾书记让施工队直截了当地说明目前遇到的各种障碍，提出需要解决的问题。在征求了供电部门负责人的意见后，他当场拍板，将高压线从书屋上方移走，向东迁移数十米，这样就完全不会妨碍到书屋的建设。

看到贾书记办事如此果断利索，兴安由衷地向他和县领导表示感谢。

在那之后，贾朝峰又先后六次专程到蒋集书屋考察，解决实际困难。金兴安动情地说："贾书记真是干实事的人啊！他每次到书屋都是现场办公，都是去解决实际问题的，没有一次是走马观花的。"

在兴安编写的书屋历史《十年同坚守》中，他将"贾朝峰书屋十次行"绘成一张统计表，并附上《市场星报》记者采写的《书屋十年十次行》一文。贾朝峰看到后，非常感动，专门打电话向兴安表示感谢，称赞他真是一个有心人。有心人，事竟成！

2004年七八月间，有一天在上班路上，时任安徽省文学院院长徐子芳与金兴安不期而遇。

兴安告诉他："我在老家建的作家书屋快要动工了，希望你们文学院多支持！"

"好啊！这是大好事，我全力支持！"徐子芳说。

10月29日，徐子芳随兴安去了一次蒋集。

看到穷乡僻壤的蒋集乡，平地就要建起一座典型的徽式古典风格的建筑，徐子芳的心情十分激动。

真没想到，作家书屋还真让兴安给建起来了！了不起啊！实在了不起！他看着书屋规划设计图，了解到书屋未来的格局，更是感到惊喜。

在徐子芳看来，在旷野上建一处作家书屋，还要由个人来筹措资金，对于和他一样的一介书生，简直无异于登蜀道上青天。然而，金兴安硬是把它办成了！

兴安告诉他，为了筹措资金，他奔波于各级领导、社会各界名士之间，成效显著。许多老领导、著名作家、艺术家纷纷为其题词，捐赠书画和藏书。定远县四大班子主要领导和省新闻出版局有关领导多次到作家书屋工地考察，帮助解决实际困难。现在，书屋建设最主要的问题还是资金缺口问题。

徐子芳不停地表达自己的赞赏。他对兴安说："有你这种坚韧不拔的毅力和奉献精神，我相信，作家书屋落成典礼已经为期不远了！"

从蒋集回来，徐子芳一直处于激动与兴奋之中。兴安这位作家好友居然凭借一己之力，要在家乡建起一座书屋，自己又能帮他做点什么呢？

作家只有手中一支笔，可以为他鼓与呼！他忍不住举起笔，一挥而就，写下了《金兴安和他的"作家书屋"》一文。2004年11月17日，《新安晚报》发表了这篇热情洋溢的文章。

在结语中，徐子芳深有感触地写道："童年的不幸，使金兴安成为一名孤儿。是蒋集乡的黄土地哺育了他的童年和青少年……时处天命之年的他，如烟的往事，作家时刻不能忘却；故园的情结，作家襟怀坦荡如天。也许，我们都有相同的人世经历和感知，所以我对兴安的澄怀味象又多了一分理解和赞许。"

郑锐是金兴安特别敬重的领导。他1921年生，安徽长丰人，1938年加入中国共产党。任中共定凤怀县委书记、定远地委组织部副部长。长年在定远、凤阳等地从事敌后斗争，抵抗日寇侵略，与当地老百姓结下了深厚感情。

解放战争期间，郑锐又在凤阳山区坚持了三年的游击战争。那时，他们夜里睡觉铺的都是稻草，天天同群众在一起，甚至在百姓家里搭饭吃，感情好得没得说。新中国成立后，在省城当上了领导的郑锐每次去定远出差或视察，定远的老百姓总是兴奋地奔走相告："老郑回来了！"

新中国成立后，郑锐历任安徽省委办公厅主任、省委副秘书长、合肥市委书记、安徽省人大常委会副主任等职。

金兴安当年在报社工作时，就知道郑锐曾经在定远打过游击，参加过抗日战争和解放战争。因为工作的关系，他同郑锐有了一些接触。郑锐也渐渐得知兴安是定远人、孤儿、老革命的后代，因此对他颇为亲切。这样一来二去，两个人成了无话不说的忘年交。

作家书屋奠基后，金兴安当面向郑锐做了汇报。

郑锐当即对他的举动给予了高度肯定和赞赏。他说："中央号召'三下乡'，讲解决'三农'问题，建设社会主义新农村。你这也是为群众服务。我对定远有感情。你讲自己想为农民办点事，我认为应该办。你把自己的稿费、奖金都捐出来建一座书屋，很不容易！你把自己创作的书、收藏的书都捐出来，做得很正确，很有意义，令人感动。新农村建设有许多事，除了党和政府去办外，也需要社会各界的支持。定远和蒋集位置偏僻，文化下乡很有必要。我认为大家都应该支持你。"

10月12日，郑锐率先向作家书屋捐书，并主动帮助联系合肥市园林局解决了书屋绿化问题。

时任民进中央副主席、著名社会学家、上海大学邓伟志教授是安徽萧县人。作为安徽人，他时刻关注来自家乡的消息。2005年5月的一天，他在《安徽日报》上读到了有关蒋集乡作家书屋的报道。

邓伟志十分兴奋和感动。因为当时在偏僻的乡村创办作家书屋在全国还不多见，所以他特别有新鲜感和荣誉感。邓伟志知道，在偏僻的农村建造作家书屋，简直难如登天。没想到竟让金兴安这位老乡作家把它做成了！

更令邓伟志没想到的是，就在他读到有关蒋集作家书屋的报道后没几天，他竟在上海见到了作家书屋的创办者——金兴安。

在交流中，邓伟志了解到，原来兴安也是民进会员，他从小就是一个孤儿，是吃百家饭、穿百家衣长大的，那些好心人的帮助在兴安幼小的心灵里播下了爱的种子。他从小便发誓要感谢帮助他度过苦难童年的乡亲们。

邓伟志还了解到，兴安近一年来利用节假日数十次奔走于合肥、滁州、定远等地。他的爱心感动了许多人，社会各界纷纷向作家书屋伸出援助之手。到 2005 年 5 月，作家书屋主体工程已经竣工，金兴安共筹集到了 2 万余册图书。

得知作家书屋即将落成的喜讯，邓伟志十分激动。他不仅慨然允诺，向作家书屋捐赠自己的著作和其他一些图书，还提笔疾书，记述下了金兴安创办书屋的感人事迹，并将稿子投给了《安徽日报》。

6 月 17 日，这篇名为《希望田野上的作家书屋》的文章刊出。在这篇文章的最后，邓伟志郑重提出：要像金兴安创办蒋集乡作家书屋那样，高度关注农村的"文化温饱"，让文化"三下乡"变成文化"三驻乡"。

这篇情真意切的文章，《新华文摘》随即进行了转载，产生了较大的社会反响，更多的人向作家书屋伸来了援助之手。

书屋开馆，孩子们笑了

2005 年盛夏，正值最炎热的季节，书屋主体工程藏书馆即将架上大梁封顶。

这时，金兴安腰椎间盘突出症犯了，疼痛难忍。妻子和女儿都力劝他别去工地，打个电话就行了。但是，兴安却说："这是盖房的关键环节，我不能不到场啊！"

这天一早，他硬撑着从床上爬起来，特意让女儿请假，一路搀扶着他，乘车颠簸三个小时，来到了工地。

蒋集乡领导和工地负责人看到金老师佝偻着腰、疼痛难耐的样子，都劝他："金老师，您就放心地歇歇吧！不用站到工地上来。"

但是兴安坚决不肯，他提前戴好钢板腰围带，吃了止疼药。即便这样，当女儿扶着他走在工地上时，他还是直不起腰，双腿一瘸一拐的，额头上的汗唰唰地往下流。在场的蒋集中学青年教师蒋华进看到这一幕，感动得热泪盈眶。

大梁成功地架上了屋顶，鞭炮震天动地地响起来，兴安的脸上绽放出了笑容。

书屋土建工程完工，下一步就是内部装修和布置了。

8 月 30 日，正在住院的著名作家鲁彦周欣然提笔，题写了"蒋集乡作家书屋"的牌匾，并向书屋捐赠了自己刚刚出版的《鲁彦周文集》。

9 月初，书屋主体建筑全部完工，装修完毕。9 月 13 日，金兴安再次专程来到蒋集乡，同乡领导商议开馆前各项事宜，逐项安排落实。

就在与工地施工同期，金兴安经过东奔西走，为书屋筹集了 2 万余册图书。他们研究了书屋的布置、书架和图书的排列、编码等具体事项，安排专人起草书屋借阅制度，制作免费借阅证，探讨书屋开放后安排义务管理员、定期开放等。

10 月 24 日，安徽省委调研室向作家书屋捐赠书橱、桌椅等 18 件。

蒋集乡作家书屋即将开馆。

这一段时间，郑锐身体一直欠佳，而去蒋集的道路又特别不好走，因此医生和家人都劝阻他去蒋集。但是，郑锐同定远的感情太深，一想到金兴安这个孤儿居然办成了这么一件大好事，他的心情就特别激动。晚上睡在床上，他都在琢磨开馆仪式上自己讲点什么。

开馆仪式这一天，郑锐起得特别早。一起床，便记下了自己琢磨出的四句诗：

> 孤儿不忘报党恩，
> 勤学苦读自攻文。
> 办报写书做出版，
> 热心助人帮乡亲。

10 月 28 日，蒋集乡作家书屋隆重举行了开馆仪式。蒋集乡街道两旁、蒋集中学校园内张灯结彩，爆竹连天，一派过节的气氛。全乡男女老少数千人穿上节日的盛装，欢歌笑语，沉浸在巨大的欢喜之中。许多目不识丁的农民老头、老太太也都挤在密集的人群中。到处人头攒动，水泄不通。

仪式在蒋集中学的操场上举行。主席台设了三排座位，操场上密密麻麻坐满了蒋集中学全体师生和农民代表共 1500 多人。所有的孩子们脸上都挂着灿烂的笑容，就像在迎接一个他们期盼已久的盛大节日。

是啊，这些在乡村里长大的孩子，整天玩着泥土、石子，或是在街上、村子里到处疯跑。他们的课外生活实在太单调，他们渴望找书看，找有趣的好书读。而作家书屋，将为他们提供 2 万余册图书，与他们小小的只装着几本教科书的书包相比，那简直就是一座书的海洋。那座浩瀚的、未知的海洋，对于这 1000 多名少年儿童而言，实在是有着太多的吸引力、太大的魅力了！孩子们每天都喜气洋洋地望着那座建了一年多的白墙红瓦的小院，仿佛在打量着一座藏宝的仓库，那将是怎样一个天堂一样的去处啊！

郑锐满怀深情地对在场的学生们说："革命前辈抛头颅、洒热血，打下的江山伟业要靠你们去继承和捍卫，今天的社会主义新农村要靠你们去建设……希望你们努力学习，健康成长，掌握本领，做'四有'新人，为实现社会主义现代化，为中华民族的伟大复兴作出贡献！"

有关方面领导在发言中高度肯定了金兴安报恩乡亲的壮举，对作家书屋今后的管理和发展提出了殷切期望，指出：作家书屋将会进一步满足蒋集乡人民群众对文化知识的渴望，满足他们丰衣足食后的精神追求，推动科技兴农、科教致富的步伐，对于丰富全乡中小学生的课外生活，将起到不可估量的重要作用。

蒋集乡党委、政府始终把作家书屋的建设作为最大的文化扶贫工程，视为最大的"招商引资"，这是一项民心工程、德政工程，是一项义举和善举，其价值和意义是无法用金钱来衡量的。

金兴安最后致答谢词。他说，自己倡议建立作家书屋的原因就是"感恩乡亲，报恩社会"。1960 年，他不幸沦为孤儿，是地方政府和父老乡亲把他抚养长大，因此他从内心深处感谢所有帮助过自己的人。这种感恩的情感激励着他刻苦自学，并在文学创作上作出了一点成绩。20 世纪 80 年代初，改革大潮使他走进了省城新闻出版单位，是党的十一届三中全会让他有了更好的工作环境、学习环境。在作家书屋如期竣工开馆之际，他感谢所有关怀和帮助作家书屋的领导和朋友。

在致答谢词的过程中，金兴安多次起立，向大家鞠躬致谢。最后，他向与会者郑重宣布了两项承诺：一是作家书屋将向学生、教师和农民免费开放；二是作家书屋的建筑和配套设施包括所有图书，将无偿移交给蒋集乡和蒋集中学。

当他的话音刚一落地，全场便爆发出了雷鸣般的掌声。

金兴安双眼湿润了。

是啊，多少年了，这个报恩的心愿终于实现了！多少个辗转反侧、夜不能寐的日子，他想的是报恩；多少次抬头低首之间，见到乡亲和帮助过自己的亲友时，他希望有朝一日能报答他们于万一；多少次梦回家乡，多少次回望过去，经历岁月的冲洗涤荡，他的心中没有丝毫怨恨，也早已忘却了疼痛，有的只是深深的感激、感动、感念与感恩。如今，此生最大的心愿终于实现了！这，是比成为一名作家、一名编辑更为重要的人生理想、人生目标。此时此刻，他怎能不激动万分呢？！

对于那些为作家书屋捐书捐物捐钱的单位和个人，金兴安都做了详细的记录。

用准备给儿子结婚用的钱盖阅览室

作家书屋的图书借阅分两大块：

一是学校师生的借阅。特别是学生的借阅，开放时间为星期一到星期五的课外活动时间，凭学生免费借阅卡排队登记借阅。由于借阅学生多，因此按照班级派同学代表统一借阅。亦即，每个班级分别登记该班各位同学准备借阅的图书名称，然后派两三个代表去书屋统一办理借阅手续，再由他们分发给班级里的各位同学。即便这样，每次借阅的学生也都排成了长队。为此，学校又专门安排了三名学生会干部帮助维持秩序。

二是农民借阅。当地农民逢农历每旬的二、四、七、九日的赶集时间都可以凭借免费借阅卡到书屋借书、还书；需要观看光盘或阅读报刊的农民，则可以直接到阅览室去观看或阅读。

书屋开馆后，金兴安最操心的是管理问题。在他看来，书屋要确保健康有序地运转，还有许多问题要解决，包括如何管理、使用好图书，图书更新以及书屋的日常维护等。

书屋筹办之初，金兴安原以为书屋所在的蒋集中学能委派一位教师来兼管，可蒋集中学师资不足，根本无法抽调专人来管理书屋。

为此，金兴安数次向县教育局等方面提出请求，希望能安排专人管理书屋。县教育局表示，等到第二年五六月份大学生毕业分配时，计划为蒋集中学安排一个编制，招收一名图书管理专业的毕业生，让他来管理书屋。

在图书的更新方面，金兴安也想尽了各种办法。一是利用他在安徽出版系统工作多年的便利，积极争取所在单位的支持，加强与出版单位的沟通，争取请这些出版单位都捐点书。二是借鉴甘肃和湖南在农村成功创办作家书屋的经验，请中国作协帮忙，发动中国作协 6000 多名会员自愿捐书。

关于如何充分利用书屋这个文化传播的窗口，兴安也有很多想法。他设想着，可以不定期地邀请一些人文社科或是农业方面的专家，来给师生和村民开讲座，让他们增长知识，开阔眼界。

2005 年 12 月 20 日，在兴安的倡议和推动下，作家书屋举办了第一期读者座谈会，农民代表、师生代表和乡村干部畅谈读书心得与体会。贾朝峰书记在座谈会上发表感言说："要改变农村的落后面貌，除了招商引资外，更需要在知识上'招商引人'。现在，农民没有知识，没有技术，别说致富，可能连致富的念头都难以产生。作家书屋把现代理念和先进知识带到农民身边，无疑对农民脱贫致富大有助益。"

作家书屋落成后，兴安的"娘家"、新成立不久的安徽出版集团领导就亲自到书屋来，代表集团捐赠了一台大背投电视，帮助免费制作了 1000 张"农民借阅卡"，又为作家书屋举办的农民读书活动颁发奖品和奖牌。蒋集乡附近的炉桥中学向书屋捐赠了桌椅；站岗乡捐赠了一台 29 时彩色电视机，炉桥米厂捐赠了一套 DVD。而为书屋捐书的人更是数不胜数，其中既有安徽省老领导，有著名作家、主持人等个人的捐赠，也有淮南新四军历史研究会、出版部门和地方政府的捐赠。众人拾柴火焰高，有了这些来源渠道宽广的捐赠，作家书屋的藏书迅速增加到了近 3 万册。

2006 年 3 月 17 日，合肥市园林局专门运来了两卡车白玉兰、广玉兰、香樟、紫薇、桂树、松树等名贵树木数百棵，并派来技术指导员现场指导栽种。

金兴安陪同园林局的领导到书屋考察，又陪同技术员划线、送树苗、栽后查看。蒋集中学的师生们自己挖好树坑，种下了已经长得碗口粗的树木，把书屋装扮成了一座小花园。这些珍贵树木，经过师生们辛勤的浇水培土，一棵棵长势喜人。

再次来到作家书屋，金兴安欣喜地看到，书屋里挤满了借书的老师和学生，班级派出的学生代表在书屋外排起了长长的队伍，图书管理员老师和两三个学生干部正忙得满头大汗。书屋围墙外面，也有一些路过的农民站在那里探了探头，一看借书的师生排成长队，等了半天也进不去书屋，就又都默默地走开了。

金兴安赶上前去，问那些走开去的农民："这书屋是免费开放的，你们为什么不进去借书呀？"

"人太多了，我们挤不进去啊！让学生们先看吧！"一个农民认出了兴安，如实地回答。

"作家书屋的书好是好，但是我们不识字，看不懂呀！"另一位农民说。

"那，要是看画册或光碟，你们就能看懂了吧？"兴安接着问。

"那我们肯定喜欢看。我们最需要科技农业、科学种植、养殖方面的光碟。"那个农民回答。

作家书屋是有点小了，建设时没有预料到会有这么大的需求，会有这么多人前来借阅。

随着藏书的不断增加，书屋仅有150平方米的面积开始显得捉襟见肘。四面墙壁的书橱已经占去了大半空间，剩下不大的地方被师生们挤得满满的，连转个身都难，根本轮不到农民们挤进来找书看。

兴安同时想到了另一个问题，现在蒋集乡的年轻人大多外出打工去了，留在村里的都是一些老人和小孩，这些人大多识字不多，只能看看画册和光盘录像之类的。

必须扩建书屋！必须另外建一个专门的农民阅览室，让不识字的农民也可以进来看看画册和光盘！只有这样，才能真正帮助农民学习掌握科学种田、科学养殖和快速致富的本领。

兴安决定马上着手，在院子里再建三间带走廊的平房，其中一间作为农民阅览室。

然而，从哪里再去筹钱呢？

县里，乡里，已经为作家书屋的建设投入了不少钱，自己所在的单位也给了不少的物力支持。自己多年来攒下的几万元奖金、稿费等"私房钱"已经花销殆尽……

建三间平房，怎么节省也得需要几万元钱吧？到哪里去找钱呢？

从蒋集乡回合肥家的路上，兴安都在冥思苦想着。

说来惭愧，工作几十年了，自己挣的工资就是为自家和孩子们买房了。

自己是个有钱买米万事不愁的人，从来没有考虑过攒钱，因此个人存款基本上是零，到用钱时几乎只能靠到处去筹借。

妻子老王退休几年了，手里应该积攒了一些退休金。除去每月的日常开支，算下来也该有个一两万元积蓄。

回到家，金兴安试探着问妻子："老王，你手头退休金攒了有多少？"

王同芬是个实在人，想都没想就回答道："有2万多。"话刚出口，她就似乎意识到了什么，又追问了一句："你问这个干什么？"

兴安笑了笑，却不做正面答复。

儿子金桥谈了一个女朋友，双方相处五六年了。对方看重金桥这个人厚道朴实可靠，倒并不在乎他的家境。两个人眼看着就到了谈婚论嫁的时候，金桥也眼瞅着就要满30周岁了。三十而立，金桥却还未成家呢！兴安心里明白着呢：当妈妈的老王攒下退休金，是准备着给儿子娶媳妇用呢！

但是，作家书屋急需再建三间房，农民急需一间独立的阅览室。

怎么办？怎么办呢？

还是硬着头皮跟老王提吧！

"老王，你看，作家书屋建起来后，学校师生纷纷去借书看，社会反映非常好啊。"兴安故意绕了个弯子。

"这些我都知道。电视里都播了嘛！这下，你的心愿总算实现了吧？"王同芬附和道。

"但是，你知道，全校师生都去借书，书屋就嫌小了。农民们想要进去看书却挤不进去。现在看来，书屋是建小了。"兴安话锋一转。

"啊？还小啊？不是都有150平方米了？你捐的那几千本书还放不下吗？"同芬问。

"你是不知道呀，许多人都向书屋捐书呢！现在，作家书屋已有3万册图书了，150平方米已经放不下了。再说，书屋连一间阅览室都没有。因此，我打算再建三间房子！"兴安提高了音量。

"但是，你从哪里去弄钱呢？"话刚一出口，同芬就有点后悔了。这，不等于给了兴安一个开口要钱的理由吗？

果不其然，兴安来了个就驴下坡："因此，我刚才问你有多少退休金来着嘛！"

"我攒的这点退休金，是要留着给儿子今年结婚用的。这是我的退休金，决不能再给你用了！"同芬果断地回答。

"老王啊，我就跟你张这一次口。你知道，建书屋是我这后半生最大的心愿了！盖房子建书屋，是我感恩乡亲的唯一方式，是从小就在我心里种下的种子。"兴安苦口婆心地劝说。

"去、去、去！我才不听你这一套呢！儿子都三十了，女朋友都谈六年了，还没结婚。你不在意我还在意呢！我还盼着早日抱上大孙子呢！"同芬急了。

兴安也不依不饶："老王，这个事你得帮我。这个梦，你要帮我给圆了。金桥结婚晚个一年半载的没关系。作家书屋耽误了，那将成为我终生的遗憾啊！"

"我是东家一口汤西家一口饭养大的。我要报恩，这是我从小许下的愿，书屋是一定要办的。我一没权二没钱，只有建座书屋来报答乡亲。蒋集太偏僻了，连家书店都没有，那些孩子要教他们读书，可不能让他们玩掉了，把时间白白葬送了，耽误了大好年华。"

"我不同意！儿子再不结婚，要拖到哪一天？这是我的退休金，凭什么给你用呢？"同芬伤心地哭了。

"这三间房子我是盖定了！你同意我要盖，你不同意我也要盖！"兴安也不肯妥协。

天底下还有这么不讲理的人呀！同芬越想越难过，她哭着躲进自己的卧室，躺到了床上。

几十年的往事一幕幕地浮现在了自己的眼前。

跟着金兴安这个孤儿，自己吃尽了人间的苦头，真可谓是酸辣苦咸百般滋味，唯独没有甜味。自己苦苦地养育两个孩子，苦苦地挣钱，买米做饭，持家护家。如今，好不容易把孩子拉扯大，各自找到工作，家里买了房子，渐渐地安顿下来。这才过上几年衣食无忧的小康日子？这个老金，他又要折腾啥呀？你报恩盖个书屋也就行了，已经盖了三间房还嫌不够，还要再盖三间，真是心比天高！可是，你有那个心，你也得有那个能力啊！你没钱了找我来掏我的退休金，这又算啥本事！

嗨！人啊人！真是做人难！为人母难，为人妻亦难啊！我们都快奔60

的人了，这么大年纪了，孩子都 30 了，也不能离婚了！

唉！这个老金！你怎么能说这话呢！

……

一宿，王同芬辗转反侧，难以入眠。

仔细想想过去的这 30 多年，风风雨雨，坎坎坷坷，确实不易。虽无大欢喜，也无大不幸大悲痛。夫妻两人有时分居，有时团聚，然而彼此的真情却是心心相印。老金这个人呀，让人心疼让人爱，倒也没啥大不是，没有对不住自己的地方。他要盖房建书屋，要报答乡亲感恩社会，自己也是能够理解的。他花钱不是自己玩掉、吃掉，不是打牌输掉，更不是花到赌博等恶事坏事上面。看他为了建书屋，戴着四个钢板带，咬着牙都在坚持。腰那么痛，还坐着公交，站着去站着回，来回颠簸，只是为了感恩乡亲回报家乡。也真是难为了他这份苦心！难为了他这个人！

想了一宿，王同芬也渐渐想通了。毕竟夫妻了几十年，彼此的底细、彼此的内心都如明镜一般。

第二天早上，尽管还肿着脸，红着眼，但是王同芬已经没有了昨天的火气和怒气。

是啊，儿孙自有儿孙福，孩子晚一点结婚就晚一点吧，就算是为了成全老金，圆他的一个梦吧！

她虽然不情愿，但还是将自己辛辛苦苦积攒下来的 2.3 万元退休金交给了兴安。

兴安也不禁动情："老王，还是你了解我、体谅我啊！我要真心地谢谢你，谢谢你帮我圆这个梦！"

建书屋，可能就是一个无底洞。同芬心里明白，给老金的钱，百分之九十九是"肉包子打狗——有去无回"。然而，儿子的婚还是要结，媳妇要娶，孙子也要抱。顶不济，自己再节俭一年，再省它一年，攒下钱来给金桥。

就这样，直到 2007 年，耽误了一年的儿子金桥终于娶回了媳妇。而儿子、媳妇也给力，过了一年，王同芬真的抱上了孙子。

拿着妻子给的沉甸甸的 2 万多元钱，兴安开始了精打细算。

要用这区区 2 万多元建三间房子，又谈何容易！

兴安开始到处奔走，寻找比较廉价的建筑原材料、比较优惠的建筑安装队。

那个时候，一度被称为"全国最大的县城"的合肥突然发力，大力推行"大招商""大接访"以及一系列的城区改造大动作，引起外界的广泛关注。特别是城区改造，无论在宣传造势，还是执行力度上都称得上是异常空前。

那些拆下来的木料、砖瓦都比较便宜，但都堆在城乡接合部等待出售。金兴安便利用周末双休日时间，坐上公交车几乎跑遍了所有的卖旧料点，反复比较材料的好坏，再三地讨价还价，尽量花最少的钱，买到最好最多的材料。那些建筑房屋所需的木料、门窗、砖瓦什么的，他都一一去砍价，然后再雇一辆蹦蹦车拉到蒋集去。从买材料到送材料，每一趟他都要押车跟着到蒋集去。

在合肥城隍庙，兴安找到了一家卖钢筋的，便请他们定做了一些书架。

书架做好了，兴安要求帮忙送到蒋集去。人家一听说要送货，很不愿意。又得知送货的地方竟在偏远的定远县，路又绕，又不好走，更是不愿意送货。兴安急得没办法，甚至提出可以给店家加点运费钱。可是，人家还是不愿意。

兴安很有耐心。他不相信自己想做的事情做不到，于是便同卖钢筋的老板聊起了自己的经历，将自己为了感恩乡亲在家乡建书屋的事情一一道来。

那个卖钢筋的老板一下子认出了他："哦，安徽卫视上宣传过你的作家书屋，我知道哩！你真了不起！"

真是不打不成交。就这样，事情办成了。卖钢筋的老板说："我也做点慈善吧！给你把书架全部送到蒋集，就收你一个成本钱。"

从此，两人还处成了朋友。

钱的总数是有限的，就2.3万元。而要办成的事情却不小，要盖三间房子。因此，兴安恨不得每一分钱都掰成两半来花。每一块砖，每一袋水泥，每一根钢筋，他都是一块钱、一块钱地去讲价。最终，还真让他用这2万多元盖起了三间120平方米的阅览室。为了建这个农民阅览室，他先后往蒋集乡又跑了十几趟。

兴安从小擅长绘画和书法。他亲自动手，写下了这样一行美术字："放下锄把捧起书本，学习文化建设家乡。"然后，他又自己剪纸，再一个字一个字地贴到墙壁上去。

有了农民阅览室，蒋集乡的农民就可以在这里读书、看报、看光盘。

乡亲们高兴地对兴安说："我们生活还不富裕，想看书买不起，当地也买不到。搞养殖业经常碰到难题，想找科技图书实在太难了。现在可好了，图书馆就建在自己家门口。"

村民们见了兴安，都特别亲。

兴安欣慰地回答："我从自己的成长经历中感悟到，读书对每个人的进步都至关重要。咱们家乡农村为什么穷？因为没有文化。学会科学种养，可以使你们走向富裕。再联想你们身边的人，哪一个不是因为文化改变了命运？要让你们的孩子好好读书，读书可以改变人生。"

这，也正是他要在家乡创建作家书屋的缘由。

第四章

两个"娘家"鼎力助

善行善举大接力

金兴安创建作家书屋是直接受到中国作家协会倡建甘肃临潭作家书屋的启发。作家书屋建成后，金兴安本人和定远县人民政府都曾多次以书面的形式向中国作协的领导汇报和反映情况。

作家书屋挂上"育才图书室"的牌

　　张锲是新时期改革文学的一位代表性作家。他的报告文学《热流》、长篇小说《改革者》、长诗《生命进行曲》等都曾引起社会轰动。自从1985年调入中国作协工作，他先后担任过中国作协书记处书记、副主席，中国文联副主席等职务。张锲是安徽寿县瓦埠镇人，曾长期在蚌埠市工作，后曾担任安徽省文联副主席。早在20世纪80年代，金兴安便结识了张锲，两人一直保持着较多的联系和来往。1997年，兴安加入中国作协便是经由张锲推荐的。1998年，他的长篇纪实《安徽大采风》在首都举行座谈会，也是由张锲亲手操办的。

　　作家书屋建成后，兴安给张锲去信，汇报了相关的情况。那时，张锲已从中国作协的领导岗位上退下来了，但仍旧担任着中国作协下属的中华文学基金会常务副会长的职务。就在2004年，中华文学基金会也开始在全国倡建"育才图书室"工程。这项主要面向老少边穷地区的文化扶贫工程实施以来，取得了良好的社会效果。

　　作为安徽游子，张锲对自己的家乡充满感情。当得知金兴安倡建的作家书屋开馆后，受到学校广大师生和农民们的普遍欢迎，张锲当即决定，中华文学基金会和育才图书室工程应该助他们一臂之力。这也符合"育才图书室"工程的宗旨。定远县是贫困县，蒋集乡更是穷困乡，同时又是革命老区，理应予以更大扶持及帮助。

　　于是，经过与金兴安协商，中华文学基金会决定在蒋集乡作家书屋建立

"育才图书室"。

2006年10月12日上午，76岁高龄的张锲刚刚结束在宁夏西部地区的捐书活动，就马不停蹄地带领着一批作家、学者来到蒋集乡，举行捐书仪式。随同他们来的还有价值12万元的6000册图书。安徽省委宣传部、省委统战部、团省委、安徽日报报业集团、省文联、省新闻出版局、省出版集团以及滁州市委有关负责同志出席了捐赠仪式。

在捐赠仪式上，张锲发表了言辞恳切的讲话。

他对在场的老师、孩子们和农民朋友们满怀深情地说："蒋集乡作家书屋早已名声在外，其创办者金兴安同志是我认识多年的朋友。兴安小时候是个孤儿，是家乡的父老乡亲，是家乡的政府将他抚育成人、成才。兴安为了感恩乡亲，把自己的积蓄拿出来，把自己的藏书拿出来，在家乡创办作家书屋，免费向乡亲们开放。其精神感动了中国作协的领导和全国许许多多的作家。我是为感动而来，为感谢而来的。百闻不如一见，刚才看了作家书屋藏书以及书的编号、分类和借阅办法都很有序，看到农民阅览室的农民正在看书、看报、看光盘，看到蒋集中学的孩子们穿着一色校服，生气勃勃地坐在这里，感到很幸福。可我小时候就尝够了颠沛流离贫穷饥饿的痛苦。我出生在寿县一个偏僻的村庄里，从小就受到舅父革命家庭的影响。我在新中国成立前夕只有15岁就参加了革命。我是20世纪80年代调到北京工作的。20多年来，家乡这块热土一直令我魂牵梦绕。我是淮河的儿子，是在淮河边长大的，永远不会忘记家乡对我的养育之恩。"

最后，他引用欧阳修《醉翁亭记》里的话"环滁皆山也。其西南诸峰，林壑尤美"，激励同学们要珍惜祖国的美丽山河，好好学习，长大后报效祖国，报效安徽，报效家乡。

张锲的这一席话令在场的人们心潮澎湃，全场爆发出了长时间的热烈掌声。

金兴安满脸喜悦地接过了由季羡林先生题写的"育才图书室"牌匾。他在答谢词中说："感恩乡亲、回报社会是中华民族的传统美德，倾注爱心、造福桑梓是我此生不变的追求。"他毫不吝啬对于家乡政府的赞美："没有乡政府和蒋集中学的支持，就没有作家书屋。没有定远县委的支持，是办不成作家书屋的。"他表示，要进一步完善书屋设施，包括院内的长廊、鹅卵石路、石台、石凳等，把书屋办成读书、休闲的好场所，办成蒋集乡父老乡亲的好去处。他有决心和信心把书屋办好。

来自"娘家人"的掌声与赞许对于金兴安来说，则不仅仅是一种精神的支撑、道德力量的支持，更是一种褒扬与激励。

作为中国作协会员，金兴安总是及时而自觉地向作协有关部门及领导汇报自己的创作及工作情况。中国作协也没有忘记这位热心社会公益事业的作家。早在蒋集乡作家书屋开馆之前，2005年7月12日，作协机关报《文艺报》即以《田野上的风景——安徽乡村"作家书屋"赞》为题，在头版位置发表了通讯报道，对金兴安的善举予以高度肯定与赞美。

2006年4月8日，定远县人民政府以书面形式，呈文给中国作协党组书记、副主席金炳华，报告作家书屋建设和建成后的使用情况。

三年之后，金炳华已从中国作协党组书记的位置上退居二线，担任全国人大教科文卫委员会副主任。他仍不忘金兴安在偏远乡村创办的这所作家书屋。2009年5月18日，他从北京给蒋集乡作家书屋寄去了一箱沉甸甸的图书。这箱书里收入了1997年至2007年间获得中宣部"五个一工程"奖以及曾获茅盾文学奖的长篇小说精选，共25套32本书，包括陈忠实的《白鹿原》、王安忆的《长恨歌》、阿来的《尘埃落定》等当代文学的精品之作、代表之作和经典之作。

收到这箱珍贵图书，金兴安异常激动。他双手捧着书，动情地对蒋集的乡亲们说："金炳华副主席身居要职，工作繁忙，时间宝贵可想而知。可他心中一直关心惦记着我们这个偏僻的书屋。他寄来的这箱精品图书，我们将作为镇馆之宝，珍藏好，使用好。把书屋办好，作出成绩，来报答中央领导的关怀。"

2008年5月起，中央文明办开始组织开展"我推荐、我评议身边好人"活动。中央各大新闻媒体陆续创办了"身边的感动"专栏专题。2010年6月18日，中央宣传部根据部领导指示，向中央主流媒体人民日报、新华社、光明日报、经济日报、中央人民广播电台、中央电视台、科技日报、中国纪检监察报、工人日报、中国青年报、中国妇女报、农民日报、法制日报及所属新闻网站发出《关于葛晓威、金兴安事迹的报道通知》。葛晓威生前系广东省河源市武警四中队副班长，2010年6月16日在参加河源市抗洪抢险中壮烈牺牲。而安徽出版集团编审金兴安则是"捐赠稿费和图书,在定远县蒋集镇创办农家书屋,受到地方政府、广大村民和中小学生的欢迎"。《通知》要求各大媒体在 7 月上旬刊播金兴安事迹报道。

7 月 4 日,中央电视台在《身边的感动》栏目,以《金兴安捐资在家乡定远县创办乡村书屋》为题,率先对金兴安的事迹进行了报道,时长 4 分钟。

7 月 30 日,新华社发表了记者熊润频的新闻通稿《金兴安:吃百家饭的孤儿感恩乡亲捐建农家书屋》。

8 月 4 日,《人民日报》在"要闻"版发表了记者何聪的配图报道《金兴安创办书屋谢乡亲》。

其他中央主流媒体也都相继对金兴安的事迹进行了报道,高度赞扬金兴安为家乡办实事、"知识惠乡亲"的感恩方式。

安徽日报、安徽人民广播电台、新安晚报等安徽地方媒体亦紧密配合中央媒体的宣传,报道金兴安事迹。

兴安的好友、书法家王家琰看了中央电视台有关兴安的报道后,感慨万分,当即写了一幅条幅赠送给他:"兴安的人生是一挂长长的爆竹,越放越响,最后还放了个大冲。"

年底时,兴安把一年来有关自己和作家书屋的情况写成材料,专门寄给张锲,并请他转给时任中国作协党组书记李冰。

2011 年元月,李冰给金兴安回信,高度肯定了他的做法。信中写道:"你捐出自己的积蓄和藏书,付出许多心血,克服不少困难,在家乡创办了作家书屋,丰富了中小学生和农民群众的业余文化生活,在当地产生了良好的社会效益,你对家乡的热爱和对乡亲的奉献,令人感动!"李冰还赞许他道:"你在基层乡村的艰苦实践和取得的成就,为我们树立了榜样。"

2014 年,金兴安致信即将接任中国作协党组书记的钱小芊,汇报自己创办作家书屋的工作进展。9 月 10 日,钱小芊回复道:"此前我已知道你办农家书屋的事迹,很是感佩你所做的这些有意义的工作。"同时,他祝愿,农家书屋一直办下去,越办越好,在社会主义新农村建设中体现并发挥好文化建设的重要作用。

雪中送炭与锦上添花

金兴安是安徽省新闻出版局和出版集团的员工。他创建作家书屋的义举始终受到所在单位领导职工的交口称赞与热情支持。

2005 年，蒋集乡作家书屋还在筹备之时，安徽美术出版社便向书屋捐赠了十包书。2006 年 11 月 1 日，安徽省新闻出版局和安徽出版集团即联合向原国家新闻出版总署和安徽省委宣传部递交报告，汇报金兴安创办安徽省第一家作家书屋的情况。

12 月 23 日，金兴安被原国家新闻出版总署授予"全国新闻出版行业服务社会主义新农村建设出版发行先进个人"荣誉称号。金兴安赴京领奖，受到了原出版总署署长龙新民的亲切接见，并在大会上做了典型发言。

2007 年 1 月，金兴安参加了安徽省新闻出版（版权）工作会议。在会上，他再次受到了表彰。

2006 年，在十届全国人大五次会议上，时任总理温家宝同志将农家书屋工程建设写进了《政府工作报告》。同时，原国家新闻出版总署、财政部等八个部委出台了《农家书屋工程实施意见》。2007 年上半年，安徽省响应国家统一部署，正式启动农家书屋工程，成立农家书屋工程领导协调小组，计划用 5—10 年时间，在全省农村逐步建立起"供书、读书、管书、用书"的长效机制，达到书屋阅读条件完备、体制机制相对完善、服务功能不断增强、出版物发行网络延伸进村、农村出版物市场初步形成的基本目标。

2007 年下半年，蒋集乡改制为镇。

11 月 2 日，安徽省农家书屋领导小组负责人率调研组到蒋集镇作家书屋调研，实地考察和听取参加座谈的农民、师生的讲述。调研组认为，蒋集镇作家书屋建得早、起点高、管得好，2005 年就建成了安徽省第一家乡村书屋，已建成 260 平方米的藏书馆和农民阅览室，拥有 3 万多册藏书，免费向师生和农民开放，借阅办法好。开馆以来社会效益十分明显，蒋集中学中考考入示范中学的人数从 2004 年的 21 人增加到了 2007 年的 78 人。农民通过看书增加了收入。这一切都说明作家书屋办得好，办得及时，广大农民需要这样的乡村书屋。

在调研中，调研组发现了蒋集镇作家书屋存在的一些实际困难，包括图书更新和管理等。

回去后，调研组专门编写了一期《安徽农家书屋简报》，及时将相关情况向省农民书屋领导小组作了书面汇报。为了使蒋集镇作家书屋更好地为当地广大农民、学生、教师等服务，发挥更大的社会效益，省农家书屋领导小组决定，将该书屋列入安徽省农家书屋总体规划，实行资源共享、互为利用。同时加大宣传蒋集镇作家书屋的成功经验，以推动和加快全省各地建设中的农家书屋工程步伐。

12 月 25 日，蒋集镇再次响起了热闹的鞭炮声。农民点燃了爆竹和礼花，庆祝安徽省农家书屋落户蒋集镇作家书屋。安徽出版集团当场为作家书屋送来了 600 册科普等方面的图书。而安徽省体育局则赠送了一副玻璃钢篮球架、四副乒乓球台和五组健身器材。著名诗人卞国福也特地带来自己的诗集，捐赠给农家书屋。他说："书就是知识，知识就是力量，也是财富。爱书，可以使人们对未来充满信心。我自己也是先看书，再写书，再发挥书的作用。我希望我们省有更多的作家书屋、农家书屋，使一切爱知识的人都去读它，发挥它的作用，这是我的衷心愿望。"

在农家书屋授牌仪式上，滁州市、定远县和安徽省新闻出版局、安徽出版集团领导分别讲了话。安徽省农家书屋领导小组负责人在接受安徽人民广播电台记者采访时表示："把作家书屋纳入安徽省农家书屋建设中去，使它将来在供血上有个很好的渠道。我们同时也想通过作家书屋这个平台，更好地推动和促进全省农家书屋全面展开起到一个示范作用。农家书屋建设不是一招鲜，图书必须要年年更新。"

2008年，安徽教育出版社为书屋装备了所需的书柜，并为阅览室配备了桌椅板凳。2013年5月23日，安徽省第一家农家书屋蒋集镇作家书屋创办10周年座谈会在定远县举行。原国家新闻出版总署全国农家书屋工程处处长高烨、安徽省军区原司令员沈善文等出席座谈会。淮南市新四军历史研究会、定远县新华书店分别向书屋捐书。

一个月后，安徽出版集团团委领导带着精心挑选的1200多册精品图书，来到蒋集镇农家书屋，为这里的人们送来了一缕书香。

原来，为了让蒋集镇贫困学校的莘莘学子多读书、读好书，安徽出版集团团委主动倡议，发起了主题为"捐赠一本图书，传递一份真爱，成就一个梦想"的捐书活动。

作为一家文化企业，安徽出版集团始终秉持"传承历史、传播文明"的文化使命，自觉担当奉献教育、服务社会的社会责任。捐书活动在出版集团引起了强烈反响及关注，广大职工踊跃参与，捐赠了上千册思想性、知识性俱佳的爱心图书。

金兴安对自己的"娘家"安徽出版集团表达了真诚的感激之情。他说，出版集团送来的"不仅是一份爱心，更是一片文化温暖，文化的力量是无法估量的"。

"娘家人"的支持无疑是最大的。

2015年3月，我采访了安徽省第一位韬奋图书奖获奖者、安徽出版集团时任总经理田海明。田总深有感触地说，集团现有员工4500多名，大家都以老金为榜样。西方人像索罗斯、比尔·盖茨都是追求回报社会的，前半生合规赚钱，下半辈子回报社会，甚至将个人财产的98%捐赠给社会。老金是一个普通人，退休早，一生积攒的财富少，但是他踏踏实实，有着一种朴素的情怀和崇高的境界。他自学成才。他捐建的书屋成效是全方位的，精神感染了身边的人。安徽出版集团作为上市公司时代出版传媒的母公司，赚钱盈利、为国创税、保证股民权益和员工福利是自己的分内之事，而面对贫困，集团也有职责、有能力承担自己的一份社会责任。

田海明介绍说，安徽出版集团对许多贫困地区如天长县等都有扶持项目和举措。他本人也长年资助了十几名贫困学生。

再穷不能穷文化，图书是文化的一个载体。2014年，安徽出版集团为滁州市 100 多家图书馆捐赠了码洋 160 万元的图书，而且全都是最近两年内出版的新书。2013 年，集团为凤阳县一中捐了百台电脑，帮助学校建起了数字化网络平台。集团还同寿县结成对子，捐赠了 100 多万元，帮助当地建设水、电、路等基础设施。集团领导还每人对口扶持两家农户，手牵手帮助农民脱贫致富。

安徽出版集团自成立时起，便设立了专门的关爱基金，每年利用 3 月 5 日"学雷锋日"这一契机，发动全体干部职工捐款，每人捐赠 100—500 元不等，每年共筹措几十万元。迄今，关爱基金已积累几百万元。集团每年拿出基金的 50%，为生活遇到困难的集团职工提供救助，也为社会上部分困难群体提供资助。如金寨县有一位教师在孤岛上坚守了 17 年，关爱基金就为他捐了款。

老师管理员不要一分钱报酬

作家书屋建成后，金兴安最担忧的是图书借阅管理和更新的问题。

图书更新可以倚重安徽省农家书屋工程，通过政府扶持每年不断更新图书，增加新书，还可以倡导更多的作家、亲友和出版单位等社会组织捐赠图书。而图书管理，则纯粹是一项义务工作，基本上属于公益性劳动。这就需要找到一个热心的人来承担。

刚开始的时候，作家书屋找了一位退休老教师潘老师帮忙。但是借阅图书的师生人数太多了，年过花甲的潘老师显得力不从心。

这时，蒋集中学的一位在任青年教师蒋华进挺身而出！

蒋华进和金兴安是地道的老乡。他 1974 年出生在蒋集乡金巷村，比兴安小 24 岁，都属虎。华进的父母都是农民。

金兴安是金巷村的名人。华进从小就听说了许多关于金兴安老师的故事，知道他很了不起。华进小时候家里很穷，根本买不起书。从别人那里借到的一本小人书总是看了又看。有时在厕所里见到一张破碎的报纸，他将那张报纸片儿弄舒展开了，都要看上半天。

在学生时代，华进就渴望有书读，特别喜欢读书。他平时也爱写写画画。

华进的初中是在蒋集中学上的。初中毕业后，考上吴圩中学继续念高中。

吴圩镇比蒋集乡发达，镇上有一些录像厅、台球厅。华进跟着一些同学出入这些场所。因为贪玩,学习成绩下滑得很快,一度从班级的前三名,下滑到了倒数前三名。

父亲得知后,大发雷霆,狠狠地教训了华进一通。

这时,蒋家家庭经济状况开始好转,华进才有钱买书看。古典小说四大名著、《钢铁是怎样炼成的》、《平凡的世界》都是这时候读的。

记得拿到路遥写的三卷本《平凡的世界》时,他连续熬了三个通宵,一口气将这部长篇小说读完了。这部书告诉他一个人生的真谛:人是可以通过自身的努力来改变人生的境况的。

他感觉,他的命运也由此改变。

从此,他一改此前的贪玩习惯,开始专心读书。

一直到工作后,华进都坚持多读书,读好书。二十几年下来,他看了不少的书。

1997年,华进大专毕业,被分配到蒋集小学教语文。

2004年,华进因为教学成绩突出,被调入蒋集中学任教,正好赶上金兴安在蒋集筹建作家书屋。因此,他全程见证了书屋12年的发展历程。

在中学,华进担任了校团委书记,开始时教英语,后来转向教语文,并且兼着远程教育校园工程的管理员。

每回金兴安来蒋集作家书屋工地的时候,华进都会全程陪同。因为金老师的腰椎不好,华进就搀扶着他。特别是2005年夏天书屋上大梁那一次,金兴安吃了止疼药,腰里围着钢板带,额头上的汗珠仍大颗大颗地往下掉。华进一边紧紧搀扶着他,一边为他感到心疼:这位他从小就崇敬的家乡的名人,为了完成这项善举,竟然忍受着如此巨大的痛苦!

他劝金老师歇一歇,不用顶着炎炎烈日在工地上一直盯着。但是金兴安不听,坚持在工地上,亲眼看着上了大梁,放起了鞭炮。

那一刻,华进注意到,金老师的眼眶湿润了,无声的泪水正混在汗水里,从脸颊上往下滴落。

是啊,这是一个多么激动人心的时刻啊!

华进的心里也充满了兴奋。要知道,那可是全镇唯一的一个书屋、一座小小的图书馆!这对于一所中学,对于他这样一个酷爱读书的人来说意味着什么!

这座作家书屋红瓦白墙，光鲜照人，在蒋集乡破败的街道和一片灰暗的房子中间，更是显得鹤立鸡群，格外醒目！

书屋开馆那一天，作为校团委书记的华进忙前忙后，还要时时关照着金兴安。金老师腰疼的毛病让他走路总是比较费劲。

书屋开馆后不久，因为潘老师身体的原因关门了。

学生们每天放学后想要去借书，一看书屋的门是关着的，就纷纷走开了。

第二天放学，孩子们又拥到书屋门口，门仍旧是关着的。

第三天，还是如此。

一连两个月，都是如此。

这时候，有一个人坐不住了。

他，就是蒋华进老师。

作家书屋是乡亲金兴安捐赠给蒋集中学 1300 多名师生的一份厚礼。书屋里数以万计的藏书对于学校特别是学生们来说是多大的一笔宝藏啊！可是，如今，却只能眼睁睁地看着这笔宝藏静默地躺在那里，一点作用也发挥不出来！

这是多大的浪费啊！

这是多么可惜啊！

华进感到了切肤的心痛。

难道就因为没有管理员？！难道就因为没有一分钱报酬，就没有一个人愿意来当管理员？！

要不，就让我来当这个义务图书管理员吧！我也不在乎报酬不报酬的，教师的工资收入已经够用了。

但是，我有富余的时间和精力吗？那时学校缺老师，华进要负责教三个班的英语课，还有担任一个班的班主任。一个班级就有 95—97 名学生。自己的工作已经足够繁忙的了，学校还安排他担任团委书记，同时负责远程教育管理呢。

华进的心里在翻转着，揣摩着。

蒋华进的父母在村子里口碑很好。他们从小就教育华进，人没有被累倒的、累病的，只有闲出病、闷出病的；农村长大的孩子从来就不惜力，年轻人更应该多干一些，干多一些；做人不怕吃亏，凡事不能太计较。

父母是这样教诲的，也是这样身体力行的。

父母的教育深刻地影响了华进对待工作和生活的态度。在日常教学中，他从不吝惜自己的体力和精力。无论吃多少亏，无论受到多少委屈或误解，他都照样做着自己认为该做的事情。

现在，作家书屋关着门，荒废了两个月，华进真心地感到痛惜。

经过一番激烈的心理斗争，他决定接过图书管理员的职责。

人是不会累死的！多添一副担子、多做一点事情，真的没什么！浑浑噩噩是一生，多干一些也是一生！

说做就做。他当即去找学校的杨校长。

当得知华进老师自告奋勇要兼做作家书屋管理员时，杨校长简直喜出望外。他正在为作家书屋一直关门发愁呢！那是金兴安老师对家乡的一片拳拳之心啊！那也是学校的一个丰富的课外学堂啊！

"蒋老师，你确定要志愿兼职管书屋吗？"

"是。"华进回答。

"你吃得消吗？你现在的教学任务已经不轻了！"杨校长关心地问。

"没事，咬咬牙就能挺住。"华进说。

"而且，书屋管理员纯粹是义务的，没有报酬的。"杨校长又加了一句。

"杨校长，我不是冲着报酬来的。这书屋一直关着门，实在可惜啊！"华进抬高了音量。

"是啊，我也感到很心疼。而且，对金兴安老师和乡政府领导也没法交代啊！"校长停顿了一下，接着说，"蒋老师，你做得好！我相信你，书屋管理就交给你了！"

就这样，华进为自己争取来了一份义务工。

书屋重新开放了。

每到下午放学的时候，书屋门前又排上了长长的队伍。

开始时，华进一个人负责登记和取书、收还书。全校要借书的同学每次都超过一百人。每个人一次限借两本书。华进一个人又要从书架上找书，又要登记，忙得满头大汗。

学生们读书的热情特别高涨。

这个喊："蒋老师，我要借海伦·凯勒的《假如给我三天光明》！"

那个喊："蒋老师，我要借《钢铁是怎样炼成的》！"

这个叮嘱："蒋老师，蜡笔小新的漫画要给我留着呀！"

那个叫嚷："蒋老师，马小跳不要借给别人啊！"

华进一面大声回答，一面要同学们安静安静，一面还得继续埋头登记，总是忙得满头大汗，根本无暇他顾。

这样下去，可不是一个长久之计。

得想想办法！

经过一番思考，华进琢磨出了对策：要改变借书方式，学生不要每个人都跑来书屋借书，可以安排一个班级由班主任或者语文老师带两个学生代表来借书。班上同学分别需要什么书，登记好了，写在一张单子上，交给老师到书屋来统一取书，然后再由其和学生代表送到教室里，分发给借书的个人。华进又找了学校学生会，请他们派人来帮忙。

就这样，每天放学后，就有三名学生会干部帮助维持秩序。全校十七八个班级，每个班派两名学生，班主任或语文老师提前统计登记班上同学打算借阅的图书，然后拿着这份书单到书屋去统一借书。

当学生和老师拿着书单到书屋来，华进便帮着将书找出来，逐一登记上。学生再把书搬到教室里去，一一分发给同学们。

学校每天下午放学分成三个时段，不同年级放学的时间稍稍错开，前后相差总共有一小时。这样，放学后，借书的师生就不必在书屋门口排成一条长龙了。

除了师生来借书、还书外，每逢集市，作家书屋还要向农民开放。图书归还后，还要重新归架。为了借阅方便，华进还对入藏的每一种图书进行了分类编目、登记造册。每当有一批新的书刊入藏，华进就要抽出更多的业余时间来整理。

每天放学后，学生们集体借书的数量相当大。每回，华进都是低头专心干活。即便这样，往往也要忙个一两小时才能将所有学生的借阅手续全部办理完毕。

那时，华进一家人住在蒋集镇上。他们的独生女儿还很小，只有三四岁。华进的爱人忙着做小本生意。有时，华进便不得不把女儿带到学校来。

　　放学了，别的老师都下班回家去，可以忙着做饭和做家务、照料孩子。华进却只能让女儿独自在书屋外面玩。

　　书屋大门外就是马路。有一次，华进给了女儿一块中午学校食堂做的蛋糕，让她拿着吃，自己便一如既往地在书屋里忙个四脚朝天。

　　突然，外面吵吵嚷嚷起来，中间又夹杂有接连不断的犬吠声和孩子的哭叫声。华进忙着登记，根本没精力去顾及究竟发生了什么事。

　　这时，一个学生冲进了书屋，冲着华进大声喊："蒋老师，不好了！"

　　"咋啦？"华进抬起头，"你慢慢说。"

　　"你女儿的脸被狗咬了！"那个学生连喘带气地说。

　　"啊！——"华进吓坏了，一下子站了起来。

　　他冲出门外一看。果然，女儿正在哇哇大哭，几个孩子围着安慰她，另几个大一点的孩子正在追打一条狗。而那条狗却毫不畏惧，还在冲着孩子们狂吠不已。

　　华进赶紧跑上前去，一把抱起了女儿。

　　孩子们七嘴八舌地向蒋老师"告状"。

　　原来，华进的女儿吃着蛋糕，有些碎屑粘在了脸上。那只狗看到了，就凑近去。孩子不知道害怕，也不懂得赶狗。那只狗胆子便越来越大，看到孩子脸上黏着的蛋糕屑，竟伸出舌头去舔她的脸。小孩可能是因为受到了惊吓，出于本能，试图用小手去驱赶那只狗。没想到，那狗就咬了她的脸！

　　"别怕，别怕！让爸爸看看咬到哪里了！"华进的声音都变了。

　　女儿的脸上流血了，留下了几道明显的抓痕。

　　"赶紧送医院去！赶紧去打疫苗！"跟着跑出来的一位老师提醒道。

　　对！对！必须立即去看大夫！

　　华进对那位老师说："你帮我招呼一下书屋，我这就去医院！"

　　"你赶紧走吧！快走吧！！这儿的事你就别管了！"那位老师连声催促道。

　　华进蹬上自行车，脚不沾地地送女儿去了镇上卫生院。

　　医生给孩子处理了伤口，简单包扎了一下，便建议华进赶紧带孩子上县医院去。

　　于是，华进又连忙找了辆车，和妻子一道，抱着女儿连夜赶到定远县医院。

一路上，妻子都在不停地抱怨他："你怎么就不看好孩子呢？你那书屋有那么重要吗？你怎么那么傻呀？为什么别的老师都不去管，你偏要去管？"

华进只能一个劲地给妻子赔不是。

女儿被狗咬了，他的心里也非常难过。要是女儿有个三长两短，他一定会痛恨自己一辈子的！因此，他能够理解妻子的心情。

医生给孩子打了疫苗，重新处理了伤口。

华进陪女儿又在定远县城留观了两天，才回到蒋集去。

这一次孩子被狗咬，为了治疗和打疫苗，华进一共花费了一两千元。

钱花了不少，万幸的是，女儿的脸上并没有留下伤疤。

要是留下了伤疤，或是落下了后遗症，影响孩子将来的生活，华进会愧疚一辈子的！

回到蒋集，蒋华进找到了那条狗的主人。尽管有目睹狗咬人的几个学生做证，但狗主人还是不肯承认。经过交涉，他才不情不愿地拿出900元赔偿给华进。

为女儿被狗咬伤这件事，妻子没少跟华进生气。但是，她从心底里也能理解忠厚善良的丈夫：他管理书屋，那是因为他对学生有感情，对金老师更是有着特别的感情，他不愿意眼看着这么好的书屋白白放在那里发挥不了作用。他做的是一件善事，自己没理由不支持他。

这一年的夏天，华进要给每个书架后面都拉上铁丝网，给所有图书都贴上标签。但这件烦琐的工作只能等到暑假才有时间来完成。

看到丈夫实在忙不过来，妻子便每天抽空到书屋去帮他。

在怎样管理和使用好书屋方面，华进着实动了不少脑筋。

为了促进学生的课外阅读，在华进等老师的大力推动下，蒋集中学经常搞全校性的读书活动和征文比赛。组织老师对征文进行评奖，由学校发给奖状和本子等奖品。虽然奖品微不足道，但极大地调动了学生们的阅读热情。语文老师还将读书活动与平时的作文结合起来，经常布置一些读书笔记、读书感受和体会这类的作文，促使学生积极参与课外阅读。

华进是个做事细致认真的人。他精心制作了900多张学生免费借阅卡，一一编号，发放到学生手里。每天下午放学后，华进都要给数以百计的学生办理借阅手续。学生们排起长队，他则手工书写借书登记。而每到这个时候，学生们也可以带着作业本到作家书屋来看书、写作业。

如果师生们临时需要借阅什么书，他们就到教师办公室去找蒋老师，华进也总是有求必应。按照借阅规定，每人每周限借一次，开始时每次限借两本，后来藏书多起来后每次可以借三本。

2006 年，金兴安又出资加盖了三间农民阅览室。华进忙前忙后，帮助招呼工程队。

阅览室建好后，正值酷夏，他和金兴安又对阅览室进行了布置。兴安自己按照比例写了 16 个大美术字——"放下锄把拿起书本，学习文化建设家乡"，并一一剪好。

华进搭了一个木架子，一边扶着它，一边看着金兴安爬上去用尺子按比例画好方格位置，再一张一张地拿着剪好的字，贴在画好的位置上。阅览室里没有空调，电扇也还没买，两个人热得汗流浃背，却忙得不亦乐乎。

为了方便农民借阅，华进把自己的手机号码贴在作家书屋的大门上。乡亲们如果来借书遇到书屋碰巧没开门的话，就可以打电话叫他过来。平时，他们也可以打电话预约，跟华进约好时间再上门来借书。

后来，乡亲们都了解了华进老师的作息时间，如果要打电话找他，就挑中午或周末。尽管牺牲了大量的休息时间，但他从来都是有叫必应，有电话必来，从不推诿或埋怨。这些都让乡亲们非常感动——一个平时教学和工作本就相当繁忙的老师，还能如此耐心地义务为乡亲们服务，令大家肃然起敬。

在每旬 4 天的赶集日子和农闲时节，华进总是按时打开农民阅览室，组织农民进书屋观看农业科技类光盘。

同时，书屋还将一个房间专门辟为留守儿童之家。

开始的 4 年时间里，华进一个人兼着书屋管理员和留守儿童之家管理员。4 年后，他开始物色人选帮助自己。

他首先想到的，就是找学校团委的年轻教师来帮自己。他一共找了两个年轻教师，其中一位便是 8 年后接替华进担任图书管理员的谢发齐老师。那些留守在家的学生可以集中在这里读书，看报刊，可以写下自己的日记，写下自己对爸爸妈妈的思念之情，粘贴到墙壁上，办成一个专门的留守儿童之角。孩子们还可以利用安设在这里的电话，每周与在远方打工的父母免费通一次爱心电话，让父母了解孩子们在学校学习和生活的情况，也了解孩子们对父母的思念之苦。

学校教师人手紧张。后来，华进又被指派兼任学校会计，负责全校50多名教师的工资、福利以及学校各种日常开支的账目，任务越来越繁重。他渐渐地感到体力和精力都吃不消，原本壮实的他明显地憔悴了。

有一回，金兴安到作家书屋来，见到华进，发现他瘦了许多，关心地提醒他："华进啊，你也要注意身体啊！这书屋就全靠你了！"

华进虽然确实感到劳累不堪，但嘴上还是连声回答："没事，没事，我年轻，能挺得住！"

"回家看看的感觉真好！"

2008 年后，华进一家在定远县城买了套房，妻子便带着女儿到县城去上学了。妻子仍旧做着小生意，同时在家照看女儿。妻子希望华进也能想办法调进县城工作。但是蒋集作家书屋离不开人手，他也实在舍不得离开这里。

从此，华进便同家人过起了两地分居的日子。

妻子和女儿在哪里，家便在哪里。在华进的心里，家庭是最重要的，一个人如果离开了家庭，他将一无所有。

然而，那个亲爱的家却开始变得遥不可及。

只有每隔两周的周末，他才能坐车回县城去，同妻子女儿团聚。平时则几乎没法分担家务，更无法尽到一个父亲的责任。而如果书屋周末有事情有活动，他便没法走开，也就没法回家了。

每当这些时候，华进便感到了由衷的愧疚。时间总是不够用，对于妻女，对于家人，他关心得很不够，自己亏欠得实在太多。然而，工作重要，书屋也很重要。那是自己敬重的前辈乡亲金老师的心血之作，那是学生和农民们的文化乐园和知识天堂。他乐于看到他们从这座沉默无言的宝库里汲取丰富的滋养。有时候，华进觉得，坐守着这座宝库的自己也是一个"富翁"。

蒋集作家书屋的名气越来越大。从县里到市里，从市里到省里，从出版界到文学界，从各界的名人名家到新闻媒体记者，经常有人到作家书屋来，或为视察，或为调研，或为捐赠，或为参观考察，或为宣传报道。

几乎每一年，蒋集作家书屋都会有一两次重大的文化活动，都会有省级领导来。于是，做好接待工作便成了华进的又一项额外的事情。

金兴安老师十分信赖华进，将书屋的布置、安排，组织师生和农民参加调研、座谈，繁重细致的接待安排等工作，几乎悉数交给了华进。

华进知道，到书屋来的人，无论是领导，还是作家、记者，都不是为了从书屋获取什么——书屋也无法给予他们什么，而是为了给予书屋帮助、捐赠和支持，都是为了促进书屋的发展壮大、发挥更大更好的社会效果。因此，每次他都热情接待，全力以赴地做好迎来送往的工作。

但是，这，又在无形之中大大增加了华进的负担。

有时，遇到学校的教学和事务繁重之际，又要照料好书屋、安排好接待，华进常常感到力不从心。金老师一来，他几乎都要全程陪同搀扶。嘉宾来了，他还要负责一一介绍书屋的情况，因为他对书屋创建的历史、使用情况等一清二楚，心里揣着一本明白账。然而，他毕竟没有三头六臂。尽管年轻，但他也开始感到应接不暇、疲惫不堪。

有好几回，他都想对金老师说，自己快坚持不住了。可话都到嘴边了，一看到忍受着腰椎剧痛、额头上不断冒出粒粒汗珠却仍在咬牙坚持的金老师，他就又把话收了回去。

小时候，华进经常听人讲金老师小时候的故事，知道他当年父母双亡，一个人孤零零地住在小窝棚里，住在猪圈里，那是真苦、真伤心啊！

在金巷村，有两个了不起的人物：一个是独自开办学校荣获"全国优秀教师"称号的金其高；一个是金兴安。村里人都说，一些人功成名就后都要衣锦还乡，金兴安从孤儿到进县城进省城，却回乡搞书屋。乡亲们都很敬重他。

通过与金老师多年的交往，华进越来越敬佩他。交往 10 年后，他慢慢地了解到了金老师完整的人生经历。华进发现，自己的耐力还是不如他。金老师为了办书屋，突破了太多的阻力，几乎是白手起家。如果说自己作为书屋的管理者确实很辛苦、很不易的话，那么金老师作为书屋的创办者、操作者、组织者，就更加不易了！

与金老师接触得越多，华进的敬佩之情也增加得越多。

金兴安说："华进和我是心心相印，心有灵犀啊！"

华进确实可谓是金兴安的知音。他完全了解金兴安的心思，了解并且理解他的良苦用心，并且竭尽全力来成全和完成金兴安的夙愿。

有时，在蒋集忙得太晚，夜深了，金兴安便住在华进家里。他总是鼓励年轻的华进要不断上进、发展。两个人经常谈心谈到凌晨两三点。金兴安给了华进很多有益的人生启示。

华进长年累月心甘情愿地担任蒋集作家书屋义务管理员，开始时，有的人还怀疑他有所图，想出风头，怀疑他是冲着安徽省第一家作家书屋和农家书屋的头衔去的。

有的人当面问他："你当这个管理员，图个啥呀？"

有的人则在背后冷嘲热讽："整天跟在金兴安背后，像个跟屁虫似的，是想出名吧？"

华进一概报以无奈的苦笑。

知我者谓我心忧，不知我者谓我何求！

不求尽人皆知，但求无愧我心！

人，是为了自己活着，是活给自己看的，而不是活给别人看的。

父母不是一再教育自己：人最怕的是偷懒、惜力、畏难和不能吃苦；人活着就是要劳作，就是要多做事；不要管别人怎么说，都要照做自己该做的事，自己认为对的事。

时间长了，人们终于渐渐明白，华进确实什么都不图，不为名，不为利。

那么，他为了什么呢？没有一点好处的事情他为什么要抢着去做呢？人们还是感到困惑不解。

最终，大家得出了一个结论：华进这人太傻了！他是心甘情愿去干这些没有回报的事情！

华进也听到了不少这样的议论，但是他释然泰然，依然如故。

一个人时，他也会想想自己所做的这些事，自己这么多年为书屋无偿付出的心血和精力。他也会无奈地摇摇头，在心里对自己说：是啊，我是傻！我是有点傻！

然而，从金老师的身上，他感受到，人在做一件事，不能太过计较付出与所得的对应关系，正如高尔基所言：给予永远比索取快乐。能够做着有意义的工作，能够帮到别人，这便是自我价值的一种实现形式。价值的实现，未必都要以货币作为衡量单位。

因此，尽管再苦再累，华进依旧咬牙坚持着。坚持不住也要坚持，无论如何也要熬过这个阶段，一直到找到接替自己的人为止。

好消息是伴随着 2014 年春天一起来到的。

这年春节过后，时任安徽省委常委、宣传部长曹征海来蒋集作家书屋视察，明确指出，蒋集作家书屋的成功经验总结起来就是 8 个字：背靠学校，面向社会。

在这次视察中，部长还提出，要给书屋管理员支付一定的劳动报酬，首先就在定远县搞试点！

于是，从那时起，蒋集镇和定远县便被列为安徽省农家书屋示范点，对书屋管理员实行补贴，每人每月补贴 400—800 元。

钱并不多，但是钱是一种价值的体现，是一种肯定与激励。

华进从来没有想过要从管理书屋中获得报酬。他是个酷爱读书的人，他当管理员，有一个重要的原因就是出于对书的钟爱。

义务当管理员的 8 年时间里，他收获最大的是，几乎将蒋集作家书屋收藏的各种文学名著全都读完了。而每到周末，他总要带两本书回家。除了自己看外，还吸引和影响了女儿读书。

蒋华进的女儿从小就爱读书。这可谓是一个种瓜得瓜种豆得豆的结果，是一个水到渠成的结果。

喜欢读书的女儿在学习上根本不用父母操心。2015 年，女儿已经 13 岁了，在定远一中上初一。从小培养起良好读书习惯的她，成绩始终保持优秀，在全年级排名能够进入前 20 名。在周末回家的时候，华进带女儿去得最多的地方是县图书馆。那里有二十几万册的藏书，完全能够满足女儿阅读的需要。

管理书屋还有一个意外的好处是：影响了父亲。

华进的父母生活在乡下。因为工作繁忙，华进一个月只能回乡下一两次去看望父母。他时常为此感到愧疚。

华进曾发表过一篇文章，叫《回家的感觉真好》，真实地记录下了自己对父母深沉的爱。

回家的感觉

蒋华进

"找点空闲，找点时间，领着孩子常回家看看。带上笑容，带上祝愿，陪同爱人常回家看看……"

这熟悉的旋律又一次让我怦然心动。看来，想回家看看了。虽说离家并不远，但大概也有一个月没回家了吧。离家的日子越久，想家的思绪越强烈。回家的日子一拖再拖，最后终于定了下来。

那天一大早，我就不断催促老婆孩子赶快上路。老婆见我火急火燎的样子，笑着调侃了一句，瞧你猴急的，想老娘啦？我不好意思地挠了挠头，咧嘴笑笑。

很快，我们一家人就再次踏上了那条久违而又熟悉的乡村水泥路。小石子儿在我们的脚下发出悦耳的音响，鸟儿的欢叫声不断从路边杨树林里传来。放眼望去，一片片杨树林已是枝繁叶茂，孕育着无限的生机。女儿不甘寂寞，她一会儿背唐诗，一会儿唱儿歌，还不时地亮起清脆的童音大喊："回家喽！看爷爷奶奶喽！"每次回家，女儿似乎比我还兴奋。我和妻子也不停地应和着她，逗她开心。就这样，我们一路欢声笑语，声音在静寂的田野里传出很远。

很快，我们不知不觉之间就来到了那座自己熟悉得不能再熟悉的小石桥上。夕阳、田野、小桥、流水在我们的眼前交织成一幅亦幻亦真的图景，若不是置身其中，是很难品味得到其美妙之处的。记得儿时，这里就是我和小伙伴们的乐园，我们在桥下捉鱼逮虾，在河滩上的草地上翻滚跳跃。在这里，各种新奇的游戏在无限童趣中上演，仿佛就发生在昨天。在这里，我努力追忆着曾经的美好岁月，多少个快乐的日子随着小河的流水逝去，静卧在小河上的石桥安详地见证了我快乐的孩提时光。此时此刻，我的思绪像是回到了多年前。后来老婆告诉我，我站在石桥上遥望远方的田野傻傻地微笑了好一阵子。

"看，爸、妈在那里呢。"视力比我好的老婆忽然指着远处田野上的两个人影对我说。我和女儿顺着妻子手指的方向望去，果然望见父亲和母亲正在河滩边上的一块农田里忙碌着。父母亲向来是很勤劳的，只不过目睹年迈的父母仍在辛苦地操劳，还是有异样的情愫在心头涌动。

女儿见真的是爷爷奶奶，就又欢呼雀跃起来。她生怕落在我们后头似的，带头沿着蜿蜒的田间小路一路呼喊着向爷爷奶奶奔跑而去。父亲和母亲此时也望见了我们，他们停下了手中的农活，直起身子，一边擦汗，一边向我们这边张望。虽然看不清他们的表情，但可以想象得出他们已经笑逐颜开了。

那天，我们是在家里吃的晚饭。儿孙们回来，父母照例会杀鸡宰鸭，忙得不亦乐乎。很少下厨房的父亲也会帮着好好地忙活一番，今晚也不例外。值得一提的是，父亲还拿出一瓶酒。我知道父亲平时极少喝酒，看来今晚他老人家高兴，是要喝几杯的。晚饭后，先前不遗余力疯玩的女儿再也没有精神和我们继续嬉笑耍闹了，只得恋恋不舍地上床睡觉。我们这才和父母好好地聊起来。其实，我们每次回家，大部分时间也就是听母亲一个人说，不过听着一点也不觉得厌烦，反而觉得非常亲切。她说得最多的是，我和你们的爸爸在家里暂时还能干，你们不要太挂念家里。此外，我还从母亲的口里得知，自来水两个月前已经接到家里，再也不用担心水质问题了，而且几天前，还装上了太阳能；我们家的那口鱼塘今年过年时估计能捞不少鱼，到时候鱼是有得吃了；家里养的那几百只鸡长势很好，并且每天都有不少的鸡蛋可以出售，到年终时，估计收入应该比去年好得多。这时，已逾花甲之年的父亲接上了话题，他准备明年还养些鸡，数量要比今年翻番。听到这里，既为父亲的老当益壮而欣喜，也为父母因此增添劳累而担心。当我和妻子问及母亲前一段时间头晕的毛病怎么样了时，母亲笑着说，好得差不多了，没事，没事。说到这里，母亲额角深深的皱纹舒展了许多。

只记得那天晚上，母亲很健谈，不善表露情感的父亲只是在一旁微笑着听着，偶尔插上一两句，他们的脸上都洋溢着幸福的光彩。就这样，我们一家人看着电视，拉着家常，聊到很晚。尽管当时具体还说了什么已不太记得清了，但是那种不可言传的亲情如今依然时时在心头激荡，让我徜徉其中。品之愈久，其味愈浓。

回家看看的感觉真好！

父亲听说华进一直忙于管理金兴安创办的书屋，不但不埋怨他回家次数少了，反而大加赞赏。他还向华进提出："你帮我看看作家书屋有没有教人养鸡养猪方面的书，下次回家时给我带两本。"

从此，华进每次回金巷村，都要给父亲带几本养鸡、养猪等方面的图书。父亲对这些书显然特别感兴趣。

父亲初中毕业，在村里算是个文化人。他是个爱钻研和经营的人，开办过砖瓦厂。

看了养殖方面的书，他又雄心勃勃地养起鸡和猪来。不久后，他养的鸡就达到了几千只，猪一年养十几头。父亲成了全村乃至全镇都有名的养殖大户。因为爱读书、爱学习，他养的鸡和猪都很好。2014 年 2 月 13 日，《人民日报》刊登有关蒋集作家书屋的报道，配图照片就是华进的父亲和其他两位农民在读书的情景。

华进是一个对待教学工作兢兢业业、勤勤恳恳的好教师。在蒋集中学任教 10 年，他义务管理书屋 8 年。县教育局也注意到了这位优秀的教师。

2013 年，教育局通过定向考试，打算提拔华进为郭集学校副校长。

当人事组织部门找他本人征求意见时，华进感到特别为难。

要自己离开蒋集，离开蒋集作家书屋，他实在心痛，实在割舍不下。这所学校，特别是这所书屋，自己倾注了太多的心血，说是"我把青春献给你"也一点儿不为过。华进一生中最好的青春年华就是伴随着蒋集书屋一起成长和度过的。书屋给了他充实感，给了他满足感，也给了他欣慰和愉悦。在蒋集，在书屋，他永远都是累并快乐着。

经过了一个月的纠结权衡，他最终还是接受了上级的任命，同意到郭集学校任副校长。

但是，有一个前提条件：他要先找到接替自己的书屋管理员。

他首先想到了自己多年的搭档——现任校团委书记的谢发齐。这是一个热心、热情又有朝气的人。

事情与想象的一样顺利。谢发齐接受了这份额外的工作，学校领导也批准了。

那么，余下的事情就是向金老师提出请求了。

华进再一次感到了为难。

毕竟，8 年了，他和金老师已经达成了一种默契，达成了一种无言的承诺。那就是，他会全心全意地帮助金老师把书屋办好，并且一直办下去。

兴安对他也是充分信任。在许多场合，兴安都这样说过："没有蒋华进老师，没有他 8 年的坚守和义务付出，就没有蒋集作家书屋！"

在华进看来，金老师的这句话便是对自己最大的肯定、最大的褒奖。

然而，人间长筵，终有一散。两情若是久长时，又岂在朝朝暮暮？海内存知己，天涯若比邻。

华进委婉地向金老师说明了情况。

兴安一听说县教育局要提拔华进当副校长，当即明确表示支持："这是大好事啊！去！一定要去！书屋我们另外再找人来管！"

华进告诉兴安，自己已经找好了接替自己的人。

"好！那是最好不过了！"兴安激动地说。

知道谢发齐老师愿意接任管理员，兴安很高兴。以前他也多次见过那个小伙子，对他印象不错。

"华进，你考虑得很周到啊！你什么时候去郭集报到？"

"调令 10 月份就下来了。但是，真正去那边大概要到年底吧。"华进回答，"去之前我会把书屋的工作交接好。金老师，请您放心啊！"

"好、好、好！那是太好了！"兴安在电话里呵呵笑着，大声说，"哪天我到蒋集去，专门为你庆祝庆祝！"

"谢谢金老师！我人虽然调走了，但只要书屋这边有需要，有用得上我的地方，我一定随叫随到！"华进又加了一句。

"好、好、好！你对书屋的感情绝对不是一般的。华进啊，没有你，就没有书屋的今天！我要真心地谢谢你啊！"兴安也动情了。

兴安的心里即便有一百个的不舍，但是他不是一直鼓励华进要上进、要发展自己吗？如今，他要进步了、要提升了，自己哪能阻拦他，哪能不为他感到由衷的高兴呢？！

华进确实是一个心口如一、说到做到的人。

2014 年春节过后，蒋集作家书屋创办 10 周年座谈会举行。

那时，华进刚刚调到郭集学校不久，事情千头万绪。但是，一听到兴安招呼，希望特别了解熟悉情况的他能回蒋集参加书屋创建 10 周年座谈会，为与会领导介绍有关情况，华进二话不说就答应了。

这一天，金兴安来到了蒋集。

华进像以前一样，早已迎候在书屋门前。唯一不同的是，他的脸上还带着沉沉的悲伤。

兴安注意到了华进手臂上戴着的黑布圈。

"华进，真对不起！我不知道你家里出了变故！"兴安悄悄地对他说。

"没事，金老师。我爸爸三天前去世了。"华进压抑着悲痛，低声回答。

接着，华进像个娴熟的导游一样，引领着来宾参观了书屋。随后，在座谈时，他又详尽而准确地向来自北京、合肥、淮南等地的领导介绍了书屋开馆 10 年来接待读者的情况、师生和农民们从阅读中受益的情况。他的讲述生动形象，既有典型事例，又有精确的数字。

来宾们听了，都频频点头。

然后，是与会者发言。

最后，是金兴安致答谢词。

兴安说："我要向大家郑重地介绍刚才发言的蒋华进老师。可以说，没有华进，就没有蒋集书屋。没有华进，就不会有书屋的今天。他在蒋集书屋默默无闻坚持做了 8 年的图书管理员，没拿过一分钱报酬。不久前，刚调到郭集学校当副校长。"

停顿了一下，仿佛是在压抑着某种情绪似的，兴安又接着深情地说：

"华进真的是个尽心尽职的优秀管理员。我今天到了这里才知道，他的父亲三天前才刚刚去世。但是，一听说省里有领导要来书屋，需要他来介绍情况，他二话不说就从家里赶来了！"

说到后面，兴安的声音有些哽咽了。

在场的领导先是一愣，继而带头鼓起了掌。

在掌声中，华进站了起来，再三地向各位来宾鞠躬："谢谢！谢谢！"

这是金老师的书屋，也是他蒋华进的书屋啊！

这座小小的书屋凝聚着大家共同的情感！因为它是有价值的、有意义的，尤其对于蒋集这样一个经济落后、文化贫瘠的偏远乡镇！

到郭集学校上任后，华进看到学校里没有图书室，感觉很遗憾。在蒋集农家书屋的工作经历，让他感受到了书屋和阅读对于师生们非同寻常的意义。于是，他开始极力推动郭集学校也创建起自己的书屋。

在校长和县教育局的支持下，郭集学校门口也建起了一家书屋。

华进将蒋集书屋的经验也推广到了郭集。

学校安排了一位老师的女儿专职管理这间书屋。书屋每周二、四下午开放，也是制作并发放了免费借阅卡，也安排每个班派代表统一去书屋借书，学校学生会派干部帮助维持秩序。郭集学校书屋因此管理得井井有条，深受师生们的欢迎和喜爱。

2015 年 4 月，我见到了蒋华进老师。

这是一个中等身材、体型壮实的人，三七分开的短发，眉宇之间传达出一种坚毅与果决。他穿着一件竖纹条绒外套，西服领，内穿一件棉质小格子纹衬衫，显得沉稳而敦厚。

在谈到 8 年担任蒋集作家书屋义务管理员的经历时，华进饱含深情地说："这 8 年对我的影响很大。一是做事要努力去克服困难。无论多么辛苦，困难有多少，都要咬牙坚持住。蒋集作家书屋这件事情做得非常有意义，我认为很值得。二是我从金老师身上学到了很多东西，比如耐力，比如克服重重阻力去做好自己喜欢的事。我管理书屋 8 年，有人说风凉话，说我图名，跟在金老师后头有什么什么好处。对这些，我都不以为意，根本没放在心上。多做点事吃不了多大亏，为的是赢得一个好的口碑。我到郭集当副校长，同事都说我不像个领导。8 年管理员的工作经历，已经让我能够做到宠辱不惊，心态更加平和。三是读书也给我浮躁的心降了温，让我更加平静泰然。蒋集书屋社会意义明显，对于一方百姓、对于学生们的学习和成长发挥的作用很大，真可谓是知识改变命运。蒋集书屋产生的社会作用功不可没。它的经验后来得到了推广。"

谈到读书的好处，华进深有体会地说："一是书是原汁原味的，电子产品比不上书籍，音像更像是快餐文化产品，其营养是经过加工的。二是读书对于普通人文化素质的培养很重要。文化素质的培养，学校课堂和课本上教的内容只占一部分，其他的像德育、综合素质方面，更多的要依靠阅读来实现。因此，要大力提倡读书，不能空喊口号。三是读书对提高个人修养很有必要。这是其他方式代替不了的。"

虽然离开了蒋集，但他还保留着蒋集作家书屋的借阅卡。有时候还回去借两本书看看，也带给女儿看。他仍旧还是蒋集书屋的一名普通读者。

对于农家书屋的发展，华进也提出了自己的几点看法和建议："农家书屋要因地制宜，首先就是要选好管理员。管理员要有高度的责任心。其次是要健全制度，实行规范化管理。要有因地制宜有效的管理办法和制度，对管理员要有明确的要求、规范和约束。再次是书的来源一定要多渠道，要海纳百川，发动社会力量，支持书屋建设。最后是要继续利用好学校这个平台，利用村委会来宣传发动，采取激励机制，鼓励农民读书。同时也要为书屋多配备一些农业类的书、适合学生阅读的文学类图书等。"

感恩之心是可以传递的

金兴安的感恩报恩举动犹如星星之火，在家乡和他的亲友们中间造成了燎原之势。人们纷纷从他的行动中受到激励，参与到感恩家乡、回报乡亲的善举中。

金巷村年轻一代的代表金林便是这样的一位。

2015年3月7日，我见到了金林的父亲金其高，听他讲述儿子金林的故事。

金其高刚刚从深圳帮助儿子金林照看孙子回到合肥。他很满意，儿子给他生了两个孙子。大孙子已经在华东理工大学上学。小孙子在深圳小学上四年级，成绩总是排在第一名，他经常"苦恼"地问爷爷："我老是考第一，没有对手，这可怎么办呢？"

金林是蒋集中学（19）79级校友，1982年毕业。1985年从定远一中考上上海交通大学，学自动化专业。当年，蒋集中学还不叫中学，而叫"蒋集农业中学"，简称"蒋集农中"，是由省里直接管辖的。蒋集农中除了校长是公办教师外，其他教师都是民办教师。

金林大学毕业后被分配到了蚌埠。20世纪90年代，他下海做企业，事业越发展越大。目前，他已拥有一家公司——深圳泰昂电力智能有限公司，从事电力智能分配、电力自动化控制等业务。公司在无锡有一家分公司，生产基地建在安徽绩溪。

金林事业发达之后，没有忘记尚处于贫困中的父老乡亲。他的公司目前有员工 500 多名，其中有一半是从家乡带出来的。这既帮助了他们就业，又为乡亲们共同致富开辟了一条道路。

在提到金林时，金兴安连说了几个"了不起"，称他是当代大学生的杰出代表，言语之间透露出无尽的赞赏之情。

2006 年初，金巷村村民自发修筑从蒋吴公路通到村子里的道路。兴安捐了 2000 元。远在深圳创业的金林慷慨解囊，捐了 2 万元。

在金林和兴安的带头感召下，村民们纷纷有钱出钱，有力出力，参与到修建这条造福桑梓的乡村道路中。

3 月 22 日，这条长约 2000 米的水泥路修成。路宽约 4 米，可容两辆小汽车并排通过。金巷村村委会专门在村道入口处勒石刻碑，铭记下金林和金兴安等人捐资修路之义举。

在获悉金兴安无偿为蒋集创建作家书屋的消息后，金林向蒋集捐赠了 6000 册《弟子规》，分送给全镇乡亲。

2014 年 12 月 23 日，阳光明媚，天气晴好，蒋集中学人的心情更好。上午 11 时，由该校校友金林捐赠的十盏太阳能路灯从合肥运进校园，并立即进行安装、调试。

这十盏路灯的购置、做基础、安装、调试费用全由金林承担。而且灯的配置很高，主要配件蓄电池还是他从深圳精心选购，发给合肥厂家的。

下午 5 时，安装调试结束。

当天夜晚起，蒋集中学校园内即灯火通明，师生们个个喜笑颜开。

原来，身为深圳泰昂公司董事长的金林，始终不忘母校。2012 年 8 月 4 日，他与同班同学 39 人回母校举行毕业 30 周年纪念活动，同时看望校领导和老师，了解母校的发展情况，随后为母校捐赠了一批球类体育用品。这次，他又怀着一颗感恩之心，向母校捐赠了十盏太阳能路灯，使母校校园亮起来，给校园增添了一道亮丽的风景。

在谈到儿子金林做的这些善事时，金其高很满意，也很欣慰。

受到金兴安事迹感染的，不仅有金林这样熟悉他的人，还有许多素不相识的人。曹小平就是其中的一位。

2014 年 7 月 10 日，原安徽省新闻出版广电局授予蒋集农家书屋"安徽省第一家农家书屋"称号。时任局党组书记郭永年在授牌仪式上讲话，明确提出，定远县蒋集镇作为全省唯一的公共图书服务体系试点乡镇，要积极做好农村公共图书服务体系的试点工作，要不断探索和总结书屋管理、使用的新措施、新办法、新经验，取得成效后向全省复制和推广；要把蒋集镇农家书屋打造成全省乃至全国一流的农家书屋，形成安徽文化品牌。

在原安徽省新闻出版广电局的支持下，蒋集镇农家书屋决定进行扩建改造，计划将书屋建筑面积由原先的 260 平方米扩大到 600 平方米，建成藏书室、阅览室、陈列室、信息网络室四大馆室，使读者既可以借阅图书，还可以在这里聆听各种文化讲座和科技报告，可以随时上网查询资讯和浏览网页。

整个工程总预算在 120 万元左右，原安徽省新闻出版广电局划拨了 50 万元经费，其余经费由蒋集镇自筹和社会资助。

在蒋集镇农家书屋的南面有一栋两层小楼，这是蒋集村村委会办公楼。为了扩大书屋面积，蒋集镇政府决定，将蒋集村村委会迁往别处，把村委会办公楼腾出来，重新装修，辟为书屋的一部分。

一听兴安说蒋集书屋还要再扩建一倍，老伴王同芬急了："你这么大年纪，都快 70 岁的人了，你就别再跑了！你身体又不好，腰椎间盘突出、肩周炎、高血压、心脏不好，脑供血不足，膝盖半月板也有问题。你不要再扩大，身体不饶人，不能再搞了！"

兴安回答："不搞不行呀！中央领导这么重视，你说能不搞吗？"

"书屋扩建，事情多着呢！找钱又不好找，咱总不能卖了房子去凑钱吧？"

"只要有钱买米就行！钱，再想法，办法总还是有的！"兴安坚定地说。

"你身体不行，不照啊！"

"老王，书屋已经停不下来了！没办法，只能一步一步向前走啊！"兴安推心置腹地对老伴说。

为了扩建好书屋，就需要对原先的书屋和村委会的楼房进行翻修改建，最好建成徽派建筑的样式。兴安曾多次去歙县出差采访，见过那里保存完好的徽派建筑，非常钟爱。他希望扩建后的书屋按照徽派的样式来做，真正建成一座具有地标性意义的建筑。这就需要找到一个懂行的能工巧匠。兴安每天都在为这件事操着心。

10月的一天，他坐在162路公交车上，在路过金寨路时，一眼就看见了马路边的稻香楼正在建一座徽派建筑。

兴安一下子就被工匠们精湛的技艺吸引了。他马上下了公交车，找到工地上去。

"做得不错呀！是哪个在负责做的？"他问正在施工的工人。

一个瘦高个子的年轻人走上来："我就是这里的负责人。请问，您有什么事吗？"

兴安告诉他："我在下面的乡镇修了个书屋。现在打算装修成徽派建筑风格，你能不能帮我们去看看，接一下这个工程？"

一听说有工程可做，年轻人立即兴奋起来。"走，走！到我办公室去谈！"

"请问您贵姓？"

"我姓金。"

"哦，金老板！"看着兴安长得稍胖、有点发福的身材，年轻人想当然地认为这是一个大老板。在他看来，只有有钱的企业老板才会舍得花大价钱来修仿古的徽派建筑。而只有接这种企业老板的工程，才会有较高的利润回报。

兴安说："我先看看你的工地。"

年轻人带着兴安参观了正在施工中的建筑。兴安详细询问了建筑的取材、设计、工匠和施工等情况。显然，他对这个年轻人的装修技术很满意。

通过交谈，兴安了解到，这位年轻人名叫曹小平，是巢湖人，巢湖师专美术设计专业毕业，从事徽派工程装修已经20年了。

曹小平开车带着兴安来到了自己的公司。这是一处位于居民区内的三室两厅的办公场所，装修得很朴实。

曹经理将他负责设计和施工的两名干将都请来，一起听兴安介绍他要做的装修工程。

兴安详细介绍了自己在家乡蒋集镇无偿捐建的这座蒋集书屋，娓娓讲述了自己的孤儿经历、自学成才的经过和自己感恩乡亲的举动。最后，兴安说："现在，我们想把书屋扩大，搞成徽派建筑的样式，建成定远县乃至安徽省一座文化地标性建筑。"

曹小平听了大受感动。兴安这个孤儿出身的作家报恩乡亲的举动极大地感染了他,他动情地说:"金老,您这个书屋装修的工程就是赔钱,我也接了!"

兴安说:"好!这次书屋扩建的经费主要由省新闻出版局和蒋集镇负责。这件事还需要征求当地镇政府的同意。"

过了两天,兴安便给曹小平打来电话,约他一起去蒋集镇实地看看。

小平原先是当作接手一个新工程、正常操作来计划的。现在,他彻底改变了想法:这个工程只要不赔钱,甚至只要少亏钱,他都干!因为金老师这位并不富有的作家都能倾囊捐赠图书和稿费,为家乡建起书屋,对这样一项公益性事业自己理当全力以赴地支持,何谈赚不赚钱?赚钱可以在别的工程上去赚。

坐在车上,一路上,兴安都在给小平讲述书屋建成 10 年来所取得的巨大社会效果和自己的人生往事。他越讲越让小平感动不已。金老师的经历实在太感人了!

小平真诚地对他说:"书屋装修这事,我肯定做!"

得知金老师年纪已近 70 岁,身体不好,腰椎、心脏都有毛病,小平果断地表态:"金老,这个工程交给我您就放心吧!您身体又不好,以后您就不要亲自去跑了,具体的事情都不用操心了!"

到了蒋集,兴安将小平引荐给了镇领导。小平还担心蒋集镇领导误解,以为自己是兴安个人找来的,有什么私人关系或猫腻。因此,他特地强调自己在合肥有两个在建工地,兴安是偶然看到其中的一个稻香楼工地,然后找到自己的,两人萍水相逢,素不相识。

书屋扩建工程除了要铲去原先的装修,对 600 平方米的建筑进行重修设计及精装修,大门还要重建,围墙和院内的亭榭、小桥流水都要新建。这样一个工程计划工期半年左右,原先的预算是七八十万元。

小平回到合肥,仔仔细细地计算了一遍工程量,按照保本测算了一下工程报价,把所有的利润空间完全挤干、让出。他不能在这个金老师倾注了半生心血的慈善项目上牟利。那样的话,自己不就成了唯利是图的"威尼斯商人"了吗?!在他的内心深处,他始终还是把自己当作一名文化人至少是有文化的儒商看待的。

他强调说："我保证用最好的建材、最好的设计和最好的施工。我可以请蒋集镇领导上合肥我的两个工地来亲自考察考察。"

蒋集镇党委书记刘会明带领相关负责人来到合肥，先后察看了小平正在承接的两个工程。每个工程造价都在 400 万元以上。

刘书记他们看过以后，完全放心了，当场拍板："曹经理，蒋集农家书屋就交给你干了！"

小平也不含糊，按照蒋集方面的要求，认真拟定了合同。按照他的想法，后面的活都交给他就行了，金老就不必烦心了。但是，兴安是个事必躬亲、做事严谨的人，坚持每个环节都要亲自参与。

于是，小平便去接上兴安，两人一道去蒋集签合同，详谈施工的实施细节。

在同金老不断接触的过程中，小平越来越觉得，真正吸引他的，不是书屋这个项目，而是金老的精神。接这个项目，他也没有考虑它将来会产生多大的社会影响，但他特别乐于成全金老的愿景，希望将它打造成一个艺术精品。将来，他还要在公司的宣传彩页上印上蒋集书屋，它将成为令自己自豪的一件作品。

2015 年 4 月 23 日上午，在接受我采访时，曹小平特别诚恳地说："我们年轻，应该承担起社会责任来。能够做这样的项目，我很欣慰，很踏实，做着觉得很有意义。"

他告诉我："听金老说有作家要来采访我，我对他说自己是草民，不用采访。"

曹小平，1969 年出生，父母都是农民，下面还有一个妹妹。小时候家里穷，吃不上饭，经常挨饿。那时候，父亲每天参加集体劳动去疏浚河道。母亲在家带孩子，一天就吃两顿饭，吃完饭就上床睡觉，睡着了就不饿了。一家几口人一个月只用一斤菜籽油。现在看到妻子每天炒菜，小平都会不自觉地提醒："老婆，你哪能那么用油啊？"——小时候，那真是滴油贵如金！

那个年代，只要哪户人家里有一个人在城里，日子就会过得好些。因此，过怕了苦日子的小平从小便在心里暗暗发誓：将来一定要把父母带到城里生活。

1993 年，小平从巢湖师专毕业，被分配到农村教书。这，对于一心想走进城市的农家子弟来说，显然不是他的理想。因此，他一天班都没上，就自己跑到了合肥。开始时，在合肥市劳动局下属的企业安徽省装潢美术研究中心从事手工绘制装修效果图工作。干了两三年后，他又做起了设计，后来又去施工现场做指挥，慢慢地就掌握了装潢、设计、施工的整个流程。

在小平老家，有许多工艺人。这些人的工艺技术水平都不低。于是，他就想自己下海单干，再从老家找一些人来帮忙。

1998年，小平成立了自己的公司，走的是高端路线，专做精品装饰、品质装潢。徽派和融入时尚元素的"新徽派"只是他从事装潢业务的一部分。他承接的大量工程都是酒店、酒楼、KTV或是售楼处这样的要求精细品质的装修项目。每年，他的公司产值都有两三千万元。

下海后，小平顺利实现了少年时代的愿望，将父母亲都接到了城里生活。

2014年12月，小平的施工队正式进入蒋集书屋现场。那时正值冬天，因为下雪，工地停工了一个多月。按照计划，扩建装修工程将于2015年5月底结束。到4月时，蒋集镇一共支付了60万元工程款，而小平为这个项目实际已投入了七八十万元。在工地上，大工一天350元，小工200元，费用都是按日结算现钱的。为此，小平的公司已经垫资了7万多元。

其实，从一开始，小平就已有心理准备：蒋集农家书屋这个工程不能当作项目来做，而要当作艺术品来雕琢。对于他的公司来说，这个工程标的太小，路又远，在农村买材料很不方便，又是一项政府工程，镇里拨款、划账手续慢，资金到位也慢。但是，所有这一切的难处小平全都认了。

他说："我是冲金老的精神去的！"

为了雕琢出真正高品质的徽派建筑精品，小平直接到徽州找能工巧匠，找到擅做砖雕、亭榭的工匠来施工。不仅付给高报酬，还管吃管住，让工匠们能够专心、精心制作精品。

在施工工程中，他几乎每隔两三天就要亲自去一趟工地，看看徽派建筑做得对不对，是不是完全贯彻了自己将传统文化底蕴和元素彻底融入其中的构想。他想，自己辛苦一点，金老就可以少受点累，有自己亲自盯着施工，多多少少可以让金老心里更踏实、更放心。

2015年6月，蒋集镇农家书屋扩建工程全面竣工。镇政府和金兴安对工程进行了全面验收。大家对曹小平公司的装修工作赞不绝口，十分满意。

"冬天不开暖气有啥关系？"

2015 年 12 月底，已是岁末寒冬时节。我再次走进蒋集镇，来到了蒋集农家书屋。

汽车在蒋吴路上行驶，离得很远就能望见一片灰瓦白墙的建筑。这便是翻新改造后的蒋集农家书屋。

书屋大门是一座徽派建筑风格的砖石牌坊，高达十几米。门楣上用行楷书法镌刻着秀美的几个繁体字大字："蒋集镇农家书屋。"书屋的临街围墙上，刷着红色大字标语：

推动全民阅读
打造书香蒋集

打开铁门，迎面便是书屋的三间史料陈列馆。屋子回廊左右两侧的柱子上，贴着这幅白底红字的标语：

读书创造人生
知识改变命运

陈列馆大门正上方，挂着一幅最醒目的牌匾："安徽省第一家农家书屋"。大门两侧的白墙上，挂满了各部门授予书屋的称号、荣誉等牌匾，有

"育才图书室""留守儿童之家""民族精神代代传·安徽省少先队教育基地""安徽省百佳农家书屋""定远县图书馆蒋集镇作家书屋分馆"等。馆内陈列着全国各级领导和社会各界对蒋集书屋的关怀、题词、视察、捐助、采访报道等图片。其中有著名作家王蒙题写的"读书好"、邓友梅题写的"好人献好书，好书育好人"、蒋子龙题写的"与有肝胆人共事，从无字句处读书"。

在一间陈列室的一面墙上，贴着截至 2015 年 10 月蒋集农家书屋接受捐赠情况一览表：

2004 年 10 月 24 日，安徽省委调研室捐赠橱、桌、椅办公家具 18 件；

2004 年 12 月 4 日，淮南市新四军历史研究会捐赠石狮子一对；

2005 年 10 月 28 日，定远县站岗乡捐赠彩电 1 台，炉桥中学捐赠办公桌 2 张，淮南市新四军历史研究会捐赠图书 16 包；

2005 年 11 月 18 日，安徽美术出版社捐赠图书 10 包；

2005 年 12 月 29 日，安徽教育出版社捐赠图书 10 包；

2006 年 3 月 17 日，合肥市园林局捐赠名优树苗两卡车；

2006 年 10 月 12 日，中国作家协会中华文学基金会捐赠图书 6000 册；

2006 年 10 月 12 日，安徽省委统战部捐赠图书 12 包；

2007 年 11 月 27 日，安徽省体育局捐赠篮球架 1 副、乒乓球台 4 副、健身器材 1 套；

2007 年 12 月 27 日，安徽出版集团捐赠图书 10 包；

2008 年 5 月 1 日，安徽教育出版社捐赠桌、椅、柜等办公家具两卡车；

2008 年 8 月 25 日，长丰县政协捐赠人民币 2000 元；

2010 年 6 月 10 日，安徽省委宣传部捐赠农业科技光盘 280 张；

2011 年 3 月初，蒋集中学出资将书屋的围墙改换成铁栏杆；

2012 年 12 月 15 日，安徽省新闻出版局捐赠图书 600 册；

2013 年 6 月 28 日，安徽出版集团团委捐赠图书 1200 册；

2014 年 2 月 15 日，安徽华文国际公司捐赠 48 吋彩电一台；

2014 年 4 月 24 日，全国 29 家出版集团、4 家发行集团捐赠图书 2123 册；

2014 年 5 月 7 日，淮南市新四军历史研究会捐赠人民币 2 万元；

2014 年 9 月 9 日，滁州市检察院捐赠电脑 4 台；

2015 年 10 月 12 日，民进滁州市委捐赠人民币 6000 元；

2015 年 10 月 14 日，安徽出版集团捐赠图书 11440 册；

2015 年 10 月 31 日，时代出版公司第一党支部捐赠图书 15 包。

从这张"感恩录"上，我们可以清楚地看到，蒋集镇农家书屋的确是在社会各界的大力支持下，众人拾柴火焰高，一点一点发展壮大起来的。

陈列馆两侧的墙壁改造成了马头墙形式。向北，新建有一座廊桥，桥下是窄窄的清清的流水。水渠由南向北蜿蜒贯穿了书屋所在的院子，仿若少女的明眸善睐，生生地为院落增添了几许灵气。渠中放养有各色金鱼若干。

褐红色的廊桥中央，修建有一座四角小亭。亭子的四翼仿佛鹰隼展翅，跃然欲飞。在酷暑时节，在此读书的人们穿越院子时，可以坐在小亭下小憩。而在暮春时分，或许也可以在小亭下低声吟咏、高声唱诵，想必别是一番风景。而如若是在傍晚夕阳西下之际，坐在亭下读书，疲累时，抬眼望望院落中高大的树木或是姹紫嫣红的花草，看看那在水渠中悠游自在的金鱼，大概亦是无比惬意之事。

走过一道别致小桥，西北面三间房是新开辟的电子阅览室。这有可能是全国第一个数字农家书屋或者全国农家书屋中的第一个电子阅览室。

室内整整齐齐排列着 10 台液晶屏幕电脑，安装有专门的网络路由器。在这里，人们可以随时上网，阅读数以万计的电子书，浏览网页，听书，看电影。这间面积并不很大的阅览室，已经成为当地读者，特别是蒋集中学学生们流连忘返的地方。新聘任的专职图书管理员胡老师告诉我们，每天一放学，学生们便蜂拥至此，或上网看书、查资料，或听书、看新闻、看电影。10 台电脑都满足不了需要，同学们只能几个人合用一台电脑。到了书屋晚上该关门的时候，孩子们还恋恋不舍，不愿离去。

电子阅览室东南方向约 20 米，是新建的两层藏书楼及阅览室。

一楼是农民阅览室和学生阅览室。一楼中央宽敞一些的大厅，中间摆有一张长会议桌，可供二三十人同时阅读。书桌两边的靠墙处，都立着书架，上面摆满了新藏的图书。北面墙上挂着郑锐题写的大幅卷轴："读书创造人生，知识改变命运。"西面墙上，贴着金兴安自己写的红色美术大字："放下锄把拿起书本，学习文化建设家乡。"

一楼北面的书屋，收藏的是皖版图书。入藏的图书都是近期由安徽出版集团所辖 9 家出版社在新馆开馆之际捐赠的，共捐赠了 1 万多册图书，总价值超过了 23 万元。

安徽出版集团领导说："金兴安老师和蒋集书屋是集团的一个品牌，我们要倡导更多的人像金老师一样有情怀，承担起自己的文化责任和使命。金老师的事迹就是集团身边人的故事，集团各个党团组织开展活动都以他为榜样，进行自我教育。蒋集书屋是集团的一个文化阵地。书放在那里，是双效，既有助于培育农村的读书氛围，培育潜在的读者群体；也为集团出版宣传和文化效果检验提供了一个渠道和窗口，为集团创立了品牌，争得了荣誉。因此，在为新馆配书时，在品种和数量上集团都有明确要求，并且要求各个出版社捐赠的书刊必须是农民需要的，能够满足其多层次的文化需求。既有杂志、娃娃书，也有养生保健等方面的书刊。"蒋集书屋举办第一届农民读书节活动时，安徽出版集团领导还专程前往，为获得"农民读书奖"和"农民读书组织奖"的农民颁奖。

一楼南面的书屋为名家作品室。主要收藏作家捐赠的图书。

二楼的三间屋子为藏书室。里面排满了白漆铁制书架，书架上密密麻麻的都是分类排列的藏书。所有藏书均对外开放，可供免费借阅。

图书管理员平常就坐在一楼门口，可以用电脑直接扫描已贴好磁条的图书，自动登记读者借阅信息，一如正规的图书馆。这可省去了管理员手工登记繁重的劳动。

电子阅览室和藏书楼都改造成马头墙徽派建筑形制，灰瓦白墙，格外醒目。尤其是藏书楼，增加了马头墙之后，显得更加雄伟巍峨，更有气派。

冬天的书屋，充溢着满满的书香。浸润在书香中的读书人，是有福的，也是快乐的。

可是沉浸在书香里的人们，又有谁曾想到，为了新书屋的布展，一位年近七旬的老人硬忍着挨冻了一个冬天！

在陪着我参观蒋集书屋的新馆舍时，兴安时不时地抽下鼻子，嗓音也有点沙哑。我关心地问："金老师，您是不是感冒了？"

他回答："没事。有点小感冒，扛一扛就好了。"

2016 年 3 月，见到兴安的妻子，我才知道了事情的原委：

"老金因为他的书屋要重新布置、布展、陈列，需要花一笔钱。但是他手里又没有富余的钱。我们家这里的暖气是分户供暖的。今年入冬，他就跟我提议，咱们家冬天不开暖气，这样可以节约 3000 多元钱，他要拿这些钱花在书屋布展上。我个人倒是没啥意见，我家女儿金泉回到我们家，看到她爸为了省钱而不开暖气，又生气又心疼。她对她爸说，暖气的钱她来出。即便这样，老金还是不答应。他说，蒋集老乡们冬天家里从来都没有暖气，大家不都过来了吗？他小时候住在猪圈里，更没有取暖的东西。现在，住在楼房里，不透风不漏雨的，一个冬天不开暖气有啥关系？就这样，我们家整个冬天都没用暖气。冷了，就多穿点棉衣，夜里多盖层被子，挨一挨，扛一扛，这不，冬天都快过去了吗？"

王同芬的讲述没有丝毫的不满或埋怨，仿佛丈夫老金的意见顺理成章、合情合理。

蒋集农家书屋从 2014 年开始改扩建，2015 年 11 月新馆顺利竣工。改扩建后的农家书屋占地 5 亩，仿徽派建筑，馆舍由原先的 260 平方米增加到 600 平方米，馆室由原来的两室（藏书室和农民阅览室）增加到现在的农民阅览室、学生阅览室、电子阅览室、皖版图书室、名家作品室、藏书室和陈列馆，原安徽省新闻出版广电局、定远县和蒋集镇政府等先后投入 100 多万元。在原省、市新闻出版广电局的大力支持下，农家书屋实现了网上看书、听书，可供阅读的数字图书 5 万多册，成为全省首家电子数字书屋。

2015 年 9 月，通过前期谋划、准备，经过近 4 个月的紧张工作，安徽省第一家农家书屋——蒋集镇农家书屋，定远县另外 22 个乡镇农家书屋，以及岱山新村、金山新村、岳庄新村 3 所省级农民文化乐园书屋等全部完成前期的整合工作，升级为定远县图书馆分馆，正式挂牌运行。

26 家农家书屋升级为县图书馆分馆后，由县图书馆统一负责业务指导，由各乡镇综合文化站负责日常管理。通过规范化、网络化管理，这些农家书屋吸纳了更多读者，进一步完善了服务功能，提升了图书借阅管理水平，实现了全县图书的网上借阅、持卡借阅、快速借阅，真正实现了全县图书资源共享，做到了所有藏书均可在全县范围内通借通还。

为此，定远县图书馆围绕着图书馆分馆标准化建设，组织了业务骨干，对原来的 26 所农家书屋所有藏书进行了统一系统录入，分类贴上标签、条码。分馆工作人员为原来读者持有的借阅卡统一更换了图书借阅卡，从而实现了全县图书资源统一采编管理，极大地方便了全县广大读者。

10 月，定远县蒋集镇受到安徽省委宣传部"书香安徽阅读季"活动组委会表彰，被授予"书香之乡"称号。这也是滁州市唯一获此殊荣的乡镇。全省一共评出了十大"书香之乡"。蒋集镇被原安徽省新闻出版广电局确定为全省农家书屋改革试点镇。全镇 10 个村农家书屋全部纳入改革试点。

11 月 30 日，由定远县委宣传部，原定远县文广新局，蒋集镇党委、政府等联合举办的"定远县总分馆制第二分馆蒋集镇农家书屋（改扩建）开馆暨全省第一家数字书屋上线仪式"在蒋集镇隆重举行。时代出版传媒集团在蒋集镇农家书屋启动上线全省首家数字农家书屋——"安徽公共文化数字阅读服务平台"。数字平台拥有精品电子书 5 万部、听书 3 万部、电影 500 部、网课 15 万分钟等。在书屋周围 200 米范围内，均已实现 Wi-Fi 全覆盖。读者用户可以用手机客户端免费接入蒋集数字书屋平台进行阅读、听书和观赏。

关于数字农家书屋电子阅读平台的操作简介，醒目地贴在了书屋的墙壁上：

一、打开手机无线网搜索页面，选择"安徽数字书屋—蒋集"这一无线名称。

二、连接成功后，打开手机任何一种浏览器，点击任一网站即可登录安徽数字农家书屋。

三、点击进入主界面，即可在线免费浏览全部资源（包括图书、听书、影视、教育、活动、新闻等），不会产生任何流量费用。

四、主界面最下端可以下载读书和听书客户端（App），选择自己喜欢的内容下载到手机里，可以在任何地方离线观看。

数字阅读平台一开通，定远县、蒋集镇出席仪式的领导嘉宾们率先尝鲜。他们用自己的手机立即登录蒋集镇数字书屋平台，很流畅地打开了电影、评书，一个个兴奋得连声称道。

截至 2015 年底，蒋集镇农家书屋共有纸质藏书 5 万多册。为了建好数字书屋，定远县划拨 20 万元，购置了 10 台电脑和 20 个书架；又投入约 10 万元，对全部图书信息进行加磁条、编码登记、电脑录入等。

据定远县委宣传部部长介绍，今后，蒋集镇农家书屋管理员将纳入全县统一管理。全县一共招聘了 8 名专职书屋管理员，其中便包括了蒋集镇农家书屋的管理员，由县里支付给每位管理员每月 800 元工资。书屋要实现全天候开放，要继续发挥"背靠学校、面向社会"的优势，周一至周五下午向学校师生开放，每旬二、四、七、九这四天镇上赶集的时间向农民开放，引导和培育农民阅读兴趣，教会农民下载电子读物带回家阅读观赏，推广全民阅读。2016 年春季，"定远县第三届农民读书节"在蒋集镇农家书屋启动。

8 月 16 日上午，著名作家贾平凹委托他的学生范超，冒着酷暑，专程来到定远县蒋集农家书屋，捐赠其长篇小说新作《极花》和散文新作《天气》。范超还同时捐赠了自己出版的 10 余本书籍。

原来，三年前范超就与金兴安相识。之后，看到金兴安及其创办第一家农家书屋事迹的报道，心里非常震撼，被金兴安的高风亮节深深感动。在金兴安精神的感召和激励下，范超勤奋刻苦，已有多部文学作品出版，获得各类文学奖项，并入选"陕西百名青年文学艺术家扶持计划"，荣获"陕西青年五四奖章"。

范超将金兴安创办农家书屋的有关情况，带到了他的文学导师贾平凹的工作室。贾平凹认真地看了一遍这些资料，非常感动。他对安徽出版界很有感情。前些年，安徽文艺出版社又出版了他的长篇小说系列，影响很大。这一次，他特地嘱咐范超带去他最新书籍的签名本赠送给蒋集书屋，并为书屋题词"书为天下英雄胆，善乃人间富贵根"，勉励蒋集的莘莘学子。

收到贾平凹的赠书和题词，金兴安十分激动。他说："得到贾平凹先生的关注，非常难能可贵。他的学生范超千里迢迢从西安赶来，我也深受感动。农家书屋办了 13 年，有今天的规模，不是我个人的力量，而是大家的支持。不是我金兴安感动了社会，而是社会感动了金兴安。今后，对书屋的发展，我要抓紧'赶路'，能赶多远就多远，从容淡定。"

第五章

星星之火　燎原八皖

2004 年，金兴安在创办蒋集乡作家书屋时曾提到，自己创办的这座书屋，正如星星之火，它定将带来燎原之势。

　　兴安的话果然没有落空。

　　就在作家书屋建成后不久，2005 年国家便试点了农家书屋工程，2007 年全面推开。到 2012 年底，仅安徽一个省，便已在全省建起了 18952 个农家书屋，专门为农民读书、看报、阅览而建立的书屋遍布八皖大地。安徽省农家书屋工程办得红红火火，深受农民群众的喜爱与欢迎。

农民的文化乐园

蒋华社是蒋集镇西庄村的农民，喜欢读书看报，是村子里的文化人，以前被聘为村文书。

2010年，西庄村建起了农家书屋，书屋共有图书1650册。村里推选华社当图书管理员。华社是一个又负责、又敬业的人。他坚持每周二、周四下午和周六、周日全天开放书屋。

村里各家的小孩都爱到书屋来看连环画。华社就让每个孩子各画一幅画，教他们读书说事，教他们在书屋里专心做作业。这让家长们省了不少心。

华社是个特别有心的人。他当上书屋管理员后，便整天琢磨着，怎样才能更好地发挥书屋的作用。

他想方设法激发孩子们看书的兴趣，指导他们通过读书如何写好作文，如何把作文写得更有新意。

华社还给孩子们布置"作业"，鼓励他们看完书后，给别的小朋友讲一讲这本书写的什么内容、讲了什么故事，或者回家去给自己的父母讲。

每到周末，刚吃过午饭，就会有孩子打华社的手机："喂！你是书屋老板吗？我们要去借书。"

原定下午两点开门的书屋，华社往往一吃完午饭，下午一点多就开门了。七八个孩子一窝蜂似的拥进书屋，屋子一下子便显得拥挤起来。

这，正是华社最乐意看到的情景。

村民们也喜欢看书，华社便主动给他们送书到家。接手书屋两个多月，他已送了30多趟书"下乡"，把乡亲们想看的书直接送到家门口。

通过留心观察，华社发现，50岁以上的村民最爱看的书是有关领袖、名人的图书，包括像《毛泽东诗词解读》这样的书。而年轻人则喜欢看农业科技类图书。掌握了这样的特点，华社就有针对性地主动向乡亲们推荐一些他们喜爱的同类图书。

华社自己也带头读书。通过读书学习，他增长了知识，在报纸上发表了好几篇通讯报道。2013年5月，在蒋集镇举办的"第一届农民读书节"上，他还荣获了"农民读书奖"。在《书屋送我登上领奖台》一文中，华社这样写道：

> 我是一名村干部，也是作家书屋的老读者。多年来，读书看报是我的业余爱好。只要一有时间，就到作家书屋借书、还书、读书。就在这里，我的知识不断得到升华。
>
> 我的文化程度是初中毕业。在社会工作生活中，感到书到用时方恨少，需要知识"充电"。记得在作家书屋未建之前，想看书是很困难的，书价高，买不起又买不到，想看一本书谈何容易。2004年，我省作家金兴安先生，为了感恩乡亲，将自己多年积攒的稿费、奖金和数千册图书全部捐献出来，在家乡办起了我们常年向往的书屋——作家书屋，开馆后还免费对外开放。当我得知这个消息，真是喜出望外，兴奋不已。从此我就成了作家书屋的常客。开始时我看书没有"套路"，只是翻了这本想看那本。一次偶然的机会，在书屋看到了作家金兴安的作品《金兴安通讯100篇》《自鸣钟》两本书，我如获至宝，借回家翻阅了数遍，读后对我启发很大，对金兴安先生及其作品充满了崇拜和敬仰。在作家作品影响下，我萌发了写稿登报的念头。起初，学习写稿不知从哪里着手下笔，也不知写了多少"小稿"寄到报社却音讯全无。后来，在读《金兴安通讯100篇》的文章过程中，我不断琢磨推敲，从人物采访、事件构思到标题选择，从中汲取了不少营养。除了受作家金兴安著作的启示外，在作家书屋我又看到了《新闻写作》《怎样写新闻通讯》等书籍。通过系统学习，并联系到我身边生活的真实故事，我大开

眼界，从中领悟到写新闻通讯报道的技巧，写稿水平逐步有了提高。《结婚喜栽纪念树》是我的首作，当我在《滁州日报》上看到这篇豆腐块小文章时，激动不已，更加激发了我写稿的热情。作家书屋创办至今，我写的《苗圃溢出一片情》《西庄村依靠苗木摆脱贫困》《今日蒋集》《西庄村妇女禁赌受表彰》《三年不育的秘密》《蒋集工业生产有进展》等 50 余篇文章，被《滁州日报》《安徽日报·农村版》刊用。2006 年，我还被定远县武装部聘请为特约通讯员，曾写过一篇关于蒋集武装部在八一建军节期间向本镇服役军人赠送家乡变化图片的稿件，刊登在《东海民兵》杂志上。年终，我被滁州市武装系统评为通讯报道先进工作者，并从县武装部首长手中接过奖品和奖状。这是我一生中最大的荣幸。

我是一位农民，也是一名最底层的村干部，种田需要知识，工作离不开知识，知识来源于学习。书屋就是我的家，书屋将伴随我到永远。这些年来，我虽在文化造就方面没有什么闪光亮点，但书本给我开阔了视野，提供了精神食粮。在作家书屋，我找到了一片新的天地。

与定远县蒋集镇一样，处于凤阳县的小岗村同样隶属于滁州市。

小岗村的闻名得益于拉开中国农村改革序幕的 18 位农民自发开展承包到户所摁下的红手印。

在小岗村友谊大道西端南侧，有一座石刻——一本打开的"书"。大道北侧与之对应的，是三面围合、白墙黛瓦马头墙的徽派建筑，面朝东的就是小岗村农家书屋。房前屋后遍植花卉、草坪及风景树，令人赏心悦目。

村民们一有时间就到这里来看看书，查查资料。悄然兴起的读书热潮，如今已成为小岗村一道亮丽的文化风景线。

走进小岗村农家书屋，一股浓郁的书香扑面而来。只见书屋内，阅览桌椅摆放整齐，一排排书柜内摆满了图书，各类报刊书籍琳琅满目，墙上悬挂着"图书登记""图书借阅""图书管理"等一系列书屋管理制度牌。几个小学生正在认真挑选他们喜欢的图书。

小岗村农家书屋建筑面积 150 平方米，超过国家规定标准的五六倍。成立之初，国家和省里为农家书屋专门配置了 15 组书柜、1 张 4 米长方形桌、12 张长条形阅览桌、40 把套皮木制椅子、1 台联想电脑、1 台 46 吋海信液晶电视、1 台先科 DVD、2 个报架和数百种图书、报刊、音像制品等。

为了加强管理，提高书屋的使用率，村里专门配备了一名书屋管理员。每周定期全天候开放 5 天，免费借阅，每一次的借书记录都清晰地登记在册。开放期间每天都有人来书屋借书，既有六七十岁的老人，也有二三十岁的年轻人，还有七八岁的孩子。这里已经成为村民们学习、娱乐的好场所。

书屋建成后，原国家农业部、总工会、安徽省财政厅、社会多家企业等各界爱心单位和人士先后为书屋捐赠了设备和出版物。书屋的书籍不断增多，功能不断健全，切实解决了农民买书难、借书难、看书难问题，让农民在家门口就能学习知识、获取信息，活跃和丰富了文化生活。

小岗村农家书屋，拥有各类图书超过 4 万册。既有《红楼梦》《简·爱》等世界名著，也有《兵器大世界》《自主创业开餐馆》等科普技术类书籍，甚至还有《中小学生作文选》。除图书外，阅览室里还有《中国妇女报》《农民日报》等报纸 38 种，《民间文学》《百科知识》等期刊 134 种，音像制品 230 种。同时专门配备了供网上电子阅读的电脑。

以前，小岗村村民从事农业生产，种的都是小麦、水稻、大豆等常规品种，效益一般。现在，村里很多农户从书上看到并采用新技术发展黑豆、黑芝麻、黑玉米等特色保健类、销路看好的农作物，便开始改种这些适销对路的作物，明显地增加了经济收入。

为了提高农民朋友读书的积极性，书屋管理员赵玲每个月还根据借阅登记簿的统计，评选出本月借阅图书最多的村民，给予适当奖励。每半年还组织一次村民演讲比赛，对前三名给予奖励。奖品是一些图书或生活用品。

对于孩子们来说，农家书屋无疑是他们求知的港湾。书屋专门添设了各类少儿刊物。在寒暑假及双休日，由赵玲为孩子们进行阅读辅导，使农家书屋变成了孩子们的"第二课堂"。以前，孩子们课余时间不是到塘边钓鱼，就是和小伙伴们四处跑着玩耍，大人们老是担心他们出什么事。现在好了，孩子们一个个都迷上了看书，一有时间就泡到书屋里。家长省心了，孩子也增长了知识。

小岗村"两委"积极探索将农家书屋工程与农民文化大院、农村科普与法制教育"一站、一栏、一员"工程建设融为一体，合力推动农村和谐文化建设，取得了事半功倍的效果。

农家书屋在滋润着群众精神生活的同时，也为农村百姓脱贫致富提供了锦囊妙计，成为农民致富路上的加油站。

村委会副主任关友江的儿子关正景就在农家书屋里淘到了"致富真经"。

2008年，适值改革开放暨"大包干"30周年，前来小岗村参观游览的游客及各类调研人员络绎不绝。关正景突然想起农家书屋里有《自主创业开餐馆》《农家乐经营手册》这两本小册子，脑子里便闪过了一个念头："我家要是开个饭店的话，不但解决了游客的吃饭问题，家里还可以多一项收入！"

关正景和妻子李艳商量，在自家新建的楼房院落里开一个农家乐饭店，自己当老板。在经营农家乐饭店时，每当遇到疑难问题，他总是第一时间来到农家书屋，认真查阅资料，及时解决问题。有关接待服务、文明礼仪、客房布置、后堂管理、床铺整理、卫生保洁、农家菜烹饪等方面的知识，他都是从农家书屋获得的。

农家乐饭店搞起来了，小两口每年的毛利在10万元左右，扣除厨师、服务员的工资，每年净赚五六万块钱，成了远近闻名的致富明星。

葡萄种植大户严德友是农家书屋的常客。他承包的200亩葡萄园亩产由1500斤增加到3000斤以上，就是钻农家书屋"充电"淘到的真经。他家的葡萄串串硕大，单粒饱满，味道甜，外观好，上市价格远高于其他地方和其他品种。

自小岗村农家书屋建成之后，当地有超过万人次的村民和企业员工到书屋借阅图书和杂志超过3万册，已有200多户农民通过农家书屋获取致富信息，学到实用技术，走上了致富之路。

以书屋为家的老人

　　明光市位于安徽省东北部边缘，居江淮分水岭北侧，隶属于滁州市。

　　明光市桥头镇宝龙村位于明光与凤阳交界处，这是一座民风淳朴的小山村。

　　走进宝龙村的农家书屋，可以看到厚厚的一摞借书登记簿。这，正是书屋义务管理员蒋如芳的辛劳结晶。在他的精心管理下，宝龙村农家书屋变成了孩子们课外学习的天堂和村民们掌握农业科技知识的海洋。提起蒋如芳，十里八村的人们没有不知道的。

　　2010年初，宝龙村农家书屋建成。让村"两委"揪心的是，班子里人手紧，工作又多，根本抽不出专人来管理图书。无人管理就无法正常开放，宝贵的图书不就变成了摆设吗？

　　蒋如芳得知这一情况后，找到村"两委"，主动提出，要来当农家书屋管理员。

　　蒋如芳1943年出生，高中毕业。这一年已经67岁了。

　　面对这位年近古稀的长辈，村支书为难地说："大叔，村'两委'现在工资都少得可怜。前期图书管理员是由村'两委'成员义务兼任的。你来当管理员，我们拿什么给你发工资呢？"

　　蒋如芳听了，哈哈一笑，说："书记，你不要担忧。我不是冲着钱来的。我是看着这么多好书在这里锁着，怪可惜的，就是想让它们发挥作用。要是为了工钱，我捡垃圾也比你这儿工资高。我不要一分钱工资，只要给我一把钥匙就行了。"

就这样，蒋如芳当上了宝龙村农家书屋义务管理员。

别看这小小管理员，工作却是相当的烦琐。每天都要给书架擦灰，整理书架上的图书，搞好室内外卫生，还要接待那些来书屋看书的人。要为村民一一办理借阅证，办理借书、还书登记。特别是在寒暑假和节假日，每天都有很多村里的中小学生来看书。

按照村农家书屋管理规定，每逢周一、周三、周五、周六、周日书屋必须定期开放。然而，蒋如芳只要没有别的什么特殊事情，天天都上书屋去。他已经把农家书屋当成了自己的家。

志愿担任管理员后，因为一心一意扑在书屋管理上，蒋如芳招来了一些村民的议论和老伴的不满。

有的村民当面冷嘲热讽："干这个活，村里每个月给你多少钱啊？"

他正色回答："我是义务干的。"

"没给钱，你还干得这么起劲干吗呀？！"

他笑而不答。如果非要问他究竟图个啥，大概只有等到村子里的孩子成长为栋梁之材后，人们兴许才会明白。

孩子们每次看书过了点，蒋如芳就一直陪伴着坚守在书屋。他因此也没少被老伴埋怨，但他从未把村民们的不理解和老伴的抱怨放在心上。每当看到孩子们读书正酣，露出天真的笑脸时，他就感到无比的开心和满足。

在工作中，由于认不全小孩，他就登记孩子家长的姓名和电话作为依据。图书每次的借阅期限为一个月。每当一本书还回来时，他都要在登记簿上注销号码。如果超过日期没有归还的，他就会给家长打电话，或者亲自上门索要。

为了保护好每一本书，让图书能多用上几年，他总是想方设法延长书的寿命，好让更多的村里娃享受到读书的乐趣。

有一次，有个镇干部下村到书屋来浏览图书，离开时顺手拿了一本书。蒋如芳一直追到门口，把书要了回来。在图书管理中，他始终坚持原则，把对书屋的钟爱和志愿的责任，转化成了对图书的严格管理。

蒋如芳的儿子在大连工作。孙子出生后不久，儿子和儿媳都催他去大连照顾一段时间。

面对每天络绎不绝前来读书的孩子们，蒋如芳实在不忍心扔下书屋一走了之。然而，那一边是自己的亲孙子，孙子出生后，自己都还没见过一次面。老伴也一再强烈地劝说他，除了热心村里的公益事业，也该顾顾自己的小家，考虑考虑儿子、儿媳的心情和感受。

蒋如芳心里也矛盾得很。但是，权衡再三，他还是选择了留下。他实在舍不得离开那么多渴望知识的目光。

对这个没有一分钱报酬的书屋管理员职务，他竟然如此痴迷专注。难怪村里人都说，原来不敢想象，世间会有那样伟大无私的人，现在他们发现，这样的人确实存在，而且就在自己身边。

社会上的志愿服务大多是业余的，而蒋如芳却把志愿服务当成了自己的职责和专业，当作了正儿八经的义务。管理农家书屋花费了他每天大部分的时间。

每到播种和生产的关键时期，他还鼓动孩子们动员家长前来借书，用知识指导农事生产。

他自学了《农村电工实用手册》《最新畜类养殖精选》，并学以致用。村里留守老人较多，电灯、电器坏了没人修，他就主动上门帮助他们修好。他还用学到的养羊技术指导本村的养羊大户，带动全村 22 户人家养羊，每户养羊都在 100 只以上。仅此一项，就给每户农民增加收入 5 万元以上。

春节时，村里去城里打工的农民纷纷返乡。他又积极地向他们推介农家书屋的好书，如《三农与法》《进城务工指南》等，帮助他们增强法律意识和专业技能。

2011 年，蒋如芳荣获明光市读书征文大赛三等奖。2012 年，荣获明光市图书管理员技能大赛优秀奖，并被评为安徽省农家书屋优秀管理员。

这，就是蒋如芳老人，一位普通的村民，一位如今已年过古稀的志愿者。他用自己的志愿行动书写着对农村孩子的关爱和对农家书屋的钟情。

"没有围墙的学校"

安徽省西部的太湖县属安庆市管辖，位于长江北岸，地形主要是丘陵低山和湖泊。

在太湖县，有一个累计接待读者超过 1 万人次的农家书屋。2012 年以来，中央电视台《新闻联播》、中央人民广播电台、中国文化报、农民日报、安徽日报等媒体都对其进行了重点宣传推介，被当地群众誉为"没有围墙的学校"。这就是汤泉乡吴岭村农家书屋。

2009 年 2 月 24 日，吴岭村农家书屋挂牌成立。村里专门把新落成的村部四楼会议室腾出来做农家书屋。当时，安徽省农家书屋工程主管部门给配送了图书 1551 本、光盘 240 张、杂志 86 册以及书架、书桌等设施。

村"两委"一班人看到送来的大批图书资料，又惊又喜。他们都在琢磨着，如何才能发挥好这些书刊的作用，利用农家书屋来提高村民素质，使之真正成为农民的精神家园。

当他们把想法提出来的时候，遭到了不少人的质疑。但吴岭村"两委"班子在原县文广新局、县图书馆和乡文化站的支持下，还是将思考变成了决策，把决策变成了实际的惠民行动。

吴岭村是一个有 1400 人的山区贫困村。近五年来，村里在上级部门的支持下，投资 200 万元，加大了基础设施建设力度，修起了水泥村道，新建了校舍，兴建了 600 平方米的村级活动中心等设施。尽管村财政收入相当有限，为了投资基础设施建设还负了不少债，但村里对文化事业的投入从不小气。为了实施好政府的农村文化共享工程，单在农家书屋及电子阅览室的建设方面，4 年就投入了 7 万余元。不仅购置了各种设备，还聘请了专职管理员，长年累月开展文化服务。

已过花甲之年的共产党员周正权，就是吴岭村农家书屋的管理员。在他兢兢业业精心管理下，农家书屋每天都向群众开放。本村群众和留守儿童随时都可以到农家书屋借阅图书，周边的金鹰村、黄冈村、苗石村，寺前镇的王畈村等地中小学生也都纷纷跑到这里来看书学习。无论农忙农闲，无论节日假日，吴岭村农家书屋的大门随时都向前来借阅图书的群众敞开着。

在借阅登记册上，周正权记录下了一个又一个借阅者的借阅详情。在分年累计的记录里，则登记着：2009 年，借阅量 1447 人次；2010 年，借阅量 1865 人次……

2010 年 8 月，时任太湖县委书记章松到吴岭农家书屋视察，对该村开展的文化服务工作赞不绝口。县委、县政府分管领导和宣传文化部门的领导也多次到吴岭农家书屋参观指导。中央各大媒体和省市县媒体 10 余家都来这里采访过，都被吴岭村农家书屋独特的服务形式和服务质量所感动。

吴岭村"两委"起初把农家书屋设在村部四楼，后来发现，这不便于群众上门阅读。于是及时作出调整，将一楼两开间的门面房腾出来办农家书屋，在书屋隔壁另外腾出一间房子，安排给管理员居住。这样，就相当于让管理员一天 24 小时驻守在书屋，确保了书屋随时都可以开放。仅此一项，村里每年减少租金收入 3000 余元。

为了保证管理员的基本报酬，村里在资金相当困难的情况下，每年拿出 7000 元，用于解决管理员的工资。还将农家书屋与电子阅览室、文化共享工程有机结合起来，让全村群众都能充分享受文化大餐。村里每年投入文化事业上的经费均不低于 2 万元。

为了让群众阅读到更多的书籍，从 2010 年开始，吴岭村每年从县图书馆和乡文化站借来部分图书放到农家书屋，供群众阅读。三年就向县图书馆借书 1488 册，向乡文化站借书 100 册，有力地补充了农家书屋图书资源的不足。同时，村里还购买了光碟播放设备，为前来看书的群众播放光盘。

村"两委"主要负责同志将村级文化工作紧抓不放。村支书吴三元亲自过问农家书屋的工作，村分管文化的副书记吴皖东不仅主抓文化工作，还亲自参加了全省"我与文化共享工程"征文比赛，获得二等奖。

农家书屋场地、经费、管理人员落实了，极大地方便了群众，书屋的作用得到了有效发挥。

吴岭村板栗种植大户吴冠庭，一提起农家书屋就激动不已。他说，以往苦于没地方借书找资料，他家的板栗园每年都要死掉一定数量的板栗树。自从有了农家书屋，通过及时查找板栗病虫害防治资料，按照学到的技术，不仅板栗枯死病得到了有效防治，而且板栗产量还提高了一成。他深深感受到农家书屋为自己提供的学习便利。无论什么时候，哪怕是晚上，只要到农家书屋，总能找到自己所需要的图书和资料。农民吴国攀、张金吠，在农家书屋阅读了农机技术方面的书籍后，及时购买了小型犁田机，不仅方便了村里人耕田，也为自己创造了新收入。农民周正科，在农家书屋学习了养羊知识后，萌生了养羊的念头。现在，他已成了远近闻名的养羊大户。据村妇联主任殷海林介绍，农家书屋开放以来，很多有文化的留守妇女到这里来看杂志看书成了习惯。这些常到这里看书刊的妇女都反映，回家教育孩子比过去容易多了，对老人也亲热多了，知识确实能改变人。

吴岭小学与村部相邻，村里有 30 多名留守儿童。胡良余老师来到农家书屋，为这些孩子集体办了借书证，指导孩子到农家书屋借阅课外书籍。这些留守儿童在节假日里就都到农家书屋看书学习，不仅丰富了课余生活，也让孩子们在节假日不再孤独。自从有了农家书屋后，孩子们的精神生活充实了，在外的父母也放心了。吴岭小学的老师介绍说，自从农家书屋开放后，同学们的知识面与往日明显不同，尤其是作文水平明显提高，学生上课发言也积极踊跃多了。

三年来，吴岭村农家书屋连续受到原太湖县文广新局的表彰，管理员周正权也被汤泉乡党委授予"优秀共产党员"称号。

兄弟相传守书屋

一个农家书屋要办得好，关键在于要有一位责任心强的管理员。

在宿州市埇桥区栏杆镇姜楼村农家书屋，就有这样一位优秀的管理员。

他叫张德久，1956年生，是姜楼村村民，中国书画函授大学国画系毕业，自幼接受家教，喜爱读书，因此特别羡慕新华书店的售货员。

姜楼村农家书屋是2006年由安徽农业大学教授张德群发起捐建的。后来由张教授的堂弟张德久义务当起了管理员。年过花甲的张德久凭着一副热心肠，9年来无偿为村民服务，保证了书屋长年开放。

张德群教授是姜楼村人，在安徽农业大学从教近40年，是安徽省知名的兽医专家。2006年，他出国探望在美国工作的女儿时，从华文报刊上得知，国家有关部门正在大力促进农村文化事业，于是萌生了在老家宿州市姜楼村开办农家书屋的想法。

张德群的老伴徐良玉回忆，那阵子他在家翻箱倒柜，把不用的农业科技图书找了个遍，又到书店购买了一批新出版的农村科普丛书和60余张农业实用科技光盘。

2007年春节，随着第一批图书运抵，姜楼村农家书屋正式成立。张德群常年生活在合肥，书屋不能没人管理，他就同堂弟张德久商量，把书屋设在张德久家里，并由他担任图书管理员。

书屋刚创办时只有30平方米、300多套图书，除了几个街坊邻居串门时翻翻，没几个读者。张德群跑遍了安徽文艺出版社、省农委、省政协等部门，四处游说，筹集图书。

他又在网上发帖，募集图书。

几个农大学生看到了，说要捐 8 本书，约在第二天 8 点。结果下雨，学生没带伞，11 点才过来，没想到张教授还在等。

只要打听到有人捐赠新书，张教授就特兴奋。合肥到姜楼村距离 300 多千米，每次他都亲自运送图书回去。

随着收藏图书的不断丰富，姜楼村农家书屋的知名度不断扩大。2008 年，被埇桥区政府纳入农家书屋工程项目。

2013 年，埇桥区政府投入 20 余万元，在张德久家建起一幢 200 平方米小楼，大大扩增了农家书屋的面积。

如今，姜楼村农家书屋已发展到藏书 2.3 万册，总阅览人次达 3 万，成为周边村庄家喻户晓的读书场所。

多年来，张德群都把书屋视为自己的孩子一样，认真记录着它的每一次发展。只要有人来赠书，哪怕只有一本，他也都会在记录簿上记载，并表示诚挚的感谢。

2014 年 8 月，张德群病了，登记图书的习惯停了一阵子，任务落在了张德久身上。

每隔一阵子，张德久就会去一趟合肥，将记录簿交给病榻上的张德群。张德群总是用红笔做批注，并提出具体建议。

即便在生命的最后时光，张德群也时常给堂弟拨通电话。他喜欢听德久介绍书屋最近发生的新鲜事。

徐良玉说："我一直不理解他，现在想想是自己错了。"她和丈夫两人同为安徽农大退休教授，徐良玉一直对老伴如此执着于在家乡办农家书屋十分不解。

"他说农村经济困难，我们在城里联络广泛，正好也是研究农学这门专业，应当为家乡做点实事。我说办书屋可以，找朋友和学生帮忙就好，你这么大年纪，不能太折腾。"

有一次，安徽农大要淘汰一部分家具和柜子。张德群闻讯，赶紧去买下。次日，几个学生主动赶来帮忙。张德群怕把柜子磕坏了，硬要亲自搬运，一路颠簸了 5 个小时送到宿州。

徐良玉说，2013 年以后，老伴每次出差回来都会生一场病，"他是学医的，不随便吃抗生素，就喝开水扛着"。后来，徐良玉发现老伴尿里带血丝，到医院检查，已是膀胱癌晚期。

在身体最痛苦的日子，张德群仍旧牵挂着书屋。去世前一周，除了叮嘱堂弟坚持把书屋办下去，没留下别的遗言。

张德群去世后，安徽农大几位校领导都向徐良玉表示，想再捐一些书给姜楼村。还有不少宿州埇桥区的学生和老乡也纷纷打来电话悼唁。徐良玉没想到，丈夫生前执着创办的农家书屋，竟有如此大的影响。

老伴去世后，徐良玉将家中旧书陆续寄往姜楼村农家书屋。安徽农大基建处淘汰了一批显微镜，在她的争取下，这些实验器材被寄给了埇桥区的一所小学。这，也是老伴生前的意愿——援助不要局限于书屋，周边学校和困难家庭同样值得关注。

在美国工作的女儿担心徐良玉在国内太孤单，专程回皖，要为其办理出国手续。徐良玉没答应，她说，自己得把援助农家的事情办完。

由张德群创办的农家书屋 2008 年列入农家书屋工程。由于作用发挥较好，2013 年埇桥区政府将其扩建到了 200 多平方米。

2014 年，栏杆镇为姜楼村农家书屋筹集资金 7 万余元，建成了姜楼村文化大院，使农家书屋成为初具规模的村级图书馆。小小书屋在姜楼及周边村庄成为村民们家喻户晓的读书、娱乐、学习活动的重要去处。

受到堂哥言传身教的影响，张德久始终以一颗感恩之心回报社会，用真情实意把农家书屋维护好、管理好、利用好。

根据姜楼村种植户、养殖户多，留守妇女、留守儿童多，居住比较分散的实际情况，他坚持实行常年全天候开放，无论借阅人早来还是晚归，一律都是热情相迎，耐心指点，并告知如何选择书籍的一些小窍门。对腿脚不便和没有时间来借阅的读者，全都送书上门，从而赢得了群众的广泛好评。

在书屋里，他还专门制作了一块醒目的公示牌："您好！这里不许抽烟，外边备有开水，书屋怕潮，不得喧哗，请遵守图书管理制度，拿书时要轻拿轻放。"

他自己更是把图书当宝贝，像爱惜眼睛一样。他经常告诉阅读者，请尊重他的劳动，不要损坏图书等。

书屋开放 9 年多来，仅丢失过一册儿童卡通书。借阅者按原价赔了七元钱，张德久后来又退还给他，因为他还是个孩子。只有一本《水浒传》被翻烂了，张德久自己用胶水把它粘好。

实行规范化借阅虽然累点，但得到了很多人的理解。张德久还与许多阅读者成了书友、艺友、朋友。

在图书管理过程中，张德久发现：农家书屋的图书越多，资料越全，服务越周到，读者就越多。节假日每天接待读者少则 30 多人，多则六七十人，其中留守儿童、妇女占 70% 以上。书多易乱，给管理带来一定难度，并且社会上捐书时间不定，数量多少不一，只能随来随收随分类登记。

旧书下架，新书上架，张德久都要在书屋内的一块小黑板上写下《新书快递》，告示书友先读为快。一个人忙不过来时，他也请书友们帮忙整理，有时还要发动全家十几个人参与管理。为了方便打工人员、种植、养殖户随时查询资料，他把科技光盘转换成手机视频，发送到用户的手机里，让他们在家里、田间地头，随时随地都能查看。种植大棚葡萄的张奇说："这种方法确实好，实用方便。"

农村书屋的藏书条件比不上城市图书馆，易遭鼠咬、虫蛀、受潮，所以这里的书每年必须晾晒一次。晒书时，很多书友都主动来帮忙。

在晒书过程中，张德久还摸索、总结出了一套规律：多雨季节不能晒，只能用白灰吸潮；高温季节不能晒，以防汗水滴在书本里留下汗渍；烈日炎炎不能晒，纸张易变脆变黄。最好选择在当地的末伏前后，雨水少，下午三点以后，背光一手轻拿书背，一手迅速翻三遍，即算晒完一册，然后及时归架。晒完书，书柜里还要再放上樟脑丸。

张德久住在书屋，每天都要仔细检查图书状况，用心防虫蛀、鼠咬，因此至今没有图书被毁现象。

农家书屋的主要读者是农民。倡导农民学习先进科学技术，普及和推广科技知识及卫生保健常识，宣传社会主义核心价值观和伦理道德等，张德久都把它们视为书屋的责任和义务。为此，他和村里一些有文化的人以姜楼村为中心，成立了文化科普信息协会，聘请张德群为名誉会长。养殖户、种田能手、民间艺人等，参与者众多。会员查阅资料时遇到困难，可随时与专家教授通过电话、网络或面对面咨询。由于文化科普信息协会的影响力，小集中学在此设立了素质教育教学基地，安徽省图书馆在此设立了服务点，安徽农业大学在此建立了大学生社会实践活动点。

书屋还利用假期举办读书竞赛、科技讲座、书法、美术培训等活动，形成了一个稳定的读者群体。各种文化活动蓬勃开展，异彩纷呈。

除此之外，根据姜楼及周边村庄种植、养殖户多的实际情况，书屋专门购进了一批小麦、棉花、大豆、玉米及蔬菜高效栽培技术及病虫害防治、畜禽养殖方面的图书及配套光盘，以便读者查阅学习。同时，针对农民文化水平较低、阅读能力有限的实际情况，添置了音像视频资料，让农民朋友播放观看，学习先进科技知识。

书屋的作用仿佛涓涓细流，逐渐地在姜楼村产生了影响。

村民张兆东说，过去种地靠天收，不如出门去打工。张德群教授是农业方面的专家，每次和他谈心后都会推荐几本农业方面的书籍，"教授推荐的书特管用，回家一试，效果立竿见影"。

村民张德志，家里饲养了1万多只菜鸡，是当地小有名气的养殖大户。关于如何自动化养殖、如何配制饲料、如何防治鸡病这些知识，他都是从农家书屋的书本上学来的。他自己说："很有收获，比如看到鸡的外观或精神不好了，你可以从书里介绍的经验，判断得的是什么病，对症拿药。"

2014年10月，农家书屋来了一个15岁的女孩。正是上课的时间，女孩却在书屋一待就是一天。

张德久问："小姑娘，你为什么不去上学？"

女孩回答："学校停课了。"

他再问："你在哪所学校上学？学校好好的怎么就停课了？"

女孩不回答，哭了。

张德久耐心地劝慰。慢慢地，终于弄清了缘由。

原来，女孩姓程，那年父母离婚，赌气都不给她交学费。没交学费，小程觉得无颜回学校，她就到农家书屋来自学。

张德久听了，很同情。他把小程在书屋自学的情况悄悄告诉了孩子的爷爷奶奶。

老两口眼眶都红了，说："就算家里揭不开锅，也不能让好学的孙女辍学。"

没过几天，小程就又上学了。

后来听说，她的成绩排在了全年级前十名。

由于姜楼村农家书屋管理使用的全新理念和管理员的无私奉献，小书屋发挥了大作用，为家乡的文化发展、文明建设和经济建设作出了积极贡献，图书管理员张德久也作为安徽省唯一的农家书屋管理员代表，出席了全国农家书屋建设工程总结大会，受到了原国家新闻出版总署的表彰。

这边风景独好

1939 年出生的周景灿，今年已经 78 岁了。他是一名党员，尽管只有小学文化程度，但是他才艺兼具，在村里德高望重。

2006 年，凭着对党的忠诚和对家乡的热爱，他带领退休老教师、退休老干部、老党员、老村干、老村民等"五老"率先创办了东至县第一家村级文化活动室——姜坝文化室。

东至县位于安徽省南部，长江中下游南岸，皖赣两省交界处。长江傍境东流。东至历史悠久，相传舜帝曾躬耕于此，尧帝闻其贤德，千里来访，故素有"尧舜之乡"之美誉。20 世纪 80 年代初在这里发现了迄今最早、最完整的一套宋代钞版。2015 年，在华龙洞遗址发现包含有头骨化石的直立人（猿人）化石，被命名为"东至人"。

姜东村现有 4600 多人口、38 个村民组，是东至县人口大村，也是原"戏曲之乡"姜坝乡政府所在地。

姜坝文化室的前身是汉公祠，初建于清朝道光年间。1947 年复建。解放初，被县政府确定为姜东学堂。这是一座古建筑，"文化大革命"期间被毁，曾被生产队改作牛栏。改革开放后，姜东人民逐渐富裕起来，村民精神文化生活需求日益迫切。2004 年初，周景灿老人多次与省文史馆原馆员周文、退休老教师周孔道等姜东"五老"，商讨将旧祠堂改造成村文化室。

2006 年，周景灿找到村干部和退休的姜东村原支书周遐龄，要求成立理事会，管理书籍和活动器材，让村民空闲时间在此看书，让留守儿童在这里阅览与活动。

他的提议得到了大家的普遍认可。经村"两委"研究决定，文化室由"五老"负责组成理事会。

4月1日，在姜东村主要街道上，一张"姜坝文化室成立公告"吸引了村民们的注意。

这张公告将姜坝文化室的宗旨、组织机构和发展蓝图公布于众，并提请村民讨论。公告的核心内容是呼吁"姜东村村民要不等不靠，自愿捐资筹建文化室"。

经过发动，全村群众共捐款1.1万多元。请来工匠将旧祠堂修葺一新，并请周文为"姜坝文化室"题了字。

2007年，周景灿带头出资1000元，和周边村一道，修了一条水泥路到文化室。

接着，姜东在外务工的老板周根龙、代亚兵、郑再旺、王四龙、周小平等陆续捐赠了2万元、1万元或数千元款项。姜坝文化室又进行了进一步的扩建，一楼设活动室、电教室和会议室，二楼设图书室和文艺室。图书室有政治、历史、科技等各类书籍数千册，文艺室有全套舞台，戏台乐器数种。文化室门前修建了1500多平方米的水泥广场，场内建有篮球场、排球场各一个，木制、水泥乒乓球台各一个，添置康乐球台一个。同时，在门前建起了100多平方米的戏台，为村民娱乐、休闲和健身提供场所。

为了把捐上来的钱用到实处，周景灿特地到安庆菱湖公园学艺，回来后自己画图纸设计，参与到在文化室门前大塘中央修建一座六角爱莲亭的施工现场，为文化室广场周围增添了一道亮丽的风景线。

2008年，文化室纳入了全省农家书屋项目。2009年，在市、县、镇、村的大力支持下，又在大堂外垒起了近30亩面积的水面养鱼，作为村民休闲垂钓场所。

周景灿在大坝上栽了100多棵垂柳树，美化了文化室前的景观。

周景灿一直注重细节，科学管理，追求实效，切实做好姜东村农家书屋的建设、管理、维护和使用。多年来，无论春夏秋冬，酷暑寒雪天，他总是早早地开门，迟迟地关门，每天都和几十个前来看书的农民朋友、中小学生相伴。书屋成了村里人气最旺的场所。他管理的书屋也成了村民获取信息和学习科技知识的加油站，老人文化休闲、了解养生之道的绿色氧吧，学生求知的校外学堂。

为了做好书屋管理和使用工作，周景灿积极参加由县文化部门组织的农家书屋管理员科学化培训。在图书分类、登记、上架、保管和借阅过程中，他都严格要求自己，做到农家书屋的所有书目都逐一进行登记、制度上墙、免费借阅等。他还把所有图书信息录入电脑，打印成册，方便大家检索、查询。

姜东村农家书屋的藏书在省、市、县各级有关部门的不断捐助下，已超过了 6000 册。

为保证农家书屋能够更好地开展优质便民服务，周景灿在书屋内设置了免费办理借阅卡的温馨提示牌，张贴了书籍分类标识，并参照图书馆的做法，分区摆放。他定期为村民播放农家书屋的电子音像制品，还主动听取农民群众对农家书屋的管理、维护以及书刊需求方面的意见，建立了监督奖励等一系列创新机制。

为保证图书不损毁和丢失，他采取从娃娃抓起，培养"护书小天使"，做到让孩子们自我约束，为大人树立榜样，并监督家人爱书护书，有效地促进了图书的科学化管理。

周景灿是一名善于思考的管理员。考虑到更新图书要有很大的经济支撑才能实现，他就主动与邻村学校、其他村镇的农家书屋定期开展图书互通、互换，扩大了图书的流通领域，做到了资源共享，更好地发挥出了书屋的作用。

为了用好农家书屋这个园地，周景灿还发起开展知识竞赛、读书征文、灯谜竞猜等形式多样的文化活动，进一步培养农民的阅读习惯，提高农家书屋的利用率，帮助农民通过书本学到一定技能。他又将书屋与农村党员教育结合起来，使农家书屋成为宣传党的方针政策、传达党和政府的声音以及基层党的建设的重要阵地。他尤其注重关注留守儿童的成长，为他们提供需要的学习辅导材料和有利于健康成长的课外读物。

多年来，周景灿老人在老伴、儿子、儿媳的大力支持下，一直热衷于农家书屋的管理、文化室的建设与发展，同时肩负着节假日留守儿童的管理工作。农家书屋的兴办，提高了农民的文化科技素质，凝聚了合力，加快推进了农村发展。与此同时，姜东的文化室和农家书屋也得到了各级政府、有志之士、企业老板等的重视、关爱与支持。

10 年来，周景灿一直默默无闻地无私奉献，深受村民爱戴，被称为"留守儿童的好老师""姜东群众的贴心人"。他用真心真爱撑起了姜东文化一片天。

2008 年，周景灿一家被授予"东至县五好家庭"荣誉称号。2012 年，他本人被评为安徽省农家书屋优秀管理员。

远近闻名"读书村"

黄山市黟县或许名气并不大，但是提起位于黟县的两处世界文化遗产——宏村和西递，恐怕知道的人一定很多。

黟县因酷似陶渊明笔下的世外桃源，而被誉为"桃花源里人家"。风光秀美的碧山村就坐落在古老的桃花源里，古老的云门塔下。碧山村农家书屋自2011年6月建成后，浓郁的书香便一直飘荡在青山绿水之间。农民朋友们自由地畅游在知识的海洋里，享受着文化带来的快乐。

碧山村历史悠久，文化底蕴深厚，民风淳朴，田园风光迷人，是北宋政治家汪勃、清代书法家汪联松、近代教育家汪达之的故里。该村辖21个村民组，878户，2906人，土地面积22.6平方千米。全村以粮油、桑蚕生产为主。2011年，农民人均纯收入8707元。碧山村曾荣获全省老龄工作先进单位、市级农村基层组织建设先进党支部、民主法治示范村和生态文明村、县级支部致富工程先进村、县级新农村建设示范村等荣誉称号。

碧山村将农家书屋工程作为头号工程来抓，成立了农家书屋工程领导小组，由村委会主任王晓峰同志任组长，明确了分管负责人和农家书屋管理员的岗位职责。

2011年3月，该村投入10多万元在村中心修建了占地面积108平方米的农家书屋，超出国家标准数倍。为方便村民读书看报，村里还投入3万多元，为书屋配备了电脑、电视机、DVD机、投影仪、电风扇和饮水机，全天候免费向村民开放。

书屋现有藏书3000多册、报纸杂志30余种、各类影像光碟200余张。既有适合农民阅读的文学类书籍，又有指导农民从事种植、养殖和农产品加工的科技类书籍，被农民称为"精神乐园"和"致富加油站"。

管理方面，书屋实行了相当实用的"六有"制度，即有财产登记、有专人管理、有书目分类、有读者信息反馈、有读者借阅卡、有服务指南。通过这一系列举措，农家书屋实现了建设高标准、日常管理规范化的总体目标。

书屋管理，关键在人。碧山村农家书屋注意认真物色管理员。

经过多方推荐和仔细筛选，书屋最终选择了热爱农村文化事业的欧阳金洪、汪寿昌、丁邦全和姚立兰4人为管理员。这4名农家书屋管理员经过统一的系统培训，熟练掌握了图书分类、登记、上架、保管和借阅等一应事务。

针对不同人群生产、生活和工作、学习等特点，碧山村合理制定了农家书屋的开放时间。对老弱残疾者，全天候开放，并可按需送书、送报上门；对上学的在校生，集中在星期日、节假日对他们开放；对白天外出务工、晚上回家的农民，则在晚上安排专门时间对他们开放，从而大大方便了群众借阅，提高了图书利用率。

农家书屋自建立开始，就特别注重规范化管理。订立了《农家书屋管理制度》《农家书屋借阅制度》《图书管理员岗位职责》等规章制度，并坚持按章开展借阅工作。书屋坚持每天开放，由管理员做好借阅登记、书刊管理、清洁卫生和开展活动等工作。由于制度健全，责、权、利明确，农家书屋借阅率高，书刊的作用得到了充分发挥，并有效地杜绝了书刊流失、损毁等不良现象。

书屋采取与友好村农家书屋书籍互换、组织社会和村民捐赠、购买、争取书局捐助等形式，不断扩大书屋的新书来源渠道。

碧山村农家书屋通过定期开展知识竞赛、读书征文、灯谜竞猜等形式多样的文化活动，提高了农家书屋的利用率，培养了农民的阅读习惯，提高了农民的文化素质，促进了家庭和睦，树立了文明和谐的村风。又将其与农村党员教育结合起来，使农家书屋成为宣传党的方针政策、传达党和政府声音，以及基层党的建设的重要阵地。

　　书屋主动关注未成年人的成长，为他们提供需要的学习辅导材料和有利于健康成长的课外读物。与此同时，因地制宜，举办种植、养殖技术培训，开展桑蚕特色养殖和水稻种植等方面农村实用技术培训以及科普知识讲座，培养新型农民，大幅度地提高了村民经济收入。2012年3月，碧山村千亩桑园基地被省农业委、省商务厅命名为安徽省首批省级蚕桑标准园。

　　为了让农家书屋发挥更大效益，碧山村积极拓展服务途径。寒暑假期间，镇村团组织、妇联、青年志愿者组织依托农家书屋，共同创办了"阳光之家"和"留守儿童之家"，将农家书屋打造成"安全避风港"和"儿童乐园"。经常举办中小学生喜爱的、有利于身心健康的各类免费辅导班，组织孩子们做游戏、猜谜语、画画，开展读书比赛、参观气象台或消防大队等社会实践活动，进一步开阔了学生的视野，同时又帮助一部分农村家庭解决了孩子在假期的安全方面的后顾之忧。经常来书屋参加辅导班的小朋友们都说："农家书屋真是一个大乐园！我们大家都喜欢来这里！"

　　碧山村农家书屋这一成功经验很快在黄山市其他一些地方进行了推广，赢得了全市广大村民的赞誉。同时，也得到了上级领导的肯定和多家新闻媒体的关注。2011年9月7日，《安徽日报》发表文章《碧山农家书屋成为农村孩子们"假期乐园"和"安全港湾"》。安徽电视台、黄山日报等媒体也先后对碧山村农家书屋和书屋管理员欧阳金洪等人的事迹进行了宣传报道。

　　农家书屋的建成，还有力地推动了当地文化活动的开展。碧山村恢复了龙狮队，新组建了风筝队和农民健身队。在农家书屋里，大家一起切磋风筝放飞技巧，利用大屏幕投影仪学习广场舞，共同探讨龙狮舞的编排。

　　现在，碧山村龙狮舞队已成为当地一支很有影响力的文娱队伍，经常参加各级演出和各种比赛，并屡获佳绩。2015年春节期间，碧山龙狮队表演的《龙凤呈祥》节目在CCTV-4播放，并在全市"文化长廊杯"龙狮齐舞比赛活动中荣获最佳创意奖。碧山村风筝队成立后，积极挖掘古黟飞鸢文化内涵，传授制作工艺，培养爱好者，2012年3月，第六届中国黄山五里桃花节上进行"九龙飞天"盛景展示，使这一传统民俗文化得以传承和发扬。

　　几年来，几位书屋管理员坚持做到图书、借书证、登记簿三点对一线，不厌其烦地将群众翻乱的图书摆放到位，应偏远老龄村民借阅图书的需求，把书籍及时送到需求者家中，深受村民们的尊敬。他们自己也从以前的不懂电脑到现在能熟练打字、播放光盘、下载文件等，业务管理上不懂、不清楚的，就咨询原县文广新局，直到学懂为止。碧山村农家书屋好的经验与做法，吸引了合肥市庐阳区及邻近地区众多农家书屋管理员前来参观学习。

如今，碧山村农家书屋已成为宣传党和政府方针政策的主阵地、村民科技致富的好帮手、老年人休闲娱乐的好去处、年轻人学习充电的加油站、孩子们遨游学海的假期乐园。

一分耕耘，一分收获。2011 年，碧山村和碧山村农家书屋分别被评为黄山市文化示范村和黄山市"二十佳农家书屋"示范点，碧山村农家书屋管理员欧阳金洪被评为黄山市农家书屋优秀管理员。碧山村也成为远近闻名的"读书村"。

夫妻书屋

国家级历史文化名城歙县隶属于黄山市，是古徽州府治所在地，它既是徽州文化和国粹京剧的发源地，也是徽商、徽菜的主要发源地，"文房四宝"之徽墨、歙砚的主要产地，被授予"中国徽墨之都""中国歙砚之乡""徽剧（徽班）之乡""中国徽文化之乡""中国牌坊之乡"等称号。

歙县杞梓里镇苏村是黄山市的"美好乡村"，位于省道 324 线上，徽杭高速穿村而过，村内人口 1987 人。

在苏村的"方氏宗祠"农家书屋内外，几乎天天都是人头攒动，热闹非凡。

书屋内，男女老少有的在读书，有的在看报，有的在借书还书，有的在写字作画、下棋打牌，还有的在打乒乓球、看投影电视。屋外篮球场上，妇女腰鼓队精神焕发，翩翩起舞。

2012 年 11 月，由国家新闻出版总署及省市县的相关领导组成的农家书屋督查组一行，来到苏村考察。他们对苏村农家书屋开展的活动感到特别欣慰和振奋，国家新闻出版总署王华巡视员在充分肯定了苏村农家书屋的成效后，即兴挥毫为苏村农家书屋题写了"读书富民"4 个大字。

广大村民对苏村健康向上的精神文化生活赞誉有加，更忘不了农家书屋管理员方常润为书屋所付出的辛勤汗水。

苏村农家书屋是 2010 年创建的。6 月，上级文化部门和新华书店配送的 1700 多册图书及乡村贤达捐赠的 500 多册图书均已到位，而村里原来确定的图书管理员却因伤病住院。村"两委"领导急，村民们更急。退休在家的方常润主动请缨，义务担任苏村农家书屋图书管理员。

方常润大学毕业，年轻时参军戍边，后转业到地方，在铜陵有色集团公司退休。因家中尚有九旬老父需人照料，遂携妻返乡，照顾父亲的生活起居。

6月正值盛夏，气候炎热。时间紧，任务重。农家书屋设在多年失修的方氏宗祠里，垃圾遍地，尘网密布，方常润家里的老父又是久病在床。他便动员同为退休干部的妻子杨文兰，在照顾好年迈父亲的生活之余，一起投入农家书屋的建设、管理中去。

夫妻俩一道打扫尘埃，清除垃圾，再将2220册图书分成文化、政治、科技、综合、少儿五大类，分别整理，编号，贴上标签，上架。再将图书管理、借阅规章制度上墙，将期刊、报纸放置到阅览架上，一一填写，编号，发放借书证……

两个人整整忙活了半个月，确保了7月20日书屋准时向村民开放。

农家书屋的图书阅览室设在老祠堂的后院，原先的栏杆早已破败。为了保证老少读者的安全，方常润与村中贤达积极捐款，修建起了20余米长的花岗石栏杆。

开店容易守店难。农家书屋开放初期，针对有些村民不信任、不参与的状况，方常润充分发挥了自己擅长交流、沟通的能力，亲自将借书证一一送到村民家中，主动宣传农家书屋，出黑板报，向农民朋友推荐适合其阅读的礼仪、民俗、养生、健康、历史知识、种养殖等方面的书刊。又按农时节令，有选择地播放农业种植、养殖方面的投影专题片。

从事养殖的方常高、方常本深有感触地说："过去我们对农家书屋不感兴趣，是常润兄弟要我们读书。现在我们尝到了读书的甜头，变成了我们要读书。一天不到农家书屋走走，就觉得心里空落落的。"

方常润还主动联系当地的学校和有关部门，联合举办"我与农家书屋"征文比赛、"我的书屋 我的家"演讲比赛、纪念毛主席在延安文艺座谈会上的讲话发表70周年和迎接党的十八大书画笔会等活动，增进读书的趣味性和群众参与性，使书屋的群众参与率从开办之初的38%上升到了92%，知晓率和支持率均达100%。

村里有一位 80 多岁的老人方培生，腿脚不便。方常润便主动上门服务，将其选定的图书送上门，并定期为其归还读完的书。有的农民朋友因白天农活忙，有时大清早或者夜晚才能来借书。方常润也是有叫必到。看到村民们读书热情这么高，他由衷地感到欣慰，自己虽然辛苦一点，却是暖在心中。

虽然只是个义务的、业余的农家书屋图书管理员，但方常润对图书馆学的专业知识并不陌生。他对书屋的藏书情况烂熟于心，随手就能从书架上找出读者需要的图书。在管理上，他一丝不苟，几年来没有因借阅丢失过一本图书。

"老牛自知夕阳短，不用扬鞭自奋蹄"，这是方常润最喜爱的一句古诗。他常常以此来激励自己在平凡的岗位上为农民朋友多做些有益的事情。

他以农家书屋为龙头，针对村民的不同年龄、不同知识水准、不同兴趣爱好，相继开办了"农民书画角"、棋牌室、乒乓球室，组建广场舞蹈队、妇女腰鼓队，将农家书屋发展成苏村农民文体活动中心。

在书屋的大门上，张贴着方常润自己写的一副楹联："新春喜见开平世，古祠欣闻诵读声。"代表了他对农家书屋的期许与祝愿。

2011 年，方常润获得了国家三级社会体育指导员资格，并被评选为歙县"优秀共产党员"。

尽管没有什么报酬，尽管一年到头都没有休息日，但他觉得忙得值得，忙得心安理得，忙得其乐融融。他决心将自己的有生之年，全部投入振兴农村文化事业中去。

一位多年从事文化工作的领导曾赋诗一首相赠：

桑榆美景霞满天，
余热焕彩续新篇。
莫道夕阳黄昏短，
书屋学海育后贤。

这，正是对方常润无私奉献精神最好的评价。

大学生管理员

    魏华，1982 年出生，大学学的是计算机专业，毕业后应聘到肥西县三河镇茶棚社区工作。茶棚社区地处三河镇北部，辖 1 个街道、9 家单位、16 个居民组，面积 4.2 平方千米，耕地面积 2534 亩。住户 986 户，总人口 4074 人，其中农业人口 3204 人。

    2008 年 12 月起，魏华开始担任社区"两委"委员兼农家书屋管理员。凭着满腔热血和对农民群众的深厚感情，他创造性地开展工作，举办了形式多样、内容丰富、健康有益的文化娱乐活动，受到社区居民的交口称赞。

    担任农家书屋管理员没有一分报酬，但须有一份责任心，有谁愿意把自己的时间花在只讲付出而没有回报的图书管理上呢？这是农家书屋建设初期茶棚社区面临的一个新问题。在总支部大会上，年轻的大学毕业生魏华主动请缨，担任农家书屋管理员。

    农家书屋建成后，魏华自学党的理论和一些致富技能。遇到自己看不懂的内容，就先向专家和能人们请教，然后自己再慢慢摸索，直到完全弄懂为止。凭着一股不放弃、不服输的韧劲，他不断充实自己，坚持学以致用，以用促学。针对社区居民需求的多样性，开展了群众广场舞、"爱国主义影片大家看""致富能手现场讲解"等活动，使每位居民都能从中受益。

    自从担任农家书屋管理员以来，魏华基本上就没有了节假日等休闲时间。周六、周日，他都待在社区书屋里。节假日对别人来说是休息日，对他而言却是最忙碌的时间。学生放假了，社区里很多念初中、高中的学生都纷纷来这里借阅图书。魏华一点也不嫌麻烦，只要有适合他们的图书，他也总是主动推荐。

魏华还把社区的留守儿童之家与农家书屋结合起来，充分利用自己在大学所学专业，给孩子们集中辅导计算机知识，丰富了留守儿童的业余生活。

社区的藏书从无到有，数量日渐增加。从图书的进屋、整理、筛选、统计到贴标签、上架等工作，他都在不影响社区分管工作的前提下，利用业余时间，加班加点来做。在日常的工作中，他总是热情接待来书屋看书和借书的居民，主动向居民推介书籍，提供信息，解答问题，耐心讲解。

在图书配发下来的时候，为了能使这些新图书及时供居民借阅，满足居民对知识的需求，他总是在第一时间对图书进行清点、分类，以最快的速度将图书上架陈列。同时，他认真履行图书管理员职责，严格执行图书借阅制度、图书管理员职责、图书管理制度，使工作做到规范化、制度化。

在农家书屋的推动下，社区各项事业发展较快，特别是种植、养殖业，已经走在全镇前列。农民读书学习、提高技能的要求更是越来越迫切，都渴望从书本中学到致富的知识，寻找到属于自己的致富点子。

针对社区所辖16个居民小组分布比较分散的实际情况，魏华还主动走出去，为广大居民提供送书上门服务。并且主动与一些种植、养殖大户进行交流，看看他们遇到了什么难题，需要一些什么方面的书籍，努力为他们提供最新的种植、养殖技术，让老百姓学到了许多先进的农业生产技术。

茶棚居民组的居民吴正祥，通过农家书屋学到了生态养猪新技术，办起了生态养猪场。居民陆广平买了一台农用收割机，在收割庄稼的过程中机器出现了故障。通过在农家书屋查询书籍，他很快就找到了解决机器故障的方法。居民吴正云感叹道："以前种地可以没有文化，现在的农民，你不懂文化，你就是一个农盲。抽水机出了故障，你不可能随时满街跑着去找师傅。汽油机出了故障，你不懂得处理，你就得耽误了生产。现在都提倡良种良法，不懂使用新品种、新的配方肥，一年下来，你也是空忙活一场。这农家书屋真是好，让我们学会了很多新知识、新技术，农民也能变成'土专家'。"

魏华是个闲不住的人，每逢重大节日或者双休日的时候，他都会组织居民参与读书活动，并且把一些大家喜闻乐见的文化知识和身边发生的事情编成题目，通过比赛来激发居民的求知欲，既丰富了居民的文体生活，又增进了群众之间的团结协作。在文化活动的推动下，社区居民的文化素质得到提高，法制观念和法律意识得到增强，打牌赌博等现象越来越少，治安秩序越来越好。

一直以来，魏华以身作则，带领大家学习新技术，推广良种良法，通过保健书籍学习保健知识，向社区里的老人传授一些医疗保健小知识。

魏华对书屋的藏书相当熟悉。农家书屋的书籍太多，大家一时间找不过来，但是只要一提到有哪些方面的需要，魏华就会根据他们的需要推荐一些图书。这让大家感到特别贴心。面对群众的称赞，他憨厚地笑了："只要社区居民能过上幸福的生活，老百姓需要我，我这个管理员就一定会管理好农家书屋的。"

因为工作繁忙，魏华无法抽出精力照顾家庭。看着体弱的妻子一个人带着年幼的女儿，为他们的小家忙里忙外时，他总是感到非常愧疚。但是，为了管好、用好农家书屋，他觉得无怨无悔。一个人很渺小，但是能够为广大居民的文化生活和新农村建设贡献一分力量，魏华觉得很值。

农家书屋开，百姓乐开怀

"走，到苇菠村柳园农家书屋看书去！不看不知道，一看真见效。"家住平庄子的"养鸡大王"张守峰逢人就说，"柳园农家书屋办得好，我自己以前养鸡是忙前忙后几个月，十回养鸡九回赔，一回不亏还挣不多。"

自从柳园农家书屋建起后，他三天两头往那里跑，科学养殖新技术就像磁石一样吸引着他。2012 年后，他的年养殖规模已超过 8 万只，每年增收 8 万元。难怪尝到甜头的他逢人便说柳园农家书屋好！像他这样逢人就说书屋好的还有养鸡户刘文正、养猪户刘小兵、种粮大户杨巨等。提起柳园农家书屋，大家都直竖大拇指。

苇菠村属于淮北市濉溪县百善镇，坐落在濉溪县南约 8 千米处，202 省道贯穿全村，面积约 20 平方千米，可耕地面积 1540 亩，人口 6700 余人，1700 户。

苇菠村柳园农家书屋为何会受到老百姓的交口称赞呢？这与柳园农家书屋周到的服务、科学的管理分不开。

柳园农家书屋建立之初就确立了立足农村、服务农业、引导农民的宗旨，明确要建成一座科普宣传、培训的桥梁，同时要解决苇菠小学学生看书难的问题，成为学校教育的一条重要渠道。

柳园农家书屋办在了农民的心坎上，急农民之所急，想农民之所想，供农民之所需，对民心、合民情、顺民意。

党员是农业发展、农民致富的带头人。党员自身素质关系着农村工作的成败。柳园农家书屋负责人刘光清主动联系苇菠村"两委"班子，将农家书屋无偿提供给苇菠村党员作为学习的主阵地。书屋定期为党员活动提供场所，使全村党员的组织生活经常化、制度化、规范化。在活动室，党员和群众经常读书讨论，共商生产发展、村容建设等。

村主任程斌感激地说："几年来，苇菠村各项事业蓬勃发展，党员同志的先进性充分体现，党员带领群众致富奔小康的能力大大增强，柳园农家书屋发挥了巨大作用。今后我们将加强与农家书屋的联系，举行丰富多彩的党员学习教育。只有党员受教育，群众才能得实惠。这样，我们村的'两委'才是具有战斗力、凝聚力的堡垒。"

没建农家书屋前，村庄麻将声、牌九声此起彼伏。打麻将、推牌九，既伤和气又伤身体。但村民们茶余饭后无事可干，只能靠搓搓麻将、推推牌九打发时间。一些年轻人更是容易起事端。

自从书屋建成后，村民农闲时节不再聚众赌博、胡扯、闲聊、吹牛皮，而是到农家书屋去看电影，听戏曲，读散文、小说等提升文化品位，阅览养生保健书籍利健康，看报纸杂志知天下大事……农民在农闲时学文化、学知识、学技术，明显地改变了自身的精神面貌。

依托柳园农家书屋，苇菠村还建成了科普惠农服务站。为了让农民朋友读懂和掌握书中的农业科技知识，农家书屋邀请农机人员来举办技术讲座，现场进行讲解和培训。柳园农家书屋先后组织了多次种植技术培训、养殖技术培训、科学实用技术培训等，吸引了全村数千人次参加学习，甚至连外村、外镇的农民也慕名而来参加培训。

柳园村砖厂厂长刘德玉兴奋地说："我在濉溪科协讲师团纪永民同志的实用技术培训会上，学到了电焊技术。现在，我们砖厂的焊接活，我都可以熟练地做，以前我都得花高价格请专门搞电焊的师傅。光这一笔费用我每年就能省下 2000 多元呢！"

蔬菜种植大户程佳宽掩饰不住内心的喜悦说："今年我的菜能卖 14 万多元，除去成本，纯利 8 万元。这在以前根本不敢想。多亏柳园农家书屋举办的科普宣传，让我解决了蔬菜病虫害的难题，抛弃了传统的做法，改用生物除虫害方法，让我的菜真正成为无公害的绿色食品，城里的人都抢着买我的菜，直夸我的菜好……"

像这样从柳园农家书屋举办的各种活动中学到技术、得到实惠的农民朋友数不胜数。柳园农家书屋为科普宣传、培训搭建起了一座高效的桥梁。

60多岁的村民程家勤为农家书屋编了一段说唱：

> 宁可不吃猪排，
> 不能不读书屋的书；
> 宁愿三天觉不睡，
> 也要听专家的培训会；
> ……

苇菠村只有一所学校——苇菠小学。小学的图书室书籍短缺，制约了小学生的课外阅读。校长贾成珠向柳园农家书屋管理员刘光清求助，刘光清爽快地答应了，并且保证书屋不限时间，不用学生交押金，向苇菠小学全体学生免费开放。

小学生们在柳园农家书屋里如鱼得水、如饥似渴地阅读各种文化图书，开阔了视野，增长了知识。

贾校长感慨地说："自从学生到农家书屋去后，学生好管理多了，教学质量也明显提高了。小小农家书屋竟然解决了我们学校学生管理的问题，神了！"

柳园农家书屋拓宽了学校教育的范围，优化了教学效果，受到了学生和家长们的广泛好评。

如今，柳园农家书屋已在苇菠村村民心中扎下了根，成为村民生产、生活中不可缺少的一道亮丽的风景线。

蒋集镇新变化

关于农家书屋的得与失、是与非，目前可谓众说纷纭。"失败论""摆设论"的说法屡受炒作，也更易受到关注。

没有调查就没有发言权，事实胜于雄辩。2014 年至 2016 年，我近十次到滁州市、定远县和蒋集镇采访，直临一线，倾听学校师生、农民们的呼声，亲身感受到，农家书屋建设不仅有必要，而且还应进一步加强和改善。农家书屋目前所存在的问题与缺陷，主要是出在管理和使用上。在这些方面，安徽省、滁州市、定远县和蒋集镇都已进行了许多大胆的探索，取得了一系列可资借鉴推广的成功经验。

2015 年 3 月，我采访了蒋集镇时任党委书记刘会明。他介绍了农家书屋对于蒋集群众生活的良好影响。

以前，农村孩子基本没有书看。有的也只有一本《故事会》，大家都翻烂了。放暑假时，学生们大多泡在水塘里游泳，还容易出事故。现在，孩子们都从水塘进了书屋，可谓是掉进了书的海洋。蒋集原有 10 个村级农家书屋，2014 年 9 月乡镇撤并后，全镇共有 5 个村委会和 2 个社区，但书屋仍保留 10 个。每个村级书屋有藏书约 2300 本，与镇农家书屋的 4 万多册图书在全镇范围内实现循环流通。

2014 年，蒋集镇所有的农家书屋被列为全省示范点，每位图书管理员每月有 400 元报酬，书屋每周二、四下午和周六、日全天开放。管理员要主动送书下村、到户，特别是疾病医疗、结婚生子、农业科技等方面的图书。

　　管理员要针对不同的人群，分类培养群众对读书的兴趣。如小学生喜欢看动画书、科幻书，中老年人喜欢看历史、传记类图书，种植大户喜欢看科技图书。管理员要针对群众对专业技术、现代农业技术等方面的渴求，主动向他们推荐书刊。对于儿童和学生，要培养其阅读儿童文学、价值观养成、传统文化等方面的书。对于中年群体，主要推荐提高素质和家庭致富方面的图书。对于特殊人群，如中老年人，则推荐健康保健方面的图书。蒋集镇要求每个书屋每年培养的读书户不少于 200 户。

　　为了丰富农民文化生活，蒋集镇计划深入挖掘文化娱乐资源，如传统的舞龙舞狮、大鼓书。逢集就组织群众唱大鼓书，编上新内容，让大家学好、向善。

　　在蒋集农家书屋这块金字招牌的影响下，蒋集镇近年来发生了很大的变化。

　　过去，老百姓为当地贫困状况编了一首民谣：

　　　　小麦油菜稻，
　　　　年年卖不掉。
　　　　天天发牢骚，
　　　　不知怎么搞。
　　　　农资部门买，
　　　　粮食部门（小贩）卖。
　　　　年终落个蛇皮袋，
　　　　装的口粮和来年再生产资料。

现在，蒋集镇政府致力于彻底改变镇发展面貌，又编出了新歌谣：

　　　　把水留住
　　　　把树栽上
　　　　把结构调整好
　　　　把路修通

　　依照这一思路，蒋集镇逐步改变传统农业格局，积极进行结构调整和土地流转，发挥第一产业的优势，大力发展"六个一"新产业。农民通过土地租金、就地打工当农业工人等增加了收入，又确保了农村土地不撂荒。

　　2012 年以来，国家投入 30 万元，为全镇修通 24 条 36 千米道路。镇上主干道都设置了路灯及监控，安排警察和干部定时巡逻。目前，蒋集镇前往合肥的五条道路全部修通，农民外出打工和出售农产品都很方便。道路通了，资金也就更容易被引进来了。有了资金、技术和市场，依靠产业和人文，就能留住人，农村就不会变成空心村、留守村。

滁州市探新路

根据定远县相关领导介绍，定远县作为全省农家书屋建设示范县，采取了许多得力举措，推进书屋工程发展，取得了显著成效。

2015年，定远县将蒋集镇农家书屋改扩建工程列为县政府年度民生工程为民办十件实事之一。蒋集镇农家书屋的确为一方百姓造了福，是农民掌握发家致富技巧、依法维权的法宝，也是莘莘学子实现理想的康庄大道。

2014年，定远县被确定为全省农家书屋建设示范县，在全县247个农家书屋中挑选了25个搞试点，制定了书屋管理员培养读者群的分类目标。一类书屋须培养读者500个以上；二类300个；三类100个。

全县农家书屋建设要以蒋集镇书屋为标准，做到"三寻""三管理"。一是寻址。书屋要建在交通便、人气旺的地方，有的就直接建在农民家里。这样能更好地适应农民需要，拥有相对固定的读者群。二是寻人。要找的适合的书屋管理员应该是一位有一颗热心、责任心和事业心的人。三是寻书。图书要结合当地"三农"结构，结合农民需求，如种植业、养殖业、水产等方面的图书。新书选择要一边结合省里的要求，一边搞调研，搞清农民需求。新书要主动送到农民手中，向农民进行推荐。

"三管理"就是管理好农家书屋、读者和经费。全县划分为6个片区，以县图书馆为总馆，其他乡镇综合文化工作站为分馆，村级农家书屋为节点，实行统一编目和联网，实现图书在全县范围内的自由流动，做到"通借通还"。每月根据各乡镇上报的图书需求进行再配给。目前，县图书馆建筑面积 2300 平方米，有藏书 12 万册。县里每年安排 10 万元资金更新图书。县政府还为其配置有图书大班车，与县新华书店合作，每月两次往 22 个乡镇配送图书，一年 24 次。针对读者的个别需求，还安排快递物流送书，由政府向快递公司购买服务，以确保多方面、全方位地满足读者需求，积极抢占农村文化阵地，培育全民阅读氛围。

除了办好农家书屋外，自 2012 年起，定远县还在各个方面努力满足农民文化需求。

一是村村通广播电视。县广播电台、电视台在各乡镇设立放大站，在村里设立喇叭音箱，实现全覆盖。

二是在各村建立农民乐园，包括"一场两堂三室四墙五榜"。"一场"为综合文体广场，有大舞台、篮球场、健身器材等设施；"两堂"为礼堂、讲堂，礼堂主要满足农民朋友举办节庆礼仪、议事聚会等需求，讲堂可用于形势政策宣讲、科学和法律知识普及、生产技能培训等；"三室"为图书阅览室（农家书屋）、文化信息资源共享工程室（用于网络知识学习、信息查询、远程教育等）、文化活动室（用于文化辅导、"非遗"传承演练等）；"四墙"为村史村情展示墙（展示村庄历史沿革、文化遗产、物产特产、重大事件等）、民风民俗展示墙（介绍积极健康的家训、族训、家谱、族谱、村规民约等）、崇德尚贤展示墙（展示本村道德模范、优秀学子、好人好事等）、美好家园展示墙（展示美好乡村风貌、村庄发展远景规划等）；"五榜"包括仁人榜、孝子榜、学子榜、新风榜、好人榜。

三是送戏下乡，每个村每年要演一场戏。

四是科教文卫三下乡。

五是放电影。每个村民小组每年要放一场电影。

滁州市自 2007 年起实施农家书屋工程，到 2012 年底实现了全覆盖。全市共建立了 1081 个村农家书屋和 241 个社区书屋，总计 1322 个。这项工程的顺利开展，归结于领导重视和保障得力。市里将农家书屋与乡镇文化站建设和农村公共文化信息资源共享（电子阅览室）工程一起，列为原滁州市文化广电新闻出版局负责的三项民生工程。在经费方面，按照中央、省和县里 5：3：2 的比例筹措。每个农家书屋严格遵照建设标准，建设经费不少于 2 万元，书屋面积不少于 20 平方米，图书不少于 1000 册。

除了建好农家书屋外，市里还特别注重对书屋的管理、维护和使用。在这些方面，滁州市积累了一些有益经验。

首先是加大图书更新。在省里规划的农村专项文化补助中，每年支付给每个农家书屋 2000 元经费，其中 1600 元用于订阅更新出版物，400 元用于日常维护。

其次是培育稳定的书屋管理员。对于农家书屋的发展而言，培育稳定的、富于奉献精神的管理员十分关键。滁州市各地在实践过程中，尝试给予书屋管理员数额不等的报酬。譬如，蒋集镇农家书屋每月给管理员 800 元报酬，村农家书屋每月给 400 元。滁州市南谯区与残联合作，聘请残疾人管理农家书屋，每月给 600 元报酬，由区里和残联各承担一半。同时，充分发挥大学生村主任和志愿者的作用。滁州市大约有三分之一的农家书屋管理员是由大学生村主任兼任的。滁州市还积极招募志愿者，邀请志愿者来管理书屋。在建设农家书屋时，注意选址。有不少书屋就选择建在那些农村文化中心户家里。这些农户自身爱好读书，又比较热心，农民什么时候去借书都可以。有的则建在退休教师家里。来安县就有 160 个农家书屋建在文化中心户家里，这些农户大多为种养殖大户，在村子里比较有人气，能够较好地带动农民看书阅读。

与此同时，滁州市特别重视对管理员的培训。市县联动轮训，开展全市书屋管理员实训班，让管理员现场观看行家是如何管理的；举办管理员技能大赛，进行工作思路交流；等。通过培训，强化、细化了管理员对职责任务的了解，使管理员明白了自身的责任与服务标准。管理员通过及时征集读者阅读需求和意见反馈，每年在全市集中采购配书时，就特别注意多采购些读者需求的书刊。

再次是培育完善的管理制度。管理员有专门的《工作日志》和《借阅登记》，确保了图书不丢失。

最后是发展读者。对于农家书屋工程而言，发展读者很重要。滁州市采取了一系列有效措施来发展读者，如举办"书香滁州"征文活动。每次征文都要评选出一二等奖作品，在《滁州日报》专版上发表。投稿者也都有奖励，如发给读书卡等奖品。同时，还开展图书惠民活动。联合市邮政局、新华书店和图书馆，对图书实行打折销售。新书八五折，旧书有的低至 1 折，基本做到了全都低于市面上的价格，以此吸引群众买书、读书。此外，还在全市范围内开展"书香之家"评选，按照全国评选"书香之家"的标准——藏书量，自身读书，引领他人阅读以及获得的读书成果，如在报刊发表文章的数量和获读书奖情况，多渠道、多种方式地在全社会积极营造全民读书的氛围。

借助"三培"、"三创"（培育读者、培育农民阅读品牌"农民读书节"、培育书屋管理员，创造农家书屋示范县、示范村、十大特色农家书屋）、"一书屋一品"，促进农家书屋竞相繁荣。同时，将科技培训植入农家书屋，增加其吸引力。

在原滁州市文广新局看来，为群众提供公共文化服务，同教育、卫生一样，是政府必须做的事。在省、市、县要建立文化馆、图书馆、博物馆和影剧院；在乡镇一级，要建立不少于 300 平方米的文化站；普及到村，则是农家书屋和广播电视"村村通"，解决和满足基层群众的文化需求，保障其获取文化服务的权利。

目前，滁州市已在定远和来安两县进行试点，探索构建公共图书服务一体化，逐步实现以县为单位，将县、乡、村联成一网，做到资源共享。如来安全县 240 个村，农家书屋总经费 38 万多元，可以实行全县图书统一采购、电脑联网、分区域配送。一个县只需配置一两部车辆，即可实现由县配送到乡，再由乡配送到村。每半年轮换一次，每年更新图书，最大限度地满足读者需求。如此一来，由于图书流动性增强了，资源总量便会得到大幅增加。而联网后，可实现县、乡、村三级书屋的通借通还，极大地便利了读者。

安徽省阔步向前

对于蒋集镇、定远县、滁州市而言，农家书屋建设取得了很大成绩。而就安徽全省，农家书屋工程同样成就斐然。

朱波扬是时任安徽省新闻出版广电局农家书屋工程负责人。2015年初，他在接受采访时告诉我，全国农家书屋工程率先在甘肃省搞试点，2007年八部委联合出台文件全面启动。安徽省领导认为，这是一项对群众有益的工作，要认真规划，积极推进。到2012年底，安徽全省已建立18952家农家书屋。全省各乡村、城镇社区实现了全覆盖。现在，由于农村行政村减少，书屋总数量有所减少。

朱波扬，1969年出生，1987年高中毕业后入伍，当的是空降兵。在部队里负责跳伞，三年间无一伤亡，立三等功四次。2007年，以副团级从部队转业。转业时，因为喜爱看书学习，所以选择到原安徽省新闻出版广电局工作。

谈到社会上有很多议论，认为农家书屋没有价值、多余，朱波扬愤愤不平。他举例说："在合肥三十岗乡，有一位合肥印钞厂的下岗女工，种植西红柿老是开裂。她通过看书，得知这是由于西红柿缺钙造成的。后来，她的种植业发展得很大。可见，农家书屋和书籍，都是到了需要时人们才发现它有用。农家书屋就像是给广大农民准备了一家知识银行一样，将知识存在那里。农家书屋不会像修公路那样，或是给坑坑洼洼的道路填上水泥那样，好处谁都看得见。看书、阅读能改变什么，看不见。但是多年以后，我们就会看到它的作用了。读书发挥作用绝非一日之功,而是日久见真金。宿州有一位农妇,两个儿子考学出去后自己在合肥上班。村里的农家书屋选点时,她主动要求放在她家。她家在马路边新盖了几间瓦房,准备给儿子结婚用。她愿意拿出一半的房子放书,自己志愿担任管理员。她是真正认识到书的作用了。"

在朱波扬看来,农家书屋发挥作用就像是滴水穿石、绳锯木断。农家书屋区别于一般的图书馆,它更贴近农民。要搞好农家书屋,需要全社会动员大批的热爱读书的志愿者参与,要靠他们来"点火",才可能造就"燎原"之势。农家书屋要举办读书讲座,比如各市县可以邀请专家给农民讲讲老年病预防与治疗。同时,还要大力发展社区书屋、电子数字书屋,在公共文化场所实现免费 Wi-Fi 全覆盖。

推广全民阅读,政府推动是根本。政府要大力支持和带动全民阅读,推动全社会养成阅读习惯。在农家书屋管理使用中,关键在管理员。芜湖市政府通过购买服务,每个社区设专人负责农家书屋,与人事、组织、财政等部门挂钩,列入职责考核范围,在书屋管理方面蹚出了一条有效的路子。

与此同时,朱波扬也提出,必须正视"空心村"现象。当下很多乡村正在消失,许多家长纷纷把孩子送到拥有优质教育资源的县城或乡镇学校去。有的村小学,学生从原先的 500 多名减少到了 20 多名。有的小学,老师的数量甚至超过了学生数,老师们平时无事可做,竟聚在一起打牌消磨时光。针对这些实际情况,农家书屋这项利民工程应做相应的调整,以更好地适应农村人口的阅读需求,提升他们的文化素质。

就安徽省农家书屋建设有关问题,2015 年初,我专门采访了安徽新闻出版广电局原党组书记郭永年。郭永年侃侃而谈,对于农家书屋颇有心得。

在郭永年看来,农家书屋工程,党和政府高度重视,主题好,切入点好,是新农村建设中的一大亮点。每年"中央一号"文件关注的都是"三农"问题。新农村建设的目标是让农业更强、农民更富、农村更美,主题是农村两个文明建设一起抓,关键靠人,靠提高农民素质。而如何提高农民素质,增强其建设新农村的本领?农家书屋可以发挥很大的作用,也可以很好地满足农民部分的文化需求。

关于如何看待农家书屋,郭永年认为,农家书屋是国家致力于构建的农村五大文化惠民工程之一，旨在减少城乡差距特别是文化差距。五大文化惠民工程包括乡（镇）综合文化站、村组农家书屋、"村村通"广播电视、农民体育健身和城乡文化信息资源共享。

全国农家书屋工程自 2007 年启动，2008 年全面铺开。东部地区只给政策，中部地区每个农家书屋中央补贴 1 万元，地方配套 1 万元，西部地区中央给 80% 的经费扶持。要求每个农家书屋按照 2 万元标准建设，面积不少于 20 平方米，配备图书不少于 1500 册，品种不少于 1200 种，报刊不少于 20 种，电子音像制品不少于 100 种（张）。截至 2012 年底，中央和地方财政共计投入资金 120 多亿元，全国共建成农家书屋 60 万余家，共计配送图书 9.4 亿册、报刊 5.4 亿份、音像制品和电子出版物 1.2 亿张。农民人均图书拥有量达到 1.13 册，初步解决了农村 8 亿农民群众读书难、看报难的问题，促进了城乡基本公共文化服务均等化，丰富了农民群众精神文化生活，被群众形象地誉为"农民致富的学堂、农村文化的殿堂、农村学生的第二课堂"。

安徽省将农家书屋作为民生工程，投入资金近 5 亿元，用四年时间推进，2012 年底实现全覆盖，比全国统一规划的完成时间提前了三年。

对于农家书屋，各方反映不一。有人认为作用很大，但也有人认为是形式主义。郭永年经过多年的实地调研和深入思考，提出农家书屋存在着"四个有"：

一是有必要。进入 21 世纪后，城乡文化需求差距大，农村文化投入低，国家向有困难的农村转移支付，选择建设农家书屋，这是一个很好的切入点。

二是有成效。农家书屋在新农村建设中发挥了很好的作用。作为文化活动阵地，书屋可以帮助农民学技术发家致富，可以更好地教育农村孩子，促进学习进步，可以普及家庭、婚姻、法制、养生知识等。

三是有差距。具体存在着 8 个差距：

1. 农村缺乏阅读主体。年轻力壮的农民都进城打工去了，剩下的妇女、儿童和老人，谁来读书是个主要问题。以前，农村小孩可以在书屋读书学习。现在，农村小学人少，许多小学合并了，或者小孩随父母进城念书，生活在乡村的小孩也不多了。这些都是新问题。

2. 阅读多样化现象突出。书本不再是知识信息的唯一载体，网络、手机和广播电视日益普及，冲击了纸质书的阅读。

3. 农家书屋的选址单一化。书屋大多建在村部，由村"两委"班子管理，或作为党员活动室。有的建在热心公益的农民种养殖大户、退休教师家里或是学校周围，不利于农民阅读。

4. 阅读被动化。村"两委"未能将阅读与致富相结合，缺乏引导和组织，缺少通过活动来吸引村民阅读，提高其致富能力。

5. 无专职管理员。管理员大多由村主任或村干兼任。村里一般设有计生专干、社会综合治理专干，还应配一名有责任心的公共文化服务管理员专干，由财政转移支付承担费用。

6. 出版物更新不能适应农村阅读需要。当今世界，知识更新快，2007年书屋兴建时配的书已经成为旧书。而自2013年起，每年每个农家书屋虽有了1600元购买新书的经费，但是主管部门配送给农家书屋的书有的不对路，农民不爱看。

7. 建设单一化。农家书屋主要由政府主导。政府给每个书屋每年的经费预算都是2000元。社会力量参与的少。

8. 未形成资源共享。农村文化建设要整合资源。凡是对农民有益的、有用的文化建设、文化服务等都可以吸纳进来，使农家书屋真正做到一牌多用、一室多用。

四是有机遇。中央高度重视文化建设，这非常有利于农家书屋的发展壮大。农村和农民需要文化服务。构建综合性的农民文化乐园恰逢其时。各地正在推进的"一场两堂三室四墙"工作意义深远。

农家书屋建设难题在于普及。除了中央和地方政府重视外，关键是人。农家书屋需要千千万万个像金兴安这样甘于奉献、默默无闻的热心人，也需要像安徽出版集团这样无私支持的社会力量。如何破解8个差距的难题，盘活全国数十万个农家书屋这一巨量资源，使之真正成为发挥作用的品牌，唤起全社会对农民文化需求的关注，蒋集镇农家书屋可以起到一种示范的作用。

第六章

书香中国润百姓　　国家工程谱新篇

2005 年 12 月 17 日，全国首批 15 家农家书屋在甘肃兰州、定西、天水等地正式挂牌。农家书屋的诞生，为农民提供了读书学习的场所，对于帮助农民学习知识、获取信息、提高素质意义非凡。不到 10 年时间，全国即已建成农家书屋 600449 个，基本覆盖所有具备条件的行政村。这项重大文化惠民工程历史性地解决了长期困扰我国农村的读书难、看报难的问题，农家书屋因此被誉为"家门口的图书馆""孩子们的第二课堂"。

西北：重建"耕读传家"传统

仲秋时节，陕西关中大地到处是绿油油的玉米地，大红石榴和酥梨压弯了枝头。正值秋收，在农家书屋阅览室里看书的农民很少。但外借图书登记簿上的记录显示，即使在一年最忙的日子里，农民们也会抽时间借书看书。在华县赤水镇步背后村农家书屋，2015 年 8 月 14 日至 9 月 15 日的借阅记录，30 天内共计 11 位村民借阅了 13 册书。在汉阴县城关镇月河村农家书屋，厚厚的 6 大本《农家书屋图书借阅登记簿》详细记录了外借图书的书名、出版社、价格、借书人、借书日期和还书日期。管理员沈继惠说，书屋自 2011 年 9 月开放以来，平均每年有 600 多人次外借图书。月河村常住人口 4100 人，按书屋的记录，阅读人口约占总人口的 15%。

这两家书屋的数据与 2014 年的一项调查大致相符。2014 年，中国新闻出版研究院第十一次全国国民阅读调查结果显示，33.3% 的村民使用过农家书屋，其中 15.6% 的村民每月至少使用一次农家书屋，人均每年使用农家书屋 5.55 次，农民对农家书屋的满意率达到 63.6%。

这样的数据与农家书屋建设者们以及社会舆论的期望仍有较大差距。只有三分之一村民使用过农家书屋，剩下的那三分之二为什么没有迈进书屋的大门呢？农民缺少阅读习惯是主要原因。

"正因为农民缺少阅读习惯，我们才更应该加大农家书屋的建设力度。"原陕西省新闻出版广电局印刷发行处处长张光荣说，农民缺少阅读习惯不是他们天生就不爱看书，而是从小没有机会接触图书，没有养成阅读习惯。书屋建成了，农民有了接触图书的机会，才能谈得上培养阅读习惯，书屋的利用率才能提高。

时任全国政协常委、民进中央副主席朱永新长期从事阅读研究，他指出：一个人如果在 12 岁之前没有养成阅读习惯，以后爱上看书的可能性就很低了。阅读要从娃娃抓起，是国际公认的阅读规律。但我国农村历史欠账太多，长期以来文化基础设施短缺造成农民群众缺少阅读习惯。农民看书难、看报难的问题只是在农家书屋全面建成的 2012 年以后才得到初步缓解，要求农村的成年人大量阅读是不现实的。

据统计，农家书屋实现全覆盖后，全国共计配送图书 9.4 亿册、报刊 5.4 亿份、音像和电子出版物 1.2 亿张。农民人均图书拥有量从农家书屋实施以前的人均 0.13 册增长到人均 1.13 册。

张光荣说："我们希望通过农家书屋重建农村'耕读传家'的传统。但传统中断了那么多年，重新接续上当然很难，不能指望今天书屋建成了，明天这个传统就恢复了，这需要时间。"

王建刚、王建涛兄弟俩曾是汉阴县城关镇五一村的留守儿童，在上初中的 3 年里，父母外出打工，兄弟俩的课余时光和寒暑假基本是在村里的农家书屋度过的。书屋的 2 万余册图书为他们带来了无穷欢乐。这座书屋是汉阴县委党校退休教师李传文于 2006 年自费在自家老宅里建立的。李传文说，他最高兴的时候就是附近五一小学和中学的孩子们来借书的时候。9 年来，李传文的书屋接待最多的就是学生读者。

月河村书屋 2011 年 9 月 20 日正式开放，但直到 10 月 13 日才有人外借了第一本图书。这中间的 20 多天正是书屋管理员沈继惠最煎熬的阶段："没人来，大家都不知道农家书屋。我当时就想，要想把书屋办好，中心工作就是不断扩大读者群。谁最爱看书？谁最有时间看书？当然是学生。"沈继惠和附近的小学、中学联系，免费给每个班级发 10 张借阅证，请老师发给表现好的学生。这一招果然见效，学生们的到来使书屋的利用率猛增，而且还带动了家长来书屋。

农村少年儿童的阅读状况给人以希望。华县图书馆馆长王翠侠说，孩子们的阅读需求很旺盛。2016 年暑假期间，华县图书馆举办了国学主题阅读活动，每天到馆参与的孩子有两三百人。现在学校在教育部和原文化部的支持下普遍建立了图书室，老师每到寒暑假都会布置阅读作业，开出必读书目，由家长为孩子买书，并监督孩子阅读。所以现在孩子们的阅读量和阅读习惯明显高于成年人。

中国少年儿童新闻出版总社副总经理赵恒峰近几年一直在各地搞阅读推广活动，他发现越是中小城市、越是县城，阅读推广活动越受欢迎。"我们分析，大城市的孩子不缺书，越往下面孩子们的书就越少，对阅读就越渴望。据不完全统计，我国少年儿童平均每年大概读 3 本到 5 本书，而西方发达国家一般都在 13 本到 15 本，差距很大。"赵恒峰说。

这一情况也引起了书屋建设者们的关注。原国家新闻出版广电总局大幅提高了少儿类图书在《农家书屋重点出版物推荐目录》中的比重，少儿类占比从 2008 年的 10.2% 提高至目前的 32.3%，成为推荐目录中数量最多的大类。

在李传文书屋里有一本破旧的读者留言簿，留言者以学生居多。一个名叫李俊乐的小朋友在 2010 年 11 月 23 日写道："今天，我在书屋里找到了一本我最喜欢的书《星星物语》。这（是）一本好书，我的体会是：读书使人聪慧，所以我要告诉大家，让我们爱书吧……"

农家书屋办得好坏，关键在管理员。凡是管理员有文化、有责任心，书屋的管理就规范，开放时间就有保证，在村民中的口碑就好；反之则差。书屋管理员是一个非常值得敬佩的群体，他们中的绝大多数人没拿政府一分钱，都是在义务奉献。

以汉阴县 179 个农家书屋为例，其中 21 个管理员由离退休老干部、老教师自愿担任，占总数的 11%；27 个管理员由村级小学教师担任，占总数的 15%；131 个管理员由村干部兼任，占 73%。一般由老干部、老教师担任管理员的书屋免费开放，服务到位，能做到全天候随时开放，随叫随到，同时还能送书上门，组织阅读活动以及指导群众读书；由村小学教师担任管理员的书屋能做到让孩子们读书，并通过孩子影响家长读书；其他由村干部兼职的书屋，山区村能做到每周三坚持开放，部分村能做到每周开放两天以上。总体情况是：城镇、集镇人口密集的地方好于人口少的地方，平川地区好于山区。

前文提到的月河村农家书屋管理员沈继惠曾是县长，退休后自愿担任书屋管理员。他的书屋面积不大，但干净整齐，图书报纸杂志分类清楚，借阅登记详细准确，书屋人气很旺。五一村书屋管理员李传文已经把自己的祖宅全部变成了书屋，还计划在自家的空地上自费盖两层图书楼。李传文在当地是名人，各界对他的书屋非常支持，捐赠的图书越来越多，屋里已经放不下了。俩人的共同特点是有知识、有文化，对书屋这项事业充满热情。但毕竟都是70多岁的老人了，他们都在寻找能接替自己的接班人。

沈继惠、李传文等老干部、老教师就是当代的"乡贤"。他们所做的工作就是在接续耕读传家的乡贤文化。

继2005年甘肃首创农家书屋并实现全国推广后，2016年，该省又将传统的农家书屋"升级"，在国内较早开办数字农家书屋，为推动精准扶贫、提高农民素质提供了新帮手。

数字农家书屋，是甘肃省新闻出版广电局和甘肃省财政厅牵头，由读者甘肃数码科技有限公司具体实施的基于无线Wi-Fi覆盖下的网上读书模式。该模式目前已在甘肃庆阳市试点成功，完成了65个新农村数字农家书屋的建设和试运行，然后将逐步在全省推广。

在数字化和新媒体蓬勃发展的形势下，传统的以纸介质出版物为主要内容、以固定房屋为唯一阅读场所的农家书屋，已经不能完全适应农村发展的需要。"传统的农家书屋在发展和使用上，都存在着一定的限制和不足。村民们觉得借阅手续比较麻烦，忙农活的时候根本没有时间去看书。"时任庆阳市西峰区什社乡李岭村村委会副主任李寿仙说，传统的农家书屋重建设轻管理、出版物更新慢、内容陈旧、借阅不便等问题，成为制约农家书屋作用发挥的瓶颈，有的农家书屋甚至成了摆设。

"农家书屋里的书不是很多，其中不少书对于村民没有吸引力，也起不到帮扶的作用。"西峰区显胜乡毛寺村村民毛腾杰说，平日里村民们的闲暇时间都用在了聊天和娱乐上，对农家书屋的关注越来越少。

创办数字农家书屋，是甘肃精准"扶智"的新路子。只要任何终端设备进入数字农家书屋所覆盖的无线网络区域，均可通过自用设备连接无线网，进入网上农家书屋读书或免费下载图书。

"我们正在加快'听书'功能的研究，让村民通过终端设备阅读的同时，还能听到读书声，提高阅读效率。"读者数码科技有限公司总经理金大时说，今后村民们可以戴着耳机，一边干农活一边听书。

目前，由该公司自主研发并上线的读者云图书馆已正式开放农家书屋端口，拥有图书、多媒体与农业专业资料、原创文学、期刊等一级类目书目约4万册，推出农业类专题近50期。

读者数码科技有限公司副总经理周馨梅介绍，随着云图平台功能的不断完善，今后数字农家书屋还将考虑建立"村务公开栏""与农科专家面对面对话"等栏目，以方便村委会各项工作的顺利开展和农民种植、养殖病虫害等问题的现场解决，还将有效对接农产品供求市场，解决传统农业中因信息不畅而导致滞销的问题。

"如果在这个平台上除了看书，还能发布产品销售信息，那吸引力就更大了，我们的生活将发生很大变化！"毛寺村村民毛锦锋兴奋地说。

庆阳市试点区域数字农家书屋无线基站使用人数比例达到90%以上，登录读者云图书馆、数字农家书屋端口人数比例达到95%以上。这说明，数字农家书屋能够在真正意义上帮助农民实现"移动阅读""海量阅读"和"低碳阅读"。对于新农村建设和精准扶贫来说，这将是一个具有普遍推广价值的创新模式。

在西北边陲新疆，农家书屋工程也在如火如荼地推进中。

今年69岁的肉孜买买提·卡迪尔，是新疆洛浦县布亚乡欧吐拉昆孜村的"三老人员"。他退休后，本可以打牌下棋、养花种草、颐养天年，但他认为自己是一个老党员，受党的教育培养多年，还应该再为群众做点实事。他想，近些年来乡亲们生活越来越好，口袋里的钱也慢慢多起来，但是文化素质低成了致富路上的绊脚石，应该想办法先把群众致富的头脑"武装"起来。肉孜买买提心里便有了为群众办一个农家书屋的愿望。他的想法得到了村党支部的大力支持和帮助。肉孜买买提就在村委会旁一间闲置已久的24平方米房子里办起了县里首家农家书屋，并挂牌免费向群众开放。

简陋干净的农家书屋虽不大，但摆放有序。书屋的正面墙上挂着伟人挂像和国家领导人视察新疆工作的挂图，左侧的墙边有一个木制的阅报栏，旁边的桌子上放着一台彩色电视机，门的两侧各放着一套四座新桌椅。在并排的5个书架上，他按照政治、科技、法律、生活等分类整齐地摆放着各种书籍。现在阅览室的图书、期刊有2600多册，报纸5种，价值约2.6万元，其中 1 万多元书是肉孜买买提自己买的，其余的都是自治区农家书屋领导小组办公室、县委宣传部等单位送书下乡赠送的。来这里看报纸、借书的人大多数是本村的农民和学生。为了给大家提供一个好的读书环境，肉孜买买提自己又花 600 元钱买了两套新桌椅搬进了农家书屋。从 2005 年开始登记以来，累计来农家书屋看书的人达 2400 多人次，外借书刊 1600 多本。

肉孜买买提的农家书屋门前有三块黑板报，每周一期，内容包括国家政策、中央文件、科技知识、民族团结、优惠政策、计划生育、公民道德、反对民族分裂等等。他还是中学校外政治辅导员，每半个月到学校给学生讲一次生动的政治辅导课。村民亲切地称肉孜买买提的农家书屋是"农民的宣传部"。

华北：乡村明天的希望

　　河北省怀来县北辛堡镇老君庄村是个有 1000 多口人的村庄。以前村里穷，邻村的姑娘都不正眼往这边瞧一眼！

　　村子从 2002 年开始发展水果种植业，如今人均年收入已超万元。别的村年轻人都出去打工了，这个村正相反，年轻人都留在家里搞种植，农忙时还要请外村的劳力来此帮工。

　　这是个库区移民村，本没有任何资源，有限的耕地更是限制了水果种植业的发展。村里人聪明，老书记更有主意：没有"鸡"，咱们"借鸡下蛋"呀！这些年，村里相继从邻村租了 500 亩地用于草莓大棚种植，村里还成立了草莓合作社。三口之家如果承包 6 个草莓种植大棚，一年能收入 20 万元。

　　生产发展了，收入增加了，农民稳住了，可村干部们一点也不敢松懈——竞争如此激烈的时代，稍不留意就有可能被淘汰。要实现可持续发展，文化知识的不断获取和更新就显得尤为重要。这一点，村干部们心里都非常清楚。

　　正当他们琢磨着做点什么的时候，农家书屋在这个村落地了！

　　"这是我们村有史以来第一个书屋，以前我总觉得该做点关于文化建设的什么事，可就没往书上想。书屋刚建成时引来了不少村民，每天屋里都挤得满满的，可见现在农民生产生活中多么需要知识。看这踊跃的架势，我们赶紧制定了图书管理规则，并指派一名村干部具体负责。"时任村支书祁昇说，"为了确保农家书屋管理有序，我们制作了借书证，每个证押金 50 元，凭证借阅。结果一下就办出去 70 多张。受场地和图书数量的限制，暂时不敢发太多的借书证。"

周六、周日是集中借书、还书的日子。每到周末，书屋所在的村委会小院里就十分热闹。大伙不仅来还书、借书，还相互交流读书心得。这种读书氛围影响了更多人加入读书行列中来。据图书管理员介绍，水果种植技术、健康养生、法律常识和历史类图书借阅率最高。

祁书记说："没想到，小小一本书，能让村民精神面貌发生这么大的变化。我们要及时总结经验，扩大书屋规模，根据农民需要及时调整管理方式，让农家书屋发挥更大的作用。从现在这 70 多张借书证上，我看到的是村庄明天的希望。毕竟，农业现代化需要知识，农民生活的现代化也需要知识。"

张晶晶是当时北京延庆小浮坨村农家书屋管理员。

到小浮坨村上班的第一天，她便在村主任的带领下来到了村里的益民农家书屋。听管理员介绍说，图书刚进村那一天可称得上是人与书的天堂。村民们争先恐后地帮着将一摞摞书搬下车，然后小心翼翼地码放到早就备好的书柜里，书屋里顿时沸腾起来。

"哇！这么多书，我们可以看吗？"

"我能把这本《叶菜类病虫害防治手册》拿回去看吗？"

大伙儿手捧着心爱的图书，你一言我一语。还有的村民知道来了新书，顾不上手上的活，奔着书屋就跑过来。村民们对知识的渴望用如饥似渴来形容一点也不为过。65 岁的何大爷激动地说："原来吃完饭就串门、聊天、打扑克，现在可有的干喽！"

从书屋建成那一天起，小浮坨村的村民便与书结下了不解之缘。他们建设家园，在书里学规划；他们搭建吊炕，在书里查资料；他们建大棚，在书里找方法；他们种蔬菜，就在书中学技术……

蔬菜种植户翟翠英在翻阅《葡萄栽培管理技术》这本书时，琢磨出了种植西红柿的新方法。她效仿葡萄压条法，尝试使用西红柿压条法。她将自家大棚里种植的第二茬西红柿老叶打掉并放倒，新枝埋入土中逐渐地又长出了新根，再加上适宜的温度、湿度和水肥，西红柿长势很好。当其他大棚内种植的西红柿还在生长时，她家的西红柿已销往延庆各大菜市场。

　　就是凭着这股好学的劲头，村民们尝到了科学种植的甜头。他们种的蔬菜销往了北京家乐福超市，他们引进的新品种让附近村的村民都来参观学习，他们村成了科技推动产业发展的示范村。

　　在小浮坨村，流传着这样一句顺口溜："靠山吃山，靠水吃水。靠着八达岭，全凭一张嘴！"村里三分之一的劳动力都在八达岭旅游景点经营摊位，平时要接待很多外国游客，这就遇到了语言障碍问题，和外国人不能准确地沟通，造成有好商品却卖不出去的尴尬局面，直接影响到摊主的收入。益民书屋对准了这部分人群，聘请专业老师开办了英语培训班，为他们解决了口语这个大难题。"Welcome to Beijing""One World，One Dream"……奥运知识的培训吸引了村里不同年龄层次的英语爱好者。

　　就在这股学习风正强的时候，村里又迎来了另一场春雨：政府为书屋配备了"乐农家"数字视频资源包。资源包里，小品、相声、电视剧，法律、科普、种植等光碟，应有尽有。比如黄瓜的种植与管理，资源包从培土到育苗再到管理、病虫害防治，清楚、详细地介绍了每一个环节。村民们看得认真、听得仔细，就怕少听一个字、少看一个影、少记一句话。而负责放映的张晶晶则成了孩子们喜爱的"电影姐姐"、大爷大妈们喜欢的"影片闺女"。

　　现在，村民们每天吃过晚饭，都会三个一群、两个一伙地来到书屋。他们告别了酒局牌桌，捧起了报刊书本。"读书去！"在村里成为一句时髦用语。这个普普通通的农家书屋，被村民们称赞为"绿色书库""金色书屋"。

东北：书香浸润黑土地

靖宇县位于吉林省东南部。在靖宇县许多乡村的农家书屋里，人们经常看见一位年过七旬的老人。他做阅读辅导、交流读书经验，积极开展省关工委倡导的"读新书，学理论，学科技，创业致富"，受到广大农村青年读者的好评。他就是靖宇县文广新局关工委原副主任郭吉兴。

时年 75 岁的郭吉兴已有 50 年党龄，担任过原文化局党委副书记。他爱好摄影、写作，栽培过天麻，养过貉子，还培育过灵芝盆景。退休后，他以关爱未来为乐，主动参与适宜青少年教育的各项活动。

为了办好农家书屋，县里举办过 4 次图书管理员培训班，郭吉兴每次都主动参与讲课，以亲身经历讲解如何发挥图书管理员和图书的作用，引领年轻人读书、用书，并把自己的电话号码公布于众。从春到秋，郭吉兴经常独自一人，骑着自行车穿梭在山乡农家书屋的读者间，与农村青年读者和老年志愿者交上了朋友。一次，他在距县城 25 千米外的珠子河村发现 63 岁的图书管理员，戴着老花镜，用不整洁的纸在认真地画"图书借阅登记簿"表格。郭吉兴看到后，及时向县主管部门反映了这一情况。于是，县图书馆便为全县各村农家书屋统一印发了正规的《读者须知》《图书管理登记簿》和《图书借阅登记簿》。

有些青年人热衷于上网，没有读书的习惯。为了引导青年农民爱读书、读好书，郭吉兴一次次地告诉他们，读书能够武装头脑，增长知识，改变人生；要按自己的生活、生产需要和爱好有选择地读书，要联系实际，与实践结合。他帮助南阳村青年李兆春选读了《天麻栽培技术》一书。运用书中介绍的科学技术栽培天麻，李兆春发起成立了天麻栽培专业合作社。6 年来，李兆春带动周边村屯和周边县市 1000 多位农民发展天麻产业。因此，李兆春被推荐为县政协委员，被团县委评为青年创业先锋，同时受到了县委和省农委的表彰奖励。

郭吉兴帮助景山村青年灵芝种植大户孔令伟选了《图说灵芝高效栽培关键技术》一书。书中"在阴暗角落里培育灵芝，能长出畸形，可做盆景上市"这句话，让孔令伟开辟了新的发财路。景山镇政府为孔令伟挂上了"全县科技示范户"标牌。

郭吉兴还自费订阅了适合农村青年阅读的《吉林农村报》等报刊。他自己也经常到县图书馆读书，为自己充电，然后再传授给青年读者。每当在农村生活中发现亮点时，他就用相机及时拍摄下来，并整理成新闻文字材料，发送给相关部门和媒体。他的事迹被收入白山市关工委编辑的《桑榆育雏鹰》一书中。多年来，郭吉兴 9 次受到省市县有关部门表彰。他所在的单位多次被授予"关心下一代工作先进集体"称号。

华东：书屋聚得人气旺

"百姓本色永记心，退休之后系为民；故居办成小书屋，广场聚起众乡亲……"

在山东省济宁市鱼台县清河镇鉴洼村乡村书屋里，悬挂着友人送给书屋管理员鉴兆飞的赠言。这间书屋是鉴兆飞退休后毅然放弃优越的城市生活，回到家乡自筹资金创办的。书屋全天候免费向村民开放。因为藏书丰富，这家书屋还入选了山东省 100 个"齐鲁书香之家"。

鉴兆飞退休前在鱼台县环保局工作。读书在他的人生道路上起了至关重要的作用。退休后，他回到老家清河镇鉴洼村，发现村里虽然有农家书屋，但利用率不高。他又跑到镇上调查，发现那里既没有书店，也没有借书、租书的场所，村民想看书，只能跑到 25 千米外的县城新华书店去买。

2011 年底，鉴兆飞花 5 万多元买来 5000 多本书，加上亲朋好友送来的，共计 1 万多本书。他把自家在鉴洼村的老屋修缮了一下，在村农家书屋的基础上，办起了鉴洼乡村书屋。

起初，他还担心农民家家有电视，有的还用上了电脑，没什么人会来看书。但书屋办起来后，大大出乎他的意料。到第二年的四五月份，每天前来借书、看书的村民有 200 多人，来人和自行车挤满了院子及院子周边的街道。慢慢地，当地村民养成了把书借回家看的习惯。

到 2013 年，农家书屋工程配送的、鉴兆飞自己买的、亲朋送的、社会各界捐的书实在太多，老屋放不下了。鉴兆飞于 2014 年春天出资建起了前面是休闲广场、后面是书屋的村文化活动中心。建书屋和广场时，用的人工基本是村民自发出的义务工。村民们心里明白，书屋和广场都是为他们而建的。

村民谢庆标从小就非常喜欢看书，不管是农业生产技术还是文学、历史等方面的书籍，一看起来就爱不释手。但买书太贵，到县城借书又太麻烦，他常常为没书读而苦恼。鉴兆飞回村办书屋，谢庆标特别高兴，一有空就跑到书屋借书看。但是，近年来，随着糖尿病病情加重，谢庆标的视力严重受损。即便这样，他仍想借助放大镜看书。鉴兆飞非常同情他，就在工作之余，按谢庆标的想法，专门挑选出图书送到他家里。谢庆标对此十分感激。村民鉴保福长年在外务工，这两年他增添了一个新习惯，每次出门前都要先到书屋借上八九本书带上，以便随时可以阅读。

书屋尽管建在鉴洼村，但前来借书的人覆盖了鱼台县清河镇的 41 个村、罗屯镇的 10 多个村，以及金乡县卜集镇、高河街道办事处的 10 多个村。"有近 70 个村的农民前来借书。"鉴兆飞自豪地说。

除了这些村的农民，鱼台县、金乡县的学生更是书屋的常客，有的学生利用放学回家吃饭的时间来书屋借书看。因为时间短，学生们没法仔细查找图书，鉴兆飞便放下手头工作，热心地帮助查找，以不耽误他们上学。村子附近正在修建济徐高速公路，有许多外地来的工人知道鉴洼村有个乡村书屋后，也纷纷前来借书看。来自四川的筑路工人李修银说："白天修路累一天，晚上住在工地里又没有可休息的地方，幸亏有这个书屋能借到很多好书看。"

对前来借书的农民和学生，鉴兆飞一不要押金，二不看身份证，书借走后，还不还全靠自觉。他的想法是，即便有人不还，书也在农民手中流传着。只要有人看，书在谁那里都一样。4 年多时间里，就有 6 万多人次借书，一个人一次借三四本书很正常。对前来借书的人，鉴兆飞经常会问这样一句话："你家有不再看的书吗？有就送到我这里来，送到这里就有人看了。"因为这句话，前来借书的人送来了近 3000 本书。

谈到书屋的作用，谢庆标连连称好："以前农闲时村民没啥可玩的，不是看电视就是打牌，不利于身心健康。现在有了书屋，图书多、内容全，既能丰富文化生活，又能增长知识，提高农业生产技术水平，大家都喜欢看。书屋全天开放，随到随借，又不收一分钱，确实很方便。"前年，他种的棉花有很多"半羽子"，长到一半就不长了，造成产量大幅下降，亩产只有300斤。去年又遇到这种情况，他立即想到去书屋求助。鉴兆飞帮他找到了相关的专业书籍。经查证，棉花长"半羽子"的原因是缺锌，应施硫酸锌肥料。谢庆标就买了几十元钱的锌肥撒到地里，这一年棉花亩产有600多斤。

现在，鉴洼乡村书屋藏书近5万本，涵盖中外小说、政策、法律、种养技术、健康保健等门类。鉴兆飞对这些图书一一进行分类、登记、上架，工作量很大。他双侧股骨头坏死，前几年做了置换手术，现在走路都要靠拐杖。但是，为了这个书屋，他一年到头都住在村里。他说："在农村办书屋，需要有对农民的热爱，需要理解农民对书籍的渴求。"

东南：大山深处闻书声

我的家乡在福建省仙游县。自 2008 年起，仙游县在 18 个乡镇大力实施农家书屋工程，通过政府指导、部门协助、社会捐赠、村级自助等形式，实现全县建制村 100% 覆盖。其中盖尾镇昌山农家书屋被评为全国示范农家书屋，榜头镇紫泽村、鲤城街道蜚山村农家书屋被评为全省示范农家书屋。

新型农民需要科技"绿洲"。黄元伟是仙游县石苍乡隔壁村的"养蜂大王"。1999 年，嗜书如命的黄元伟将自家准备给儿子当婚房的 150 平方米新房改成免费开放的农家书屋，并自筹 100 多万元扩建书屋。目前，这个农家书屋共有《蜜蜂》《养蜂科技》等科普杂志，以及仙作古典家具设计、农业实用技术、少儿读物等各类书籍近 10 万册，吸引了十里八乡的群众前来阅览学习。

黄元伟出生在养蜂世家，初中毕业后就与蜜蜂结缘，但他发现土法养蜂、分散经营，难成气候。为打破养蜂人"四处漂泊、靠天吃饭"的境况，他钻研养蜂新技术，活学活用、推陈出新，成为当地"养蜂大王"。他还购置了养蜂车，引领蜂农开着流动养蜂车走南闯北追花采蜜；推行标准化生产，优化蜂产品操作流程；在全国一些城市开办蜂产品专卖店及网店销售，带领村民走上致富新路。

黄元伟常说："大家富才是真的富。"为此，他发起成立仙游县蜂业协会，担任会长兼党支部书记，依托鲤城蜂围蜂业专业合作社和伟业农林开发有限公司，通过科普宣传、技术培训、经验交流等方式，先后应用推广新品种 19 个、新技术 28 项。他还立足丰富的天然蜜粉资源，针对本县书峰枇杷、台湾甜柿、度尾文旦柚、荔枝、龙眼等亚热带名优水果种植面积大的优势，带领蜂农实施授粉作业，使授粉后的农作物增产显著，蜂农收入实现连年大幅增长。目前，全县蜂农每年生产绿色、无公害蜂蜜 8000 多吨，创产值 1 亿多元。

多年来，他以黄元伟农家书屋和仙游县蜂业协会科普示范基地为依托，采取课堂讲授与现场培训指导等方式，常年开展科普咨询和交流培训，向广大蜂农普及科学养蜂知识及新政策。先后开展农函大学员培训班 33 次，免费培训 3000 余人次，为学员和其他群众解决养蜂疑难问题 100 多个，使全县养蜂户增至 3000 多户，并吸引省内外农户上门取经，被蜂友们誉为"空中农业司令"。

黄元伟借助农家书屋撒播科技文化的种子，在他的引领带动下，文明之花在深山里绽放。如今，他还协助邻村引资兴建"黄＋蓝 e 蜂园"核心项目，力争将其打造为华南首个集休闲、度假、健身、娱乐、观光等于一体的蜜蜂主题公园。

黄元伟热心捐资兴教、科技扶贫，在美丽乡村建设中引领农民放飞梦想。仙游县蜂业协会被评为全国基层科普行动先进单位，他本人先后获得全国农函大先进工作者、全国首届"书香之家"、全省农函大优秀教师等荣誉。他还多次在原农业部农村实用人才带头人培训班、福建省农科院农业技术做视频讲座等，为广大农户传授科技致富心得。

华南：南国四季飘书香

在海南岛，农家书屋建设惠及千千万万的黎族、苗族等各族群众。自2008年以来，全省各市县党委、政府把农家书屋工程列入民心工程。农家书屋在提升村民文化素质、帮助村民科学致富等方面，发挥着越来越重要的作用。

琼中县什运乡南平村是一个山清水秀的黎家小乡村，有129户，601人。该村以种植橡胶、槟榔、香蕉、益智和瓜菜为主，2014年人均纯收入6191元。

南平村村委会在建设村委办公场所的时候，优先安排了30多平方米用于建设农家书屋，由县政府和县文体局配置了图书3000多册、电子音像制品100张、报刊30种。同时，以方便群众为原则，结合本村实际，将农家书屋与党员远程教育室、村民文化体育活动室、多功能会议室相配套，加强硬件建设，完善服务功能，满足农民群众丰富多彩的科普、文化、体育、娱乐活动需求。

农家书屋每周累计开放时间达40个小时。选配了一名具有一定文化水平和管理能力、热心公益事业的专职管理人员，并聘任该村的大学生村干部为兼职管理人员，对农家书屋内的书籍进行整理、登记存档，为群众办理图书借阅、预订和缺书登记等，使农家书屋做到规范管理、有序运行。

长期以来，南平村村民文化生活匮乏，村民没有书读，也没有读书的习惯。农家书屋建成后，把种类众多、内容实用、质量优良的图书、影像制品和报刊送到了村民的家门口，现在该村的农家书屋每天都聚集着一些爱看书的村民，有的看文学作品，有的看健康知识读物，有的看种养技术图书，看书成了村民的一种乐趣。村文书王育劲感慨地说："现在南平村赌博的人少了，看书的人多了，封建迷信的人少了，相信科学的人多了，农家书屋成了村民的朋友，成了提升素质、丰富文化生活的有力阵地。"

以前，南平村村民在生产过程中一遇到困难，首先想到的就是到乡政府找技术人员。自从有了农家书屋，村民们在农家书屋里就可以学到自己所需的科技知识。王业启是养蚕专业户，有一次他发现幼蚕莫名其妙地死了很多只，打电话给养蚕技术员，但是技术员到别的村去指导了，一时半会儿赶不过来。王业启就到农家书屋查找书籍，很快便找到了幼蚕死亡的原因和解决的方法，减少了损失。现在，一遇到无法解决的问题，他都会先到农家书屋查找相关图书。

在农闲时节和雷雨天时，村民就会来到农家书屋学习农业科技知识，寻找脱贫致富门路。许多村民运用在农家书屋学到的技术种植橡胶、槟榔、香蕉、益智和木薯，不少村民通过看书还掌握了冬季种植瓜菜的技术。目前，该村发展冬种瓜菜 92 亩，年产量 350 吨，每公斤平均价格 3.6 元，产值 126 万元。全村呈现出家家忙致富、户户奔小康的可喜局面，全村经济得到了快速发展。

保亭县三道镇三弓村领导班子把农家书屋当成自己的家来经营，农家书屋建设取得了显著的成绩，深受农民群众和中小学生的喜爱。

三弓村农家书屋坐落于三道镇前进小学旁，于 2012 年 9 月建成并投入使用，建设面积 106 平方米。配套设施有 510 平方米篮球场一个和 143 平方米舞台一座。

农家书屋内设有图书阅览室、文化信息资源共享工程和辅导培训多功能厅、电子阅览室。藏书 3865 册，涉及科技、文化教育、文学艺术、少儿读物、生活、医疗保健、政治、法律、经济等类。书屋设备齐全，极大地丰富了村民的业余文化生活。

书屋的管理工作由村文化协管员具体负责。书屋坚持每天全天候开放，节假日也正常开放。在校学生在放学后、节假日都可以过来看书。白天外出务工或务农的农民，晚上放工后也能看书。在两年多的时间里，报刊借阅达

5100 多人次，图书借阅 5300 多册次。县财政局和县文体局每月给村级文化协管员补助 600 元。

为了保证农家书屋更好地开展优质服务，书屋的全部图书均按《中国图书馆分类法》分类、贴上书签，上架对外借阅；定期在辅导培训多功能厅为村民播放电子音像制品；建立监督奖励等一系列创新机制；为确保图书不被损毁和丢失，采取从娃娃抓起，培养"护书小天使"，让孩子们自我约束，为大人树立榜样，同时帮助监督家人爱书护书。

三弓村农家书屋注意搞活图书流通，与其他村农家书屋定期开展图书互换，交换流通自己没有的书籍，达到资源共享，让图书发挥出更大作用。

三弓村还依托农家书屋，开展读书活动，培养农民的阅读习惯，提高农家书屋的利用率，帮助农民通过书本学到一定的技能。特别是在节假日期间，组织干部、群众、学生等，围坐在一起看书，谈读书体会，交流致富经验，互相推荐好书。同时，关注未成年人的成长，为他们提供学习辅导材料和有利于健康成长的课外读物。广大群众通过读书明了理、懂了法，学到了知识、掌握了技术，农民整体素质大大提高。

农家书屋还协助县就业局、热作中心等上级部门做好厨师培训、割胶等技术培训；配合县文体局举办年度文艺会演；坚持每月至少两次到村小组放映电影；每晚组织篮球活动一次，每月举行篮球赛一次，每天晚上举办广场舞活动，丰富了村民的娱乐和生活。农家书屋电子阅览室配备了 4 台电脑，并接通网络，农民群众和干部、中小学生随时都可以上网浏览获取知识。农家书屋已经成为村民学文化、学科技、了解致富信息的俱乐部，成了宣传党的方针政策、传播科学文化知识的阵地场所，成了农民吸取知识、传送信息、科学致富的桥梁。

自从有了农家书屋，读书成了三弓村村民、学生业余生活的主要活动。村里看书读报的"味"浓了，酗酒闹事的少了。村民们将农家书屋亲切地称作农村的"精神粮仓"、我们农民自己的"家"。

西南：全民阅读一个不能少

书香的种子撒向全国，60 余万个农家书屋落地生根。2012 年 8 月底，曾让无数人期待的"农家书屋村村有"变为现实。

贵阳市开阳县禾丰布依族苗族乡马头村的农家书屋比周围的农家"时尚"不少。墙壁刷得雪白，将近 20 平方米的屋子里，两排书柜上的千余册图书，按照文学、经济、农业等分类摆放。书屋一角还有两台电脑，三个孩子凑在一起用。

28 岁的宋移锋是村里的远程教育专职管理员，也是书屋的管理员。农家书屋从 2005 年就陆陆续续开始筹建，直到 2009 年才正式向村民开放。"没有书屋那些年，看书太不容易了。"宋移锋说起小时候的情景。十几年前的马头村，没有书店也没有书屋。谁家有几本书，一村人都清楚，村民间经常互相换书看。想买书，村民就得坐汽车去开阳县城的新华书店。一天一班车，单程就要一个半小时。说起过去，宋移锋感慨颇多："那时候书少，看书的机会也少。现在多好，有了书屋，不仅能看书，而且能上网，书屋里还准备了各种棋类游戏，一到假期，大人、小孩都跑到书屋来。"

王车村是个大村，有三家农家书屋。走进其中一家，10 余平方米的房间里，整齐摆放了两排书柜，2000 余册图书被分门别类地摆放。50 多岁的村民陈明先是书屋的常客，农闲时，他常常来书屋坐坐。他说，家里养了猪和鸡鸭，有了什么养殖困难，就直接来书屋找"答案"。

除了能看书，王车村的农家书屋还有一点与众不同，即书屋设置了布依族民俗展览室和书法室。展览室里展示了布依族的传统农业工具、服饰等，还有一些泛黄的手抄古书。陈明祥说："像我们这样有文化传统的村落，传承是一项重要工作。我们要保留这些物质和文化遗产，让后人引以为豪。"

清镇市卫城镇坪寨村耕读书屋的历史可谓悠久。1971年，周光俊将省吃俭用购买的1000多册藏书整理上架，创办了家庭图书室，取名"耕读书屋"，无偿供乡亲们阅读使用。1978年，镇上的新华书店重新开始卖书，周光俊欣喜不已。每次赶城，都跑到书店买书，让书屋不断有新"营养"。就这样，书屋一直开到了今天。

"书屋刚开门那些年，大家都踊跃来看书，可现在村里打麻将、赌博风气日盛。所谓'十年树木百年树人'，我希望用书屋的平台，慢慢改变村民的面貌。"周光俊说。现在书屋里配有电脑、投影仪等设备，他经常在书屋给村民开讲座、办学习班。他还计划着办个国学讲座，结合当地的风土民情，让村民们从身边的民族文化入手，逐渐爱上传统文化。

像耕读书屋这样历史悠久的民办书屋在贵州省还有很多。贵州民族大学图书馆馆长卢云辉多年来一直关注贵州省农家书屋的发展情况。他认为，现在由农民自发办起来的农家书屋显得更为活跃，也发挥了更大的作用，因为这些书屋的管理人员积极性高、宣传意识强。他说："在农村地区营造一个书香环境，需要的不仅仅是书。书不能解决人的社会性问题，而环境可以。在书屋里，可以看书、下棋、沟通情感，以此形成一个有凝聚力的场所，可以提升文化吸引力。农家书屋要发挥作用取决于人。一定要培养一些有相关专业技能的人来选书、管理、推广。此外，一定要有持续的经费投入，让农村地区能够享受到更多的文化资源。农家书屋是一项能用非常少的代价换来广大农村书香满溢的好事，一定要让它真正发挥作用。"

华西：青藏大地读书氛围浓

　　青藏高原是世界的屋脊。在这片古老的大地上，由于农家书屋工程的实施，书香的气息正越来越浓，沁人心脾。农民既富了脑袋，又鼓了钱袋。群众文化生活更丰富了，幸福指数更高了。文化雨露，正在滋润着青藏高原各族同胞。

　　"村里有了农家书屋，我们碰上农技方面的问题就来找书本解决，孩子放假了也可以到这儿写作业。"西藏山南地区乃东县（今山南市乃东区）克松村村民仓决说。

　　农家书屋不但为克松村村民发家致富提供了智力支持，平日里还开展读书文娱活动，丰富了村民的文化生活。在寒暑假，书屋管理员会专门开办"书屋里的读书声"活动，辅导孩子们藏、汉双语学习和阅读。村里还组织集中读书、送书入户、邀请村民阅读等活动，定期在村与村之间开展图书流转。

　　克松村只是西藏山南地区文化惠民走村入户的受益地之一。山南地区文化局在全地区推广"1台2场3栏4室"的标准化模式。"1台"为露天舞台；"2场"为综合文体广场和篮球场；"3栏"为文化宣传信息栏、新旧对比展示栏和村史村情宣传栏；"4室"为图书阅览室、文娱活动室、党员活动室和综合服务室。

　　山南地区每个村农家书屋书籍平均1500册，同时建有文化信息资源共享工程基层服务点，实现了网络全覆盖和设施免费开放。村里还配置了数字书屋卫星接收设备、电视机、投影仪、DVD 和音响设备，篮球、乒乓球、台球、藏式克郎球、藏式骰子、健身器材等文体设施一应俱全。

目前，山南地区建设了农家书屋 554 个、寺庙书屋 252 个。各类综合文化活动场所实现了地县乡村四级全覆盖，较好地满足了广大农民群众的精神文化需求。

2014 年，山南地区被列为全国首批基层综合性文化服务中心试点地区。公共文化服务进村入户，群众实实在在地享受了文化发展果实。

2016 年 4 月下旬，零星的雨丝和风搅在一起，慢慢悠悠地下着。青海省互助土族自治县威远镇白崖村村民刘云梅正在地里忙着种当归。"已经种了 3 年，观念变了，地里种的东西也换了。"刘云梅说，原来种洋芋等作物，毛收入过不了 1000 元。后来通过政府培训，加上自己在农家书屋里学习琢磨，掌握了药材种植技术，"如今收入比原来翻了好几番！"

近年来，青海在全省推进农（牧）家书屋、流动文化车等文化扶贫项目。经过 5 年努力，目前已建成农（牧）家书屋 4169 家，实现行政村全覆盖。

时任白崖村村支书、书屋管理员代朝兰每天到村委会的第一件事，就是打扫书屋卫生，以方便来看书的村民。村里的书屋于 2011 年建成，如今藏书 5000 余册，几乎每天都有人来。尤其是农闲时，书屋里总是坐得满满当当的。

青海大部分地区是牧区，以藏族和蒙古族为主。青海省文化和新闻出版厅数次深入农牧区，对农牧民群众的阅读现状、阅读需求情况进行专题调研，为图书、音像制品和报刊的选配提供依据。针对少数民族聚居的情况，青海省在全省建设了 1125 家藏文书屋和 81 家蒙文书屋，基本满足了少数民族群众的阅读需求。

"现在，互助县全县 19 个乡镇、294 个行政村，不仅农家书屋全覆盖，而且卫星数字农（牧）家书屋也已实现村村通。"互助县图书馆馆长王统国说。

卫星数字农（牧）家书屋是利用卫星数字系统将高品质的电子图书、报纸、杂志等投递到每一个农（牧）家书屋中，农牧民可通过电视、投影、电脑等设备在家阅读和观看。2013 年，首先在西宁市和海北藏族自治州试点建设了 4 家卫星数字农（牧）家书屋，至今全省已建设 3460 家，覆盖全省 80% 的地区。

卫星数字书屋容量大、更新快、覆盖广、成本低，是传统农（牧）家书屋的延伸和补充。每年可为农牧民提供 1700 多小时视频类节目、2000 多册图书、几十种杂志和 100 多种报纸，提供农业科技、教育培训、娱乐生活、健康医疗等多种内容的服务，并实现了数据的天天更新。现在每个村里都有一套设备，只要打开电视就能看到各种书籍、报刊和视频。

白崖村是典型的少数民族村，现有 365 户、1400 多人，其中 80% 是土族。近年来，年轻人大多在外打工，平时留守在村里的多是老人和妇孺。现在，不少年轻人通过书屋走上了致富路。

青海省化隆回族自治县水车村村民祁永奋利用网箱养鱼，经过几年努力，现在已有 60 个网箱，年产鱼 12 万斤，产值 120 万元。当被问及致富的秘密时，他总是憨憨一笑："致富的秘密都在农家书屋的书里！"

华中：农家书屋惠农家

"春节，书屋还开门吗？"

"开的，开的，每天至少开 6 小时。"

春节前，湖北省黄冈市蕲春县刘河镇胡志高村的村民担心过年看不到书，纷纷跟农家书屋管理员李中安打听。在得到肯定答复后，村民们才心满意足地回家继续办年货。

近年来，湖北投入近 6 亿元专项资金，建设了 2.9 万个农家书屋，实现了农家书屋全覆盖。

使用好了，农家书屋才有生命力。在湖北蕲春县，农家书屋成为促进农村和谐的生力军，对培育新型农民、建设新农村、发展新农业起到了重要推动作用。

"你看，书上说，防治黑木耳得绿霉病，最重要的是要保持环境卫生，还可以喷点石灰水。"在刘河镇里下冲村的农家书屋里，村民骆三毛、叶生喜捧着一本《黑木耳常见病虫害防治》，一边看一边记笔记，还一边小声讨论着。

正是在农家书屋书籍的启发下，2009 年，骆三毛、叶生喜等 5 人合资 50 万元成立了"康源黑木耳农民专业合作社"。他们引进黑木耳待料种植技术，将山林杂木变废为宝，走规模化生产道路，年产值过百万元。

生活富了，到农家书屋看书的习惯却没有变。"每次遇到啥不懂的问题，我都要来农家书屋找书，边看边摸索。"骆三毛说。

曹庙村村民骆中义承包了 100 多亩水塘，从事花鲢、草鱼、青鱼、鳊鱼等育苗繁殖工作。农家书屋对他的帮助不亚于聘请了一个好助手。通过两年多的看书摸索，骆中义的养殖技术日趋成熟，鱼苗畅销到河南、江西、海南等地。老骆感叹道："小富靠勤，大富靠智，我是沾了农家书屋的光！"

许许多多农民通过阅读农家书屋的书籍，学会了栽茶、种烟、喂猪、养鸡等知识，开始自己创业。目前，刘河镇已有万头养猪场 1 个、千头奶牛场 2 个、大小养鸡场 8 个，养鸡共 26 万羽。村民们每家年收入都有七八万元。

"是农家书屋帮助乡亲们走上了致富路，让刘河镇成为'黄冈市经济实力 20 强乡镇'。"时任刘河镇镇长丁珍桃深有感触地说。

时任胡海村村支书胡水保说，是农家书屋让山乡飞出了"金凤凰"。在胡海村，每一个节假日，他们都会组织中小学生到农家书屋读书。在浓郁的读书学习氛围的熏陶下，这些村里娃变成了高才生。胡凡、胡锦伟、胡秀丽等同学考上了北京大学、国防科技大学、上海交通大学等名牌高校，让胡海村的人腰杆挺得直直的。

近年来，刘河镇 56 个村全部建起了标准化农家书屋。书籍内容涵盖农业、经济、管理、文学、生活、哲学、法律等 20 余门类。还配备了专、兼职图书管理员。村民可随时免费借阅，农家书屋真正变成了村民致富的"金钥匙"、文化娱乐的"大本营"。

国家书房明天会更好

诚如安徽省农家书屋工程负责人朱波扬所言，农家书屋就像是一座知识银行，知识存放在那里，使用起来就会发现它的价值。

当今中国农民的阅读习惯还有待于培养，要用数十年甚至数百年逐步培养，才能使之成为全民族的生活习惯。就像20多年前，我们倡导大家不要随地吐痰、扔垃圾，垃圾要分类、装袋。三年、五年一点点地培养，到今天，这些都已经变成了人们的生活习惯。这样简单的习惯养成都要花费20多年时间，更何况是阅读的习惯。

现在，国家强盛了，政府提倡全民阅读，并将其作为一项国家战略。全民阅读，老百姓应该成为主体。只有农村8亿农民也热衷于阅读了，才能叫"全民"。因此，农家书屋建设至关重要。全民阅读，干部要带头，管理员是关键。全民阅读不能搞形式主义，要措施得力。各级领导要带头，成立各种阅读会、阅读小组。每个单位领导都带头，从省长到镇长，组织读书小组，一人带动一片。只有这样发动和动员，才能形成全社会尊崇阅读的风气和氛围。全民阅读不是口号，是一项长期的国家战略，关系到整个民族的未来，也关系到中华民族伟大复兴中国梦的顺利实现。

早在30年前，我还在读小学四年级的时候，偶然间读到了徐迟的报告文学《哥德巴赫猜想》。记得那一天，在堂弟家的二楼上，突然看到了这本不厚的书，自己几乎是用一个下午一口气读完的。这本1978年由人民文学出版社出版的徐迟的报告文学集给我留下了深刻的印象，尤其是《哥德巴赫猜想》一文的主人公数学家陈景润，更是成为当时我的偶像。说实话，当时我并没有记住徐迟这位作者，而只记住了陈景润。他是我的福建老乡，也是出身于一个穷苦家庭，少年时期因为性格内向备受歧视。他潜心于数学世界，钻研数学，成了一名数学家，而在生活上他却是一个低能儿。正是凭借自己的专心致志与矢志不移，他在破解哥德巴赫猜想的道路上迈出了重要的一步，证明了"1+2"，发表了震惊世界的科学论文，取得了为学术界所认可的重要成果——陈氏定理，摘得了数学桂冠上的一颗明珠。

从那时起，我便有了当一个数学家的梦想。我对数学产生了空前的兴趣，脑子似乎也一下子开了窍。数学老师布置的习题对我来说简直易如反掌。一道应用题我能给老师找出四种解法。于是，老师开始注意到我，开始不断地在课堂上表扬我，同时也不断地给我增加习题的难度，并把他能够找到的数学难题交给我。

那些日子，我过得特别充实。每天晚上，我几乎都在做习题，一直做到附近糖厂11点钟锅炉放气的声音响起以后才上床睡觉。那时，村里还没有通电，我家晚上照明就靠点一盏用墨水瓶改装的昏暗的煤油灯，真正可谓是"一灯如豆"。半年下来，我的眼睛便熬成了高度近视。我的数学才能得到了极大提升，在小升初、中考、高考等历次考试中，数学科目我都拿到了满分。以至于上了大学，因为所学专业不理想，我还曾给时任北大校长、数学家丁石孙先生写信，申请转系去攻读数学专业。可见，《哥德巴赫猜想》这本书对我学习和成长道路影响之深。

可以说，是《哥德巴赫猜想》这本书培养起了我爱读书的习惯，也造就了我不畏艰难、刻苦钻研的性格。

在贫困落后的家乡，我几乎把每一本能够找到的书都读了。但是，那时的家里，只有兄长买的几本获奖小说集。直到上了大学，我才陆续读到奥斯特洛夫斯基的《钢铁是怎样炼成的》、路遥的《平凡的世界》和罗曼·罗兰的《约翰·克里斯多夫》、司汤达的《红与黑》、海伦·凯勒的《假如给我三天光明》、凡·高的《渴望生活》。这几部讲述个人奋斗历程的书对于我世界观和人生观的养成发挥了至关重要的作用，几乎造就了我本人的精神底色。如果说我的个人成长没有误入歧途或邪路的话，那么当时我的精神指南大概就是这几部书。

所以，我坚定地相信，一本好书足以滋养一个人一生。

金兴安是写书的作家，他当年的读书历程更是极其不易。正像巴金先生所言，文学能够带给人温暖，带给人力量。兴安正是从读书中感受到了温暖和力量，通过读书铸就了自己的人生道路。

多年以后，没有任何文凭的他又借助写作品、写书改变了自己的命运，从一所农村小学调到了县委党校，又从县委党校调到了省会城市，进入了文化出版单位。以后，他更是付出了20多年的时间从事编辑工作，整天打交道的都是图书和报刊。几乎可以说，读书、写书、编书、出书、推广书构成了金兴安一生的事业。

在他步入50岁之后，兴安希望感恩乡亲、回报家乡、回报社会，他自然而然地选择了书这个载体，选择了捐书、送书、建书屋。他希望用曾经锻塑过自己精神品质、改变了自己人生命运的书，去影响和改变尚处在比较贫困之中的家乡和广大乡亲。为了这样一个理想，他持之以恒地坚持了10余年。用10余年的时间，建起并逐步完善了蒋集作家书屋，并且像扶持一棵幼苗一样，一直关心、呵护着它，使之长成为一棵参天大树，可以荫蔽家乡成千上万的孩子和农民兄弟。

如今，兴安的理想正在一步步地实现。蒋集镇农家书屋无疑是安徽省第一家农家书屋。无论从规模大小、藏书数量，还是从现代化程度、服务人群覆盖面、读者借阅人次、社会效果等各方面考量，它都堪称安徽第一。即便放在全国的农家书屋工程中来看，它也是屈指可数的佼佼者、领先者，或许还是领头羊。而从书屋建筑的独特风格、装潢设计、书屋外部环境布局的匠心等各方面考量，它都称得上"中国最美"农家书屋。

兴安回报家乡和社会的愿望已经实现。他还会将蒋集镇农家书屋建设作为自己毕生的事业，继续进行下去。他就像是一支燃烧的蜡烛，又像是一团扑不灭的火焰，希望用自己的光和热，照亮家乡父老乡亲和农民子弟精神文化生活的一片天地，照亮成千上万人的梦想与生活。他希望用曾经带给自己无穷益处的图书，继续带给他人同样的好处与滋养。

这是一个普通人的追求，也是一个普通人的梦想。

这是一个大写的人，一个值得书写的人。

我们需要千千万万金兴安这样的"中国好人"。

一本书可以改变一个人的人生。而全民阅读，则可以改变一个民族和国家的精神面貌。

书中自有黄金屋，书中自有颜如玉，这是中国古人的思想。而今天，我们倡议：阅读改变命运，阅读塑造人生，阅读铸就灵魂。不阅读的民族、不爱读书的民族，终究会输掉整个竞争。

为此，我们热烈地持续不断地倡导全民阅读、书香中国。在城市的大街小巷，所有的图书馆都向全民免费开放，建立了各式各样的借书亭、书报亭、24小时不打烊的书店。那都是城市的精神路灯。

而在广袤的乡村，则由政府主导，相继建起了千千万万个农家书屋。这些书屋犹如灯塔，照亮了农村的文化生活；又如精神的火炬，点燃了农民们阅读的热情和兴趣，为提高广大农民特别是农家学子的文化素质及道德素养，正在发挥着不可替代的重要作用。农家书屋，绝不是摆设，绝非可有可无。它势必成为农村精神文化生活的高地，成为农民自我提升素质的精神家园。

习近平总书记说："文化自信，是更基础、更广泛、更深厚的自信。"一个人、一个企业的发展，归根结底要依靠文化的深厚底蕴、精神的含金量和品质的力量来胜出。一个国家的发展，归根结底要依靠文化、道德、精神等软实力。文化、道德、精神犹如国家的脊梁骨，只有它们立住了、挺直了、坚强而强大了，这个国家才可能真正强大。它们就像是经济和财富这一堆的"0"前面立着的那个"1"。只有这个"1"站住了，财富、金钱、物质等才能十倍、百倍地增长；而一旦这个代表精神和道德水准的"1"倒下了，那么所有的财富、金钱、物质等都将成为一堆无用的"0"。

因此，我们决不能小看了今天的农家书屋。这些如今犹如山花烂漫般遍布祖国乡村大地的小小的藏书屋、小小的图书室，已然是农民的书房、民族的书房、国家的书房。这些书房，必将成为农民的精神高原、民族的精神高原和国家的精神高原！

后　记
精神的一次长途跋涉

2014 年夏，报告文学作家黄传会推荐我去采访作家金兴安，写一写他和作家书屋的故事。

作家本是写书的人。作家办起书屋，奉献社会，这是一件很有意义的事情。我欣然答应了。2014 年 11 月至 2016 年 3 月，我先后近十次专程前往安徽采访。

金兴安本身就是安徽省一位有影响力的作家，在儿童文学和报告文学创作方面都有所建树。他非常谦逊，又极其平易近人。在与他交往近两年的时间里，他几乎总是带着平和的、谦虚的笑容。他说，我不是来写他，他也不希望我只是为了写他，而希望我记录下十几年来社会各界对蒋集镇农家书屋一以贯之的热情关心、扶持与帮助。是家乡的父老乡亲养育了他，现在，又是各级领导和社会各界的朋友们帮助他圆了自己感恩家乡、回报乡亲的梦想。他希望我通过他的故事、蒋集书屋的故事，铭记那些好人善举，激发人们关注、关心农村广大农民的精神文化需求，在全民阅读和提高农民精神文化素养方面都来尽自己的一份责任，发出自己的一分光和热。

兴安的根在农村。他心心念念的也都是那些成千上万的农民乡亲、农民兄弟。他用自己的方式去反哺乡村，希望家乡越变越美好，希望乡亲们的生活越来越富足安康。

为了采访到每一个为蒋集农家书屋作出贡献的人，兴安每次都替我周密而认真地进行筹划，提前安排和联系采访对象，并且全程陪同我前去采访。在一年多的时间里，他忍着腰椎的疼痛与腿脚的不便，忍着高血压等病患，陪我在合肥、滁州、定远、蒋集等各个市县和乡镇、村庄奔走，先后采访了近百人。可以说，没有金兴安老师的无私帮助，我的采访根本无法完成，本书的写作更是无从谈起。对于我来说，这样一次漫长的、马拉松式的采访过程，也是一次接受灵魂洗礼的精神长旅。

在为期一年半的采访过程中，从蒋集中学师生、蒋集镇农民乡亲到蒋集镇、定远县领导，从农家书屋主管部门领导到文化新闻出版部门等社会各界的朋友都给予了热情的接待和无私的帮助。安徽出版集团和安徽教育出版社对本书的创作高度重视。它们欣然将本书列入集团和出版社的重点出版书目，积极争取省委宣传部的大力支持。出版集团有关领导不仅接受了我的访谈，而且始终关注并不时过问本书的创作进展。特别是，时代传媒集团副总经理、儿童文学评论家韩进，安徽教育出版社社长郑可及其他社领导，更是对本书的创作进行了细致的策划，提出了许多建设性的建议，并为采访全程提供了各种便利。编辑杨多文、王冰平、鲁金良等也在采访和创作、编辑等方面助力良多。本书在写作过程中，参考了安徽省及全国各地农家书屋的有关情况介绍、新闻报道等，在此谨向相关书屋负责人、媒体记者和所有为本书采写提供帮助的朋友们表示由衷的感谢！

现在，我已完成了这次精神长旅式的采访，也完成了这样一次长征似的创作。我把这本从生活中采撷来的书，献给那些热爱阅读、懂得感恩、善待生活的人们。

农家书屋建设永远是一个进行时，全民阅读永远在路上。待到我们国家全民族的精神文明素质、道德品格水平都得到了极大的提高，待到我们国家不仅仅是物质文明建设，而且包含了精神文明建设——道德建设、文化建设——全都步入了小康，达到了中等发达国家水平，待到那一天，我们一定不要忘了农家书屋，不要忘了这些遍布于大地之上、田野中间的国家书房！不要忘了那些为了这些书屋建设付出心血汗水的人们！

2015 年 7 月至 2016 年 1 月 31 日一稿于北京

2016 年 4 月至 7 月二稿于北京

2016 年 9 月至 10 月三稿于北京